btb

Es gibt Wörter, die wir nicht kennen. Deren Bedeutung wir aber erahnen. Als wären sie immer schon hier gewesen. Als hätten sie schon immer in uns gewohnt. Und manchmal wollen sie endlich ausgesprochen werden.
Als ihre Großmutter stirbt, diese eigenwillige Frau, die stets einen unpassenden Witz auf den Lippen hatte, beschließt Mona, ein letztes Mal in den Iran zu fliegen. Gemeinsam mit ihrer Mutter wagt sie die Reise in die trügerische Heimat. Der Rückflug in ihr Kölner Leben ist schon gebucht. Doch dann überredet sie ihr iranischer Langzeitliebhaber Ramin zu einem Abschiedstrip nach Bam, in jene Stadt, die fünf Jahre zuvor von einem Erdbeben komplett zerstört wurde. Die Fahrt wird für Mona zu einer Konfrontation mit ihrer eigenen Identität und ihrer Herkunft, über die so vieles im Ungewissen ist. Aber manchmal wird uns das Fremde zum heimlichen Vertrauten. Und über das, was uns vertraut schien, wissen wir so gut wie nichts.

Nava Ebrahimi, 1978 in Teheran geboren, zählt zu den aufregendsten Stimmen der deutschsprachigen Literatur. Sie erhielt 2021 den Ingeborg-Bachmann-Preis. Für ihren ersten Roman »Sechzehn Wörter« wurde sie bereits mit dem Österreichischen Buchpreis, Kategorie Debüt, sowie dem Morgenstern-Preis ausgezeichnet. Nava Ebrahimi studierte Journalismus und Volkswirtschaftslehre in Köln und arbeitete als Redakteurin bei der *Financial Times* Deutschland sowie der Kölner *Stadtrevue*. Sie war Finalistin des Open Mike und Teilnehmerin an der Bayerischen Akademie des Schreibens. Ihr zweiter Roman »Das Paradies meines Nachbarn« wird als »Weltliteratur in einem neuen Sinne« (Frankfurter Rundschau) gefeiert. Nava Ebrahimi lebt mit ihrer Familie in Graz.

NAVA EBRAHIMI

SECHZEHN WÖRTER

ROMAN

btb

Penguin Random House Verlagsgruppe FSC® N001967

5. Auflage
Genehmigte Taschenbuchausgabe Februar 2019
btb Verlag in der Penguin Random House Verlagsgruppe GmbH,
Neumarkter Straße 28, 81673 München

Covergestaltung: semper smile, München
Covermotiv: © Shutterstock/L. Kramer
Druck und Einband: GGP Media GmbH, Pößneck
Klü · Herstellung: sc
Printed in Germany
ISBN 978-3-442-71754-5

www.btb-verlag.de
www.facebook.com/btbverlag

Für meine Großmutter

Prolog

Erst war es nur ein Wort. Das Wort, flink und wendig, überfiel mich, wie alle diese sechzehn Wörter, aus dem Hinterhalt. Nie hatte ich es bisher geschafft, mich zu wehren, stets zwangen sie mir aufs Neue ihre Botschaft auf; da ist noch eine andere Sprache, deine Muttersprache, glaube ja nicht, die Sprache, die du sprichst, wäre deine Sprache. Regelmäßig war ich ihnen ausgeliefert, diesen Wörtern, die nichts mit meinem Leben zu tun hatten, nichts mit der Art, mit der ich täglich das Fahrradschloss öffne, nichts damit, wie ich im Restaurant Essen bestelle oder im Frühling Winterkleidung verstaue. Nichts hatten sie mit meinem Leben zu tun, trotzdem, oder gerade deshalb brachten sie mich immer wieder in ihre Gewalt.

Doch dann, einer Eingebung folgend, übersetzte ich ein Wort, und es war, als hätte ich es entwaffnet. Weshalb erst jetzt, weshalb ich vorher nie auf die Idee gekommen bin, kann ich nicht sagen. Vielleicht hatte ich Angst davor, dem übersetzten Wort, dem entblößten Wort gegenüberzustehen. Mit einem Schlag verlor es die Macht über mich. Wie in einem Märchen, durch die Übersetzung hob ich den Bann auf, der auf dem Wort lag, und befreite mich aus der Geiselhaft. Wir waren nun beide frei, das Wort und ich. Die anderen Wörter kamen hinzu, auch sie wollten erlöst werden, von ihrem Bann und der Einsamkeit, in der sie ihr Dasein fristeten. Und als sie ihre Isolation überwanden, sich verbanden, da erkannten sie erst, welchen Schwindel sie all die Jahre befördert hatten. Nicht allein, aber alle gemeinsam. Im Unübersetzten hatte der Schwindel es sich herrlich einrichten können.

مامان بزرگ

Maman-Bozorg

Applaus und Gejohle drangen an mein Ohr, gedämpft und von weit her. Ich öffnete die Augen. Es dämmerte. An der Decke zeichnete sich der Kronleuchter aus Messing ab, der hier in jedem Zimmer hing. Ruckartig, als hätte ich einen wichtigen Termin verschlafen, stand ich auf und tastete mich durch den Flur ins Wohnzimmer. Meine Großmutter saß im Halbdunkel auf der Couch, von den Bildern aus dem Fernseher in bläulichen Farben angestrahlt. Den Ton hatte sie so aufgedreht, dass das Gehäuse im Takt der Musik schepperte. Sie schnippte mit den Fingern und bewegte die Schultern rhythmisch vor und zurück. Auf dem weit ausgeschnittenen Dekolleté ihrer schwarzen Bluse glitzerte ein Schmetterling. Dazu trug sie die Jogginghose aus rosa Frottee, mit der sie zu Bett gegangen war.

»Komm, setz dich zu mir!«, rief sie, ohne ihre Bewegungen zu unterbrechen.

»Maman-Bozorg, ist es nicht noch ein wenig zu früh für ...« Anstatt den Satz zu beenden, rieb ich mir mit beiden Händen die Augen.

»In Los Angeles ist es Abend, und die Gala hat gerade begonnen. Wie früh es hier in Maschhad ist, interessiert niemanden.« Sie schnippte weiter im Takt.

Ich setzte mich neben sie und betrachtete sie von der Seite. Ihre Wimpern waren vor lauter Wimperntusche verklebt. Der Lippenstift verlief in den Fältchen oberhalb ihres Mundes und bildete ein kleines rotes Flussdelta. Den Puder hatte sie so großzügig aufgetragen, dass er sich in den Runzeln auf ihrer Stirn sammelte. Sie hatte immer schon viel Zeit darauf verwendet, sich zurechtzumachen, aber je älter sie wurde, desto mehr uferte es aus.

Im Fernsehen lief ein iranischer Sender aus Los Angeles namens Tapesh, »Herzschlag«. Drei Mädchen in kurzen Paillettenkleidern tanzten zu persischem Pop um einen alten Mann im Smoking herum. Ich kannte ihn, er hieß Aref. Die Mädchen hüpften umher, als spielten sie in einem Weizenfeld Verstecken. Aref tat, als beachtete er sie nicht. Er besang eine Frau, die Herrscherin über sein Herz, die ihn allmählich umbringe mit ihrer Koketterie. Meine Mutter liebte dieses Lied. Eine Zeit lang hatte sie mehrmals am Tag die Kassette eingelegt, es gehört, zurückgespult, es noch einmal gehört, wieder zurückgespult. Während das Lied die Sehnsüchte meiner Mutter nährte, von denen ich bis heute nichts weiß, hatte ich vor dem Spiegel versucht, dazu zu tanzen, und unbeholfen mit meinen Kinderhüften gewackelt. Ich imitierte

Maman; wenn wir in Köln Konzerte iranischer Bands besuchten, stand ich am Rand der Tanzfläche und schaute ihr stundenlang dabei zu, wie sie tanzte. Wie sie mit den Händen geschmeidig Figuren in die Luft zeichnete, wie sie mit dem Becken kreiste, die Schultern vibrieren ließ. Ich prägte mir alles ganz genau ein.

Aref machte einen Gesichtsausdruck, als litte sein Herz unter der Fremdherrschaft. Oder vielleicht auch darunter, dass er dieses Lied seit Jahrzehnten singen musste, früher in Teheraner Varietés, nun auf amerikanischen Showbühnen, als hätte sich nichts geändert, als sei die Zeit stehengeblieben.

Kaum hatte Aref die letzte Silbe gesungen, unterbrach ein Werbespot für ein Trainingsgerät das Programm. Amerikanische Bauchmuskeln mit persischer Tonspur. Meine Großmutter wirkte zufrieden und fächerte sich Luft zu.

»Aref fliegen die Herzen zu, aber er liebt nur mich. Nach seiner großen Neujahrsshow vor ein paar Wochen hat er mir von der Bühne aus einen Heiratsantrag gemacht. Ich sei eine einzigartige Frau und eine großartige Künstlerin, hat er gesagt!«

Sie schaute mich erwartungsvoll an. Ihre Augen glänzten. Ich wich ihrem Blick aus und starrte auf den Bildschirm, wo die Bestellnummer für den Bauchmuskeltrainer rot aufleuchtete, 676881. Die Telefonnummer meiner Grundschulfreundin Clara war 767881 gewesen. Die erste Nummer, die ich auswendig lernte. Und die mich, anders als Clara, bis an mein Lebensende begleiten wird.

Ich spürte, dass meine Großmutter mich musterte.

»Kämm dir mal die Haare. Du siehst aus wie eine verprügelte Nutte.«

»Maman-Bozorg!«

»Und setz bitte Tee auf. Ich muss gleich auf die Bühne und habe einen ganz trockenen Mund.« Sie schmatzte mehrmals, etwas knackte. Vermutlich saß das Gebiss nicht richtig. »Trocken wie die Kos einer alten Jungfer.«

Auf dem Herd stapelten sich die Plastikteller vom Kabab-Lieferdienst. Früher hatten hier um diese Uhrzeit schon Lammhaxen im Schnellkochtopf geköchelt. Ich füllte schwarzen Tee in eine Kanne und setzte Wasser auf. Während ich wartete, stützte ich mich an der Arbeitsplatte ab und schloss die Augen. Ich war müde. Statt, wie geplant, um zweiundzwanzig Uhr war das Flugzeug, das ich in Istanbul bestiegen hatte, erst um zwei Uhr nachts in Maschhad gelandet. Die Maschine hatte mehrere Schleifen über der Stadt gedreht, das Mausoleum des Imam Reza, das in der Dunkelheit in allen Farben funkelte, schien wie eine offene Schatzkiste jedes Mal zum Greifen nah. Doch dann erklärte der Pilot, dass er nicht in Maschhad landen dürfe und nun nach Teheran fliegen müsse. Gestöhne, Geseufze, Gemurmel, schließlich Rufe aus allen Richtungen.

»Vielleicht ist das Wetter schlecht.«

»Hat es für Sie eben nach Unwetter ausgesehen?«

»Ich habe vorhin noch mit meiner Mutter telefoniert. Die sagte, der Himmel sei klar.«

»Es ist mitten in der Nacht. Der Himmel unter der Bettdecke Ihrer Mutter ist vielleicht klar.«

»Wir sollten in Teheran nicht aussteigen. Sonst können wir selbst schauen, wie wir nach Maschhad kommen.«

»Wenn Sie nicht aussteigen, wird man Sie bezichtigen, Gegner der Revolution zu sein.«

»Was ist denn mit den Leichen an Bord?«

»Welchen Leichen?«

»Mit diesem Flug werden zwei Leichen transportiert.«

»Das meint man wohl mit ›jemandem die letzte Ruhestätte verwehren‹.«

»Dieser Zwischenstopp ist die Strafe dafür, dass wir uns in Istanbul amüsiert haben.«

Einige lachten.

Wir landeten in Teheran. Das Flugzeug stand eine Weile herum, ohne dass sich etwas tat, dann startete die Maschine wieder, ohne weitere Ansage.

Der Kessel pfiff. Ich füllte das kochende Wasser in die Kanne und wartete, bis es die Farbe von Bernstein angenommen hatte. Ich brachte meiner Großmutter ein Glas voll, dazu zwei Zuckerstückchen. Sie hielt das Glas gegen das Licht der aufgehenden Sonne.

»Genau richtig, jetzt ist es Zeit zu heiraten. Oder wann gedenkst du zu heiraten? Mit dreißig?«

»Maman-Bozorg, ich bin doch längst über dreißig.«

»Alle Frauen machen sich jünger, nur du machst dich älter.«

»Erinnerst du dich nicht? Ich bin doch vor der Revolution geboren worden.«

»Vor welcher?«

Sie nahm ein Zuckerstück in den Mund und nippte am Tee, den Blick auf den Fernseher geheftet. Ein Moderator mit gelglattem Haar erzählte Witze über Ahmadinedschad.

»Komm – du hast doch einen Khastegar! Oder zumindest einen Freund? Das kannst du mir nicht weismachen. Was ist denn mit den deutschen Männern los? Du bist jung, lebst in Azadi und hast keinen Mann?«

Sie sagte das oft, »Du lebst in Azadi«, aber es lag dabei nichts Pathetisches in ihrer Stimme. Sie sagte es mit einer Mischung aus Neugier und Neid, und ich spürte schon früh, dass sie es sich aufregender vorstellte, als es tatsächlich war, das Leben in Freiheit.

»Ich hatte mal einen Khastegar. Er wollte mich, aber ich wollte ihn nicht heiraten.«

Ich sagte das, um sie zu beruhigen. Wie sollte ich ihr einen Eindruck davon vermitteln, wie es lief als Single mit Mitte dreißig in einer Großstadt der westlichen Hemisphäre? Wie sollte ich ihr so etwas wie Bindungsängste erklären? Auf Deutsch klang es schon lächerlich. Angst vor zu viel emotionaler Nähe. Dass jemand die Flucht ergreift, sobald eine Beziehung verbindlicher wird. Auf Persisch ging es überhaupt nicht. Für derartige Nuancierungen war die Sprache nicht vorgesehen.

Die Wahrheit über mein deutsches Liebesleben hätte meine Großmutter nicht verstanden, die verstand ich ja selbst kaum, und die bloße Zahl an Männern, mit denen ich geschlafen hatte, hätte auf der Stelle ihr Herz stillstehen lassen. Dachte ich zumindest.

»Nur einen Khastegar? Tstststss. Hier stünden sie Schlange für dich. Du hättest schon längst einen Mann. Was rede ich – mehrere! Meine Nichte lässt sich von Männern nach Dubai einladen, in die teuersten Hotels.«

»Von mehreren?«

»Ja klar! Der Iran ist ein einziges Freudenhaus geworden! Selbst Neunzigjährige, bei denen du blättern musst, um die Kos zu finden, amüsieren sich ungeniert.«

»Maman-Bozorg!«

»Ich habe auch einige Verehrer. Zum Beispiel den Konditor am Ende der Straße. Nicht einmal fünfzig Jahre alt. Jedes Mal, wenn er mir eine Schachtel mit Gebäck übergibt, berührt er meine Hände.«

Sie legte ihre Hand kurz auf meine. Dann hob sie sie vor die Augen und sah sie sich sehr genau an.

»Dein Großvater hat sich zuerst in meine Hände verliebt, als ich ihm im Krankenhaus Tee brachte. Meine Hände waren weiß und schön rundlich. In die kleinen Kuhlen auf meinen Fingergelenken hätte man Erbsen legen können.«

Vor meinem geistigen Auge erschien ein Handrücken mit Erbsen darauf. Meine Großmutter ließ ihre Hand fallen wie einen nassen Sack. Auch ihre Gesichtszüge wirkten plötzlich schlaff.

»Aber Schönheit führt einen nur ins Verderben. Schau dir mich, schau dir deine Mutter an. Das Schicksal meint es nur mit hässlichen Frauen gut.«

Maman-Bozorg nahm wieder Haltung an und blickte auf den Fernseher.

Eine Frau in einer weißen Robe mit weißem Pelzkragen hatte die Bildfläche betreten. Sie sang von der Sehnsucht nach dem Iran, die Augen hielt sie geschlossen. Maman-Bozorg übergab mir die Fernbedienung und sang mit. Krächzte mit. Sie ahmte die Frau nach, breitete die Arme aus, kreuzte sie vor der Brust, ballte die Fäuste, verzog schmerzerfüllt das Gesicht. Das Lied endete mit einem Tusch. Die Sängerin öffnete die Augen. Close-up. Tränen brachen sich Bahn, rollten die aufgespritzten Wangen hinab. Der Keyboarder im weißen Smoking reichte ihr ein Taschentuch, sie tupfte sich das Gesicht ab und verbeugte sich so zaghaft, als fürchtete sie, der Haarturm könne ihr nach vorne wegrutschen.

Jetzt stand auch meine Großmutter auf und verbeugte sich mit wackligen Knien, ihre dürren Beine waren in der ausgebeulten Frotteehose nur zu erahnen.

Sie setzte sich wieder und zog am Ausschnitt ihrer Bluse.

»Hast du schon einmal solche Brüste gesehen? So rund und fest? Sag!«

Ich sah kurz hin. »Nein, Maman-Bozorg. Du hast tolle Brüste.«

»Im Schwesternwohnheim haben sie zu mir gesagt: ›Komm, Maryam, zeig uns deine schönen Brüste!‹«

Noch immer hielt sie den Ausschnitt ihrer schwarzen Bluse umklammert, blickte an sich hinab.

»Solche Brüste in meinem Alter! Nach zwei gestillten Kindern!«

»Zwei? Wen außer Maman hast du denn noch gestillt?«

Sie ließ den Ausschnitt los, zupfte die Bluse zurecht, schob das Kinn nach vorne, nahm mir die Fernbedienung ab und wechselte den Kanal.

»Du hättest auch schönere Brüste, wenn du auf mich gehört und mehr Zwiebeln gegessen hättest.« Sie zappte weiter.

»Hast du eine deiner Nichten gestillt?«

»Deine Mutter hat immer auf mich gehört. Keine ihrer Cousinen hatte so schöne Brüste wie sie. Mit dreizehn trug sie sie schon vor sich her wie zwei reife

Orangen. Und dann habe ich sie deinem Vater gegeben. Gott vergib mir.«

Meine Großmutter hatte jetzt einmal durchgezappt. Sie stoppte wieder bei Tapesh, seufzte laut, sackte in sich zusammen wie ein Akkordeon und schloss die Augen.

»Maman-Bozorg?«

Sie reagierte nicht.

Ich sprang auf und hielt meine Wange vor ihren leicht geöffneten Mund. Atemhauch, glaubte ich. Vorsichtshalber tastete ich nach dem Puls ihrer Halsschlagader. Dann zog ich ihr langsam die Fernbedienung aus der Hand und schaltete den Fernseher aus.

مرده شور

Morde-Schur

Ein Schritt noch, und die elektrische Schiebetür würde sich öffnen. Ich weiß, was mich erwartet, und doch fühlt es sich jedes Mal an, als ließe ich mich in ein schwarzes Loch fallen. Ich werde nicht aufschlagen, das weiß ich, viele Hände werden mich auffangen, vielleicht noch einmal ein paar Meter in die Luft werfen, bis ich schließlich auf dem Rücken liegen bleibe und den Punkt, an dem ich mich habe fallen lassen, sehr weit oben nur noch als ein winziges weißes Loch erkennen kann.

Meine Mutter hält ebenfalls inne. Als hätten wir die Wahl. Als könnten wir es uns doch noch einmal anders überlegen, gleich wieder in das Flugzeug steigen und zurückfliegen. Wir holen beide tief Luft, bevor wir den Schritt setzen. Die Scheibe aus Milchglas schiebt sich zur Seite, Mamans Cousinen ziehen heran, eine Gewitterwolke, die uns einhüllt und sich entlädt. Fremde Tränen benetzen mein Gesicht, Klagen überziehen mich, Parfüm und Schweiß nehmen mir kurzzeitig die Luft zum Atmen. Ich lasse mich an unterschiedliche Brüste drücken, sage »Danke, danke«, versuche gar nicht erst, irgendetwas Sinnvolles zu entgegnen. Irgendwann ruft eine Cousine, wir müssten jetzt aufhören, in Maman-Bozorgs Wohnung warteten noch einige Verwandte, ihnen gegenüber sei es unfair, am Flughafen schon alle Tränen zu vergießen.

Fariba, Mamans Cousine, die meine Großmutter tot aufgefunden hat, sitzt vorne neben dem Taxifahrer, unangeschnallt, den Oberkörper uns auf der Rückbank zugewandt. Sie habe mit Medikamenten und einer Tüte Anar vor der Wohnungstür gestanden und mehrmals geklingelt, eine Ohrmuschel an die Tür gelegt und den Fernseher gehört, geklopft, mit den Fäusten gegen die Tür getrommelt, den Schlüsseldienst gerufen, gewartet, gebetet, dass die Tante im Bad steht und sich schminkt oder gerade auf einer Gala auftritt und ihre Show nicht unterbrechen will.

Meine Mutter wimmert, das Gesicht in beide Hände vergraben.

Fariba spricht gedankenverloren weiter.

»Tante bewegte sich nicht mehr vom Fernseher weg. Das war ihr Leben.«

»Am Telefon klang sie immer so normal …« Maman wischt sich mit einem Taschentuch Tränen aus dem Gesicht.

»Sie hat den Fernseher ausgemacht, wenn du anriefst. Oder du, Mona. Ansonsten lief er Tag und Nacht. Und wenn der Fernseher an war, dann tauchte sie ab.« In Faribas Stimme schwingt ein Unterton mit, nur hörbar für die, die für schlechtes Gewissen empfänglich sind.

Ich hatte Maman-Bozorg seit meinem letzten Besuch im Iran noch drei, höchstens vier Mal angerufen. Jedes Mal wiederholte sie immerzu dieselben Sätze.

»Wann heiratest du denn endlich? Mit dreißig oder was? Ich hätte deine Mutter nicht mit dreizehn deinem Vater geben dürfen. Woher hätte ich denn wissen sollen, dass …?«

Dann ging ihr die Luft aus, und sie legte auf.

Fariba fand meine Großmutter im Wohnzimmer auf der Couch. Die Details knallen wie Peitschenhiebe auf meine Mutter nieder:

In einem Kleid aus grünem Samt.

Mit grüner Spitze am Dekolleté.

Die Lippen rot angemalt.

Das Haar rundgeföhnt.

»Wie eine Puppe hat sie ausgesehen. Wie eine Puppe, mit der niemand mehr spielen will.«

Die Cousine dreht sich mit dem Oberkörper nach vorne, schlägt sich mit den flachen Händen auf den Kopf, schreit.

Ich sitze auf der Rückbank wie jemand, der an Flugangst leidet, kurz vor dem Start.

Der Taxifahrer bremst ruckartig, wechselt die Spur und sendet durch den Rückspiegel Flüche an das Auto, das wir überholen.

Fariba verfällt wieder in Apathie. »Der Arzt hat festgestellt, dass sie schon ungefähr einen Tag lang tot war.«

»So sterben doch nur Deutsche, so allein vor dem Fernseher, einsame Deutsche, aber doch nicht meine Mutter, meine Mutter doch nicht ...«

Ich reiche Maman ein neues Taschentuch. Der Taxifahrer tritt aufs Gas. Ein meterhohes Porträt des religiösen Führers zieht an uns vorbei. Die Augen wissend, das Lächeln höhnisch.

Am Tag der Beerdigung steht die Sonne allein am Himmel. Mamans Cousinen, wir und viele Verwandte, die ich nicht zuordnen kann, haben sich vor einem kastenartigen Gebäude versammelt, in dem die Morde-Schur den Leichnam meiner Großmutter wäscht. Die Tür ist angelehnt, ich höre das Wasser fließen und plätschern. »Fester, fester!«, hatte sie immer gesagt, wenn ich ihr in der Badewanne den Rücken abgerubbelt hatte, »fester, so kommt der Dreck bestimmt nicht herunter.« Ob ich nach der Waschung die Chance ergreifen werde, sie ein letztes Mal zu sehen, habe ich noch nicht entschieden.

Ein paar Meter weiter links von mir stehen drei Frauen zusammen. Mit gedämpften Stimmen tauschen sie Informationen aus. Jemand hat etwas gehört, jemand hat etwas erzählt, jemand hat etwas gesehen, und es darf auf keinen Fall weitergesagt werden.

Maman-Bozorgs Wirklichkeit setzte sich ausschließlich aus Dingen zusammen, die auf keinen Fall weitergesagt werden durften. Je strenger der Überbringer darauf beharrte, desto glaubwürdiger die Nachricht, desto höher wurde sie gehandelt, und desto mehr konnte man sich in der nächsten Runde von demjenigen erwarten, dem man sie weitergab. Wäre es ein Geschäft gewesen mit Währung und Preisen, meine Großmutter hätte über eine milliardenschwere Holding mit Briefkastenfirmen auf den Cayman Islands verfügt. Wenn sie nicht gerade praktische Anweisungen gab, sprach sie fast immer mit gedämpfter Stimme. Die Augen riss sie dann besonders weit auf, und mit den Lippen formte sie überdeutlich die Laute, um die geringere Lautstärke zu kompensieren.

Die jüngste der drei Frauen kann es sich nicht verkneifen, zu mir herüberzuschielen. Als sich unsere Blicke treffen, lächelt sie mich an. Ich lächle zurück.

Die Tür öffnet sich, alle verstummen. Die Morde-Schur, eine hagere, alterslose Frau mit müdem Blick, erscheint und deutet mit dem Kinn in den weiß gekachelten Raum hinein, in dem meine Großmutter auf einem Metalltisch liegt. Ich sehe nur ihre Füße. Sie schauen unter dem weißen Tuch hervor, mit dem ihr Körper bedeckt ist. Ihre Zehennägel sind unlackiert, und ich frage mich, ob es auch zum Job der Morde-Schur gehört, Aceton auf einen Wattebausch zu tröpfeln und den Nagellack zu entfernen, oder ob meine

Großmutter in letzter Zeit nachlässig geworden war. Ich bleibe stehen, wo ich bin, nur wenige Schritte von der Tür entfernt. Meine Mutter geht hinein, schreit auf, wird von drei Cousinen herausgeholt.

»Allah-o Akbar!«, rufen die Männer, als sie den Leichnam vom Metalltisch auf die Holzbahre hieven, immer wieder *»Allah-o Akbar!«*, als sie das Gebäude verlassen und sich, die Bahre hochhaltend, ihren Weg durch die Menge bahnen. *Gott ist groß!* Sie rufen es laut und kraftvoll, mit einer mir unbekannten Gewissheit und zugleich so voller Ehrfurcht, dass ihre Stimmen vibrieren. Die Vibration versetzt auch mich in Schwingung, als sie mit dem Leichnam an mir vorbeiziehen, seismische Wellen bis ins Mark, sie lösen ein inneres Erdbeben aus, ein Abgrund öffnet sich, alles wackelt und klirrt einen kurzen Augenblick lang, und als der Abgrund sich wieder schließt, ist nichts mehr an seinem Platz.

Wir gehen los, ein schwarzer Strom, den Männern folgend, die den Leichnam tragen und mit jedem *»Allah-o Akbar«* eine Bugwelle des Schauderns erzeugen. Um eines von vielen Löchern in der Erde herum bilden wir einen Kreis, meine Mutter wirft sich auf die Knie und fängt an, mit den Händen wie Scheibenwischer auf dem staubigen Boden hin- und herzufahren. Ihre Cousinen schieben mich in die erste Reihe. Ich bleibe dort stehen, mit hängenden Schultern und gesenktem Blick, als zöge es auch mich hinab. Als die

Männer das weiße Bündel in die Erde hinunterlassen, drängen von hinten die schluchzenden Cousinen nach vorne, ich gebe bereitwillig nach, falle zurück und setze mich schließlich unbemerkt auf einen Stein, der in Sichtweite aus dem Boden ragt.

Leichter Wind geht. Eine Handvoll Blätter steigt auf, raschelt. Schleier heben sich, Klagegesänge verwehen.

»Alleine vor dem Fernseher, so sterben doch nur Deutsche, einsame Deutsche, aber nicht meine Mutter, meine geliebte Mutter!«

Maman hält sich an diesem Satz fest, als wüsste sie nicht, was sie sonst hinausschreien sollte. Bei der Beerdigung meines Vaters schrie seine Schwester immer wieder, dass er noch Enkelkinder habe auf den Schoß nehmen wollen. Ich war mir nicht sicher, ob das stimmte, aber das spielte keine Rolle. Diese hinausgeschrienen Worte sind vor allem Öl in das Feuer der Trauernden, das immer wieder angefacht werden will, Öl in ein Feuer, in dem die bösen Geister der Nachrede brennen sollen. Doch was hätte meine Mutter in dieser Hinsicht bieten können?

Bei Maman-Bozorg fiel einem nichts ein, das sie noch hätte erleben, sehen oder essen wollen. Sie hat sich immer geholt, was sie brauchte. Wenn sie Eintopf kochte, fischte sie das beste Fleisch für sich heraus, bevor sie ihn servierte. Wenn sie ein Bad nahm, ließ sie sich von ihrer Tochter den Rücken abrubbeln, bis ihre Haut leuchtete wie eine rote Ampel und Maman der Schweiß von der Stirn rann. Deshalb hatte meine Großmutter bis zum Schluss eine Haut wie eine Dreizehnjährige. Jeden Tag legte sie sich nach dem Mittagessen nieder, egal, was um sie herum passierte. Selbst nach dem großen Erdbeben 1968 in Birdschand, wohin mein Großvater kurzzeitig als Beamter versetzt worden war, zog sie sich täglich um Punkt dreizehn Uhr in das Zelt zurück, das mein Großvater im Garten aufgestellt hatte. Baba-Bozorg starb, als ich noch ein Kind war, und das Einzige, woran ich mich bei ihm erinnere, ist, wie er mir erzählte, dass damals Maman-Bozorgs Schnarchen aus dem Zelt drang, während er und die ganze Stadt mit Bergen und Räumen beschäftigt waren.

Sie war gut zu sich. Vielleicht hat sie deshalb alle ihre Geschwister überlebt, selbst ihre jüngste Schwester. Bei deren Begräbnis, berichtete eine von Mamans Cousinen anschließend am Telefon, hatte meine Großmutter sich mit gutem Hunger die Kababspieße einverleibt, um dann, früher als alle anderen Trauergäste, davonzustelzen auf ihren dürren Beinen, die einerseits gebrechlich wirkten, anderseits wegen ihrer O-Förmigkeit so elastisch, als könnten sie jedes beliebige Gewicht abfedern. Die schwarze Handtasche hatte sie, wie immer, mit der ganzen Kraft des angewinkelten Armes an den Körper gepresst. Angeblich hatten meine Großmutter und ihre Schwester kurz vor deren Herzinfarkt gestritten. Es soll um einen gemeinsamen männlichen Bekannten gegangen sein, den Konditor am Ende der Straße, in der Maman-Bozorg wohnte. Ich erinnere mich, dass sie bei meinem letzten Besuch von ihm erzählt hatte.

»So sterben doch nur Deutsche, einsame Deutsche, aber nicht meine Mutter, meine geliebte Mutter ...«

Mamans Schreie sind in einen rhythmischen Singsang übergegangen, haben sich verselbstständigt und ziehen davon. Ich wiege den Oberkörper vor und zurück wie eine Schiffsschaukel, und nacheinander fliegt alles aus mir hinaus, Gedanken, Empfindungen, Erinnerungen. Ich erleichtere mich um mich selbst, werde angenehm leicht und leer. Das Ich hat sich verzogen, hat die Gunst der Stunde genutzt und ist abgehauen, macht blau, sitzt irgendwo im Grünen, an einem Bach und wirft Steine hinein, in einen seichten Bach mit klarem, ganz klarem Wasser, so dass es jeden einzelnen Stein auf dem Grund landen sehen kann. Ein Stein nach dem anderen, plitsch, platsch, jedes Mal klingt es ein wenig anders. Die Zeit dehnt sich unendlich aus. Manchmal trägt eine Brise den Geruch von gegrilltem Fleisch herüber, das Gelächter der Großfamilie.

Oder das Geheule.

Wieder leichter Wind, Staub steigt vom Boden auf, verrät sich in den Sonnenstrahlen und legt sich auf die

Trauernden. Ich schaue mich um, als müsste ich alles mit neuen Augen betrachten. Wenn ich hier lebte, ginge ich vermutlich auf alle möglichen Beerdigungen, wie eine Süchtige, steigerte den Rausch jedes Mal ein wenig, trauerte mich immer routinierter in Trance und entwickelte mich zu jener Frau, bei der sich Angehörige aus dem Ausland fragten, wer das denn bitte sei.

Auf dem Weg zurück zum Parkplatz gehen zwei von Mamans Cousinen nebeneinander her wie zwei Mädchen auf dem Schulweg. Wenn sie etwas sagen, halten sie sich den Tschador vor den Mund und blicken aus den Augenwinkeln um sich.

»Sie hat nur ein einziges Mal geweint«, wird die eine sagen.

»Meine Schwägerin hat mir erzählt, im Westen ist das nicht so mit dem Weinen«, wird die andere antworten.

»Vielleicht haben sie im Westen auch einfach weniger Gefühle.«

»Oder der Tod ihrer Großmutter geht ihr nicht nahe.«

»Sie hat sie auch kaum noch angerufen in den vergangenen Jahren.«

Jemand greift nach meiner Hand. Es ist eine von Mamans älteren Cousinen, die Einzige, die nie spricht, die nur knapp und lächelnd antwortet, wenn man sie etwas fragt, und dann schnell wieder seitlich zu Boden blickt. Wir gehen schweigend nebeneinanderher, bis wir den Parkplatz erreicht haben. Sie drückt noch einmal meine Hand und lässt sie dann los. Stille, wissende Gesten. In der Vagheit fühle ich mich geborgen.

Auf die Beerdigung folgen drei Tage, an denen ich Gäste begrüße, Beileid entgegennehme, Tee serviere, der Frage nach einem Ehemann ausweiche, Worte suche und nicht finde, mich nach Kindern erkundige, deren Namen mir nicht mehr einfallen. Nachts, wenn die letzten Gäste Maman-Bozorgs Wohnung verlassen haben, rollen meine Mutter und ich im Gästezimmer nebeneinander unsere Matratzen aus, und ich falle, kaum, dass ich mich hingelegt habe, in tiefen Schlaf. Und dennoch, wenn ich mich vormittags aus dem Bettenlager quäle, habe ich nicht das Gefühl, ein neuer Tag sei angebrochen. Die Zeit hört auf zu fließen und staut sich zu einem tiefen, dunklen See. In meinem anderen Leben, in der christlichen Welt, fällt mir zwischendurch ein, nähert sich der vierte Advent, doch ich spüre nichts von der klaren Ordnung des Dezembers, von den Etappen, von der anschwellenden Geschäftigkeit, die klar auf das eine große Ziel hinarbeitet. Ich kenne nur noch Todestage, die ich wie Bohnen zähle.

Am siebten Todestag wache ich morgens auf, als es an der Tür läutet. Meine Mutter dreht mir den Rücken zu und zieht sich die Bettdecke über den Kopf. Ich bleibe liegen, lausche. Es klingelt erneut. Und noch einmal. Ich vergrabe meinen Kopf unterm Kissen. Es hört nicht auf.

An der Garderobe hängt die tannengrüne Trachtenstrickjacke mit Hirschgeweihknöpfen und Edelweißmotiv am Kragen, die meine Großmutter in Deutschland gekauft und gerne zu Hause getragen hatte. Ich lege sie mir über die Schultern und öffne die Tür.

Zwei kohlenschwarze Augenpaare starren mich an. Ich stoße die Tür wieder zu und öffne sie ein paar Sekunden später erneut, dieses Mal mit einem schwarzen Tuch um den Kopf. Das Tuch fühlt sich vor lauter Friedhofsstaub und Tränenflüssigkeit der Cousinen an wie Pappmaché. Unterm Kinn habe ich es etwas zu fest zugeknotet.

»Verzeihen Sie.« Die ersten Worte des Tages, intimer als Haupthaar.

Vor mir steht ein Mann, kaum größer als ich, den Schädel kahlrasiert, die Haut gräulich braun, das Holzfällerhemd nachlässig in eine beigefarbene Bundfaltenhose gesteckt. Neben ihm die kleinere Ausgabe seiner selbst.

»Entschuldigen Sie die Störung«, sagt der Mann, offensichtlich der Vater, und senkt den Blick. »Ist Khanum Nafissi gar nicht zu Hause?«

Die löchrigen Turnschuhe an seinen Füßen kommen mir bekannt vor.

»Nein. Sie ist gestorben.« Ich spreche es zum ersten Mal aus. Es klingt, als wäre es nicht die ganze Wahrheit. Als folgte da noch etwas. »Sie ist gestorben«, wiederhole ich den Satz, bemüht, die Stimme am Ende zu senken.

»Mein Beileid«, murmelt er, ohne aufzuschauen.

Die Turnschuhe hatte ich mir vor ein paar Jahren gekauft, kaum getragen und sie irgendwann meiner Großmutter in den Iran mitgegeben. Wenn sie bei uns zu Besuch war, mistete sie ständig unsere Schränke und Regale aus, auf der Suche nach Dingen, die sie für Bedürftige mit in den Iran nehmen konnte. Von einem Vater, dessen Frau an Krebs gestorben war und der als Tagelöhner mehrere Söhne versorgen musste, sprach sie öfter.

»Khanum Nafissi war eine gute Frau, sie hatte ein reines Herz. Sie hat uns immer geholfen, wenn wir in Not waren. Gott erbarme sich«, sagt der Vater.

»Gott erbarme sich«, murmelt der Sohn.

Die beiden bleiben regungslos stehen, fixieren einen Punkt auf dem Boden, sagen nichts. Ich überlege angestrengt, was ich ihnen geben kann. Tuman besitze ich keine, Euro nur in großen Scheinen. Den Kühlschrank haben wir schon ausgeräumt, die Küchenregale ebenfalls.

»Können wir ihren Fernseher haben?«, fragt der Junge. Er hält die Luft an, sieht mir kurz ins Gesicht, lugt zu seinem Vater hinüber.

Dieser versetzt ihm einen Schlag auf den Hinterkopf.

»Sei nicht frech, Junge.«

Der Blick des Vaters flitzt zwischen seinem Sohn und mir hin und her, die Augenbrauen sorgenvoll zusammengezogen.

»Eine gute Idee. Bitte nehmen Sie den Fernseher mit.«

»Das ist zu gütig, aber das kann ich nicht annehmen. Mein vorlautes Kind ...«

Der Vater schimpft weiter, während sie den Fernseher hinaustragen. Da opfere man sein Leben für die Kinder, und heraus komme so etwas, ein Rotzlöffel ohne Manieren, frei von Anstand und Demut. Der Sohn beißt sich auf die Unterlippe und arbeitet mit aller Kraft dagegen an, dass ihm das Gerät von den Fingern rutscht.

Die Fernbedienung haben sie vergessen. Ich entdecke sie Stunden später, als das Wohnzimmer schon wieder voll mit Trauergästen ist. Sie liegt auf dem Tisch, versteckt zwischen unzähligen Teegläschen. Wie ein Walkie-Talkie, das meine Großmutter zurückgelassen hat, damit sie aus dem Himmel oder der Hölle oder was auch immer sie extra für sie eröffnen mussten alles mithören kann. Mithören kann, was die Familie über sie redet, ob die Familie sie als jene betrauert, als die sie sich selbst sah: als aufopferungsvolle Mutter einer vom Schicksal geschlagenen Tochter, als duldsame Ehefrau an der Seite eines Spielers, als verkannte Heilige. Sie war nicht der Typ, der einfach so geht. In ihrem Fall wird die Erinnerung nicht in dem Moment zu welken beginnen, da die Urkunden ausgestellt und die Kleider entsorgt sind. Ich ahne es.

Ich wickle die Fernbedienung in ein T-Shirt und verstaue sie in meiner Reisetasche. Im Schlafzimmer ist es leer, still und kühl. Ich rutsche an der Wand herab auf den Boden. Die Stimmen aus dem Wohnzimmer dringen zu mir, das Gemurmel massiert meinen verspannten Nacken. Heute muss der 19. Dezember sein, fällt mir ein, heute wäre ich auf ein Konzert gegangen. Es war ausverkauft, wenige Stunden, nachdem der Ticketverkauf begonnen hatte, aber Jan hatte noch eine Karte ergattert und sie mir geschenkt. Die Band sei eigentlich gar nicht so sein Ding, sagte er. Das Ticket befestigte ich mit einem Magneten am Kühlschrank, und jedes Mal, wenn mein Blick es in den vergangenen Wochen streifte, wuchs die Vorfreude. »Funeral« heißt das Album, das ich so sehr liebe, und jetzt sorgt ausgerechnet eine Beerdigung dafür, dass ich das Konzert verpasse. Eine iranische Beerdigung, die sieben Tage dauert. Eine deutsche hätte mich nicht um mein Konzert gebracht. Für ein deutsches Begräbnis hätte ich mir einen Tag freinehmen und mich einige Stunden lang pietätvoll verhalten müssen, bis ich am späten Nachmittag alle Trauergäste mit Händeschütteln verabschiedet hätte. Am Abend hätte ich auf das Konzert gehen und die Texte aus voller Kehle mitgrölen können. *But now that I'm older, my heart's colder.* Dazu zöge der Satz, den ich an diesem Tag mehrmals vernommen hätte, als Laufschrift immer wieder durch meinen Kopf: Der Tod gehört zum Leben dazu. Wie Werbung, völlig wirkungslos.

»Mona. Mona! Kümmere dich um deine Mutter. Sie sieht aus, als hätte sie Drillinge geboren.« Eine von Mamans Cousinen rüttelt an meiner Schulter. Ich brauche ein paar Sekunden, um zu begreifen, wo ich bin. Der Kronleuchter aus Messing hilft mir wieder auf die Sprünge.

In der Küche drängen sich kleine schmale Frauen in Schwarz. Afghaninnen. Der Teint ist dunkler, der Dialekt härter. Sie spülen Teegläser und tragen regelmäßig Platten mit Reis zum Esstisch. Ich bitte um ein Glas Wasser und bringe es meiner Mutter, die im Wohnzimmer auf einem Hocker in der Ecke sitzt und dann das Glas in den Händen hält, als habe sie vergessen, was damit anzufangen sei. An diesem Tag hat sie noch nicht geweint, nur das Nötigste gesprochen. Seit sie am Vormittag unter der Bettdecke hervorgekrochen ist, hockt sie da, völlig in sich gekehrt. Fariba, eine ihrer Cousinen, streichelt ihre Hand und wischt sich ab und zu Tränen von den Wangen. Ihr schwarzer Lidstrich sitzt dennoch perfekt. Ich gehe mit dem Blick die Reihe ab, Augenpaar für Augenpaar, Cousine für Cousine. Eine schluchzt geräuschvoll, eine andere tupft sich die Augen trocken. Nirgends schwarze Schlieren oder Spuren aufgelöster Wimperntusche. Als wären die Tränen und Lidstriche unecht, als wäre die Trauer und überhaupt Maman-Bozorgs Tod unecht. Als wäre sie in Wahrheit nach Los Angeles abgehauen und hätte die Nichten angewiesen, ihren Tod zu inszenieren, damit sie in Beverly Hills ungestört ein neues Leben als persischer Schlagerstar beginnen könnte.

Die Wahnvorstellungen, die sie im Laufe ihrer Krankheit entwickelte, waren im Grunde ihre Wunschvorstellungen. Sie entwickelte keine Paranoia, fühlte sich nicht verfolgt oder beklaut. Im Gegenteil: Endlich bot ihr das Leben die Bühne, die sie glaubte zu verdienen. Und alle applaudierten, egal, was sie tat. Wenn Maman-Bozorg vor dem Fernseher saß, war sie auf gewisse Weise näher bei sich selbst als irgendwann sonst. Sie blühte förmlich auf. Nur deshalb ertrug meine Mutter, dass ihre Cousinen von Zeit zu Zeit anriefen und sagten, so könne es nicht weitergehen, Tante könne unmöglich länger alleine leben, sie müsse sich etwas einfallen lassen. Ihr fiel aber nichts ein, außer eine Pflegerin zu engagieren, die von Maman-Bozorg spätestens nach zwei Wochen wieder vor die Tür gesetzt wurde. »Sie hat meinen Lippenstift benutzt«, krächzte meine Großmutter dann in den Telefonhörer, oder: »Sie hat vor meinen Augen mit Aref geflirtet«, oder: »Die Pflegerin von meiner Nachbarin war viel hübscher«.

Im Geiste skizzierte ich immer wieder, wie es sein würde, wenn die Cousinen anriefen und sagten: »Ihr müsst kommen, Tante geht es sehr schlecht.« Dass es jemandem sehr schlecht gehe, heißt für Auslandsiraner, dass derjenige eigentlich schon tot ist. Aber die Wahrheit, so die gängige Meinung, ist einem Verwandten allein in der Fremde nicht zuzumuten. Die heißen Tränen sollen auf heimischen Boden fallen. Ich dachte, ich würde nach diesem Anruf die Augen niederschlagen, würde anstandshalber überlegen, ob ich zur Beerdigung fliegen sollte oder nicht, mich schließlich dagegen entscheiden. Nach kurzer Zeit des Gedenkens, dachte ich, würde ich schon wieder wie jeden Tag mit dem Fahrrad ins Büro fahren und mittags einen Salat im Bio-Supermarkt abwiegen, als wäre nichts geschehen. Der Iran und ich, diese anstrengende On-Off-Beziehung, das wäre endgültig beendet gewesen. Alle waren gestorben, bis auf ein paar von Mamans Cousinen, die es nicht rausgeschafft hatten aus dem Land und die ich nicht einmal mehr auseinanderhalten konnte. Das wäre dann auch das endgültige Ende mit Ramin gewesen. Das Leben hätte sich von dem Zeitpunkt an mäßig angefühlt. Mäßig, beherrschbar.

In den Iran wäre ich womöglich noch einmal im Rentenalter gereist, ich hätte auf dem Bazar zu viel Geld für einen Seidenteppich ausgegeben und im Hotel über den amateurhaften Service geschimpft. Wie eine deutsche Touristin, deren erster Liebhaber ein persischer Austauschstudent war. Eine unmögliche Liebe.

Doch es kam anders. Als wir den Anruf erhielten, waren meine Mutter und ich gemeinsam in der Innenstadt unterwegs. Wir hatten ein Schuhgeschäft in einer der kleinen Seitenstraßen betreten und betrachteten als einzige Kunden eine karge Auswahl an Schuhen auf glatten, weißen Oberflächen. Ich bat den Verkäufer, mir ein Paar Stiefel in Größe vierzig zu bringen. Er kam gerade mit einem Karton unterm Arm zurück, als der orientalische Handyklingelton meiner Mutter durch den leeren Raum hallte. Der Verkäufer und ich schauten ihr dabei zu, wie sie hektisch in ihrer Handtasche nach dem Telefon wühlte. Sie meldete sich wie immer mit »Hegebauer«, Wolfis Nachnamen, den sie trotz allem behalten hatte. Kaum hatte ich begriffen, dass jemand aus dem Iran anrief, stieß sie schon einen kurzen Schrei aus und ließ das Handy fallen. Ich hob es auf, rief dem Verkäufer ein »Danke« zu und zog sie raus auf die Straße.

»Maman!« Ich hielt ihre Schultern fest. »Maman, was ist passiert?«

Statt zu antworten, schlug sie sich mit der flachen Hand auf die Brust und weinte los. Ich rüttelte an ihren Schultern.

»Was ist los?«

»Meine Mutter, meine geliebte Mutter …«, schrie sie auf Persisch.

Ich wartete auf einen Impuls, der mich das Richtige tun ließ. Er blieb aus, wieder einmal. Schließlich umarmte ich sie, doch ich konnte ihr keinen Halt bieten. Sie ließ sich nicht fallen, nicht einmal jetzt spürte ich ihr Gewicht. Wir standen eine Weile so auf dem Gehsteig, sie schluchzte, und ich überlegte, ob es schneller ginge, wenn ich uns ein Taxi riefe oder auf der nächstgrößeren Straße eines anhielte. Letzteres, entschied ich, löste mich aus der Umarmung und schob Maman mit leichtem Druck Richtung Mittelstraße. Sie klagte und weinte, holte zwischendurch nur kurz Luft. Eine Frau Mitte fünfzig mit kinnlangem, blondiertem Haar und Max-Mara-Tüte in der Hand kam uns entgegen und musterte uns abschätzig. Drei Frauen mit Weihnachtsmannmützen auf dem Kopf und Sektgläsern in der Hand, die schwatzend vor einer Boutique um einen Heizpilz herumstanden, verstummten, als wir an ihnen vorbeigingen. Mit etwas mehr Druck schob ich meine Mutter weiter. Ich ertrug es nicht, Aufmerksamkeit auf mich zu ziehen, nicht einmal jetzt.

Ich winkte ein Taxi herbei. Der Fahrer, stellte sich heraus, war Iraner.

»Mein Beileid«, sagte er an der ersten Ampel auf Persisch, auf eine diskrete Art und ohne eine Reaktion zu erwarten.

Auf der Rückbank des Taxis dachte ich nun das erste Mal an meine Großmutter. Mir fiel ein, wie sie morgens oft barbusig in meinem Kinderzimmer vor dem Fenster gestanden hatte. Aus irgendeinem Grund hatte sie sich immer vor dem Fenster angezogen, wenn sie bei uns zu Besuch war. Ich erschrak jedes Mal und rief: »Maman-Bozorg, hier kann ja jeder reinschauen!« Dann hatte sie sich immer so hingedreht, dass wirklich jeder von der Straße aus sie sehen konnte, die Arme ausgebreitet und gesagt: »Na und! Hier ist doch Deutschland! Hier ist doch Azadi!«

Meine Mutter gab keinen Laut mehr von sich, saß still da, den Kopf halb Richtung Fenster gewandt. Doch innerlich bebte sie, einzelne Muskeln in ihrem Gesicht zuckten unkontrolliert. Ich fragte mich, woran sie sich gerade erinnerte. An den Tag, an dem ihre Mutter sie verheiratet hatte? Ich versuchte, mich wieder meinen eigenen Erinnerungen zuzuwenden.

Als wir vor meiner Haustür ausstiegen, sah meine Mutter mich flehend an. »Kümmerst du dich um die Flüge?«

Ich buchte zunächst nur einen Flug, für sie. Ich brachte es aber nicht übers Herz, ihr zu sagen, dass ich nicht mitkommen würde, also buchte ich wenige Stunden später einen zweiten für mich dazu.

Und jetzt bin ich hier, sitze in Maschhad auf einem Louis-Seize-Stuhl-Imitat, umgeben von weinenden Frauen mit unzerstörbarem Make-up, deren unerschütterlicher Glaube an die Vorhersehung mich einlullt, träge macht, lähmt. Meine Zweizimmerwohnung in Ehrenfeld, die nach fünf Jahren immer noch so aussieht, als wäre ich gestern erst eingezogen, mein Fahrrad, das in Köln im Regen steht, mein Arbeitsplatz, der wirkt, als wäre ich nur kurz Kaffee holen – eine andere Welt, die Bilder schon verblasst.

»Fariba?«

Sie reagiert nicht sofort. Sie lässt noch eine Träne hinunterkullern, fährt sich mit einem Taschentuch am Kiefer entlang. Auf dem Taschentuch keine schwarzen Streifen, keine grauen Flecken, nichts.

»Was, Liebes?«

»Wieso verwischt eure Schminke nicht?«

»Weil wir alle Permanent-Make-up haben.« Statt mich anzuschauen, streicht sie auf ihrem Schoß das durchnässte Taschentuch glatt. »Deine Großmutter hat sich so sehr Permanent-Make-up gewünscht. In zehn Tagen hätte sie ihren Termin gehabt.« Fariba schließt die Augen und schüttelt den Kopf.

Eine Frau, Mitte vierzig, die ich noch nie zuvor gesehen habe, betritt das Wohnzimmer und stürzt sich auf Maman, umarmt sie und heult auf. Dann löst sie sich wieder von ihr, torkelt in die Mitte des Raums und schlägt sich mit der flachen Hand abwechselnd links und rechts ins Gesicht. Ihr schwarzer Schleier fällt zu Boden. Die übrigen Trauergäste hören zu reden und zu essen auf und schauen sie an, als wäre sie die Showeinlage, auf die alle gewartet haben. Ich muss lachen, blicke auf den Boden und schirme schnell das

Gesicht mit der Hand ab. Je mehr ich mir das Lachen verbiete, desto ungestümer wird es. Meine Schultern beben, ich beiße mir auf die Unterlippe, versuche, an Jan zu denken, das Nüchternste, das mir gerade einfällt. Aus dem Augenwinkel sehe ich, dass meine Mutter dieselbe Haltung wie ich eingenommen hat. Erst, als die fremde Frau sich eine Wange blutig geschlagen hat, stehen zwei Cousinen auf, halten ihre Hände fest und reden auf sie ein. Die Frau fällt auf die Knie, ruft Maman-Bozorg an:

»Du warst immer für mich da, wenn es mir schlecht ging!«

Ein Gedanke schleicht sich heran: Vor allem dann war meine Großmutter da. Ein störender Gedanke, er hat auf einer Trauerfeier nichts verloren. Ich verscheuche ihn wie einen streunenden Hund.

»Dein Herz und deine Tür standen immer offen.«

Rein kam man schnell, raus ebenfalls. Auf Stockschläge reagiert der Hund nicht.

»Niemand in der Familie war so großzügig wie du.«

Großzügig mit Liebe, verschwenderisch mit Verwünschungen. Der Hund macht einen kleinen Bogen und kehrt wieder zurück.

»Du hast für alles Verständnis gezeigt.«

Fehltritte anderer interessierten sie besonders. Hunger plagt ihn, es geht ums Überleben.

»Du hast dich für deine Tochter und Enkeltochter aufgeopfert.«

Maman und ich tauschen Blicke aus. Er zeigt mir seine Zähne. Es ist kein Hund, es ist ein Wolf.

Die Cousinen reden auf die Fremde ein, während sie sie auf beiden Seiten stützen und in die Küche bringen.

»Wer war die Frau?« Meine Wangen glühen.

»Ich weiß nicht genau.« Meine Mutter wischt sich übers Gesicht, atmet tief ein, tief aus. Der Zwischenfall scheint etwas in ihr gelöst zu haben. »Ich glaube, die Tochter von einer ihrer Cousinen – frag nicht.«

Bei der Beerdigung meines Vaters tauchte eine Frau ungefähr gleichen Alters auf und lieferte eine ähnliche Vorstellung. Damals war ich erschüttert und fragte mich, wie es eine Frau geben konnte, die meinem Vater offenbar so nahe gestanden hatte, dass sein Tod sie derart aus der Bahn warf, von der ich aber noch nie gehört hatte. Mein Onkel, der aus Kanada angereist war, erkannte meine Not und flüsterte mir zu, dass Frauen, die keinen Mann abgekriegt hatten, auf alle möglichen Beerdigungen gingen, um lauthals das eigene Schicksal beklagen zu können.

Mein Onkel, der Bruder meines Vaters, war ein vornehmer Mensch. Meine Großmutter hätte es anders ausgedrückt. Sie hätte gesagt: Die führt sich so auf, weil ihre Kos juckt. Kos, ihr Lieblingswort. Es gehörte zu Maman-Bozorg wie die grünen Augen, auf die sie so stolz war, wie der herzförmige Leberfleck auf ihrem rechten Schulterblatt, wie der gewaltige große Zeh, der alle anderen Zehen in den Schatten stellte.

Kos. Ich spreche es leise aus. Wie ein Mathematiker die Formel, nach der er sein Leben lang gesucht hat. Fariba hört für einen Augenblick auf, die Hand meiner Mutter zu streicheln. Vielleicht hat sie es gehört, kann es aber nicht glauben. Sie macht schließlich weiter, als wäre nichts gewesen. Und dann tue ich etwas, das ich noch nie getan habe: Ich übersetze Kos.

كوص

Kos

Gegen Mitternacht verabschieden wir die letzten Gäste. Wir gehen ins Wohnzimmer, blicken uns um. Ohne Fernseher wirkt der Raum unbewohnt. Wie eine konspirative Wohnung.

»Fahren wir in ein Hotel?«

»Bitte!«

Wir sammeln die letzten Teegläschen ein und spülen sie, packen die wenigen unserer Dinge, die wir gebraucht haben, in die Koffer zurück. Meine Mutter steckt einen großen braunen Briefumschlag in ihre Handtasche, bevor sie das Licht ausmacht und die Wohnungstür hinter uns zuzieht.

»Was ist in dem Umschlag?«, frage ich im Aufzug.

»Dokumente und alte Fotos. Ich will mir das in Ruhe ansehen.«

»Ein Umschlag, das ist alles, was wir mitnehmen?«

»Ihren Goldschmuck habe ich unter den Cousinen verteilt. Und sonst – sie war keine Nostalgikerin, das weißt du ja.«

Das Taxi gleitet über die leeren Straßen, als wären

Fahrbahnmarkierungen nur eine Orientierungshilfe für Anfänger. Der Fahrer summt »Geronimo's Cadillac« mit, das aus den Boxen seines angerosteten Autos noch schriller klingt. In einem anderen Rhythmus wird das Wageninnere vom gelben Licht der Laternen erleuchtet. Ab und zu flattert eine Frau im Tschador auf einem Moped vorbei. Wenn wir an einer Ampel halten, schaut sich der Taxifahrer ganz genau an, wer rechts und links neben uns wartet.

Während meine Mutter an der Rezeption Formulare ausfüllt, logge ich mich in der Lobby ins WLAN ein und schreibe Siavasch eine E-Mail. Das wollte ich bei jeder Iran-Reise nach unserem Streit tun, das habe ich bei jeder Iran-Reise bleiben lassen. Nun ist die letzte Gelegenheit.

> *Siavasch,*
> *ich bin im Iran, ab übermorgen in Teheran. Sehen wir uns? Bin auch nicht mehr beleidigt, neun Jahre schmollen haben gereicht. Du erreichst mich in Maschhad im Hotel Laleh oder per Mail.*
> *Dein Tschub-e do sar gohi*
> *P. S.: Totstellen zwecklos, habe gerade erst einen Artikel von dir gelesen.*

Wir nehmen zwei Einzelzimmer. Sie schlafe schlecht, wälze sich viel herum, sagt meine Mutter. Bevor wir uns auf dem Gang trennen, gebe ich ihr einen Gutenachtkuss auf die Stirn. Ich weiß nicht, was mich dazu verleitet hat. Sie schaut mich an, zieht einen Mundwinkel nach oben und streicht mit der Hand über meine Wange.

»Gute Nacht«, sage ich und wende mich ab.

In meinem Zimmer drehe ich als Erstes die Heizung herunter. Ich ziehe mich bis aufs Unterhemd aus und lege mich in die Mitte des Doppelbettes. Ich wehre mich nicht, als mich die Matratze verschluckt. Ich bleibe auf dem Rücken liegen und zähle die kaputten Halogenstrahler an der Decke.

Kos. Meine Großmutter benutzte das Wort mehrmals täglich, so, wie andere mehrmals täglich Vitamintabletten nehmen, um Mangelerscheinungen vorzubeugen. Sie sprach es nur aus, wenn kein Mann in der Nähe war. In meiner Erinnerung war nie ein Mann in der Nähe. Maman-Bozorg verwendete es etwa so: »Die Fariba hat einen lieben, gutaussehenden Mann, der sie mit Geld überhäuft. Die hat wohl eine goldene Kos, weil so hübsch ist sie ja nicht.« Oder es ergaben sich Dialoge dieser Art, etwa wenn meine Mutter sie bat: »Könntest du die Gurke da hinein tun?« – »Wo rein?« – »Na, da rein!« – »Was meinst du? Soll ich sie in meine Kos tun oder was?«

In jedem Witz, den sie erzählte, kam das Wort vor. Ich habe mir diesen gemerkt: *Ein Mann fasst einer*

Frau auf der Straße zwischen die Beine. Die Frau schreit: »Hilfe, der Mann hat meine Vagina angefasst!« Die Sittenpolizei kommt, Zeugen werden vernommen. Einer sagt: »Ich habe gesehen, wie der Mann dieser Frau an die… ähm… an die… Schwester, wie heißt deine Kos noch mal?« Meine Großmutter kniff mir während der Pointe immer in den Oberarm und wiederholte sie mindestens drei Mal.

Solange Maman-Bozorg problemlos gehen konnte, solange ihre Knie noch mitmachten, besuchte sie uns alle ein, zwei Jahre in Deutschland und blieb jeweils drei Monate lang. Ich war noch nicht schulreif, da begann sie, mich aufzuklären. »Wenn die Kos etwas zum Herzeigen wäre«, sagte sie, »dann hätte der liebe Gott sie auf die Stirn getan«, sie bohrte mir ihren Zeigefinger zwischen die Augenbrauen, »und sie nicht zwischen den Beinen versteckt.« Während sie das sagte, griff sie sich selbst ziemlich grob an die Kos. Ihr Argument leuchtete mir ein.

Sie klärte mich jedoch sehr lückenhaft auf. Lange wusste ich nicht, um was es eigentlich ging, wovor ich meine Kos verstecken sollte. Mir schwante allerdings, dass da etwas war. Dass mir ein Puzzleteil fehlte. Meine Großmutter nährte den Verdacht, denn sie sagte immer, mein Großvater habe sie genau ein Mal angefasst. Dabei schaute sie verschwörerisch, legte den Zeigefinger kurz, aber nachdrücklich auf meinen Unterarm. Dort bildete sich Gänsehaut. Ich fragte mich, weshalb sie mir etwas so Unwichtiges in diesem Ton erzählte.

Das Pendant, das persische Wort für Schwanz, lernte ich erst sehr viel später kennen. Es muss zu der Zeit gewesen sein, als ich mich aufs Abitur vorbereitete. In den Gesprächen, in denen das Wort zum ersten Mal auftauchte, ging es um Araber. Unter iranischen Frauen hält sich das Gerücht, Araber hätten einen besonders großen Penis. Eine Bekannte meiner Großmutter schwor seit ihrer Pilgerfahrt, es sei wahr. Die Bekannte erzählte, sie habe in einer Moschee auf dem Boden gekniet, angeblich ins Gebet vertieft, und als sie den Blick nach oben richtete, um den Allmächtigen anzurufen, habe sie gedacht: »Allmächtiger!« An der Decke saß ein Araber im Kronleuchter und polierte die Kristalle. Und da Araber unter ihrem Thawb nichts tragen – auch das konnte die Verwandte bestätigen –, hatte sie freien Blick. Meine Großmutter erzählte diese Geschichte von da an bei jeder Gelegenheit. Mir war das peinlich. Bis zum Schluss.

Als wir ab Ende der Achtzigerjahre Privatfernsehen empfingen, stachelte sie mich, wenn sie bei uns zu Besuch war, spätabends immer an, herumzuzappen. Ich verstand bald, was sie wollte, und spielte mit. Landeten wir bei RTL und lief gerade irgendein Softporno, warf sie mir eine Wolldecke über den Kopf und schrie, ich dürfe auf keinen Fall hingucken. Sie zeterte; was für eine Schande, um Gottes willen, wie ertragen die Mütter und Väter diese Schmach, das sind ja Tiere, im Iran würden sie die sofort hinrichten! Ich kannte ihre Tiraden schon, seit wir einmal beim Fernsehen bei »Letzter Tango in Paris« hängengeblieben waren. »Oh, mein Gott, in Mantel und Stiefel!«, hatte sie ständig ausgerufen. Dabei hatte sie sich auf die Unterlippe gebissen und sich mit der flachen Hand abwechselnd rechts und links ins Gesicht geschlagen. Aber umschalten, das hatte sie mich nicht gelassen.

Meiner Freundin Clara übersetzte ich Kos mit Scheide. Das passendere deutsche Wort kannte ich damals noch nicht. Wir hatten Modenschau gespielt, Clara hatte sich wie immer komplett ausgezogen und rannte nackt durch die Wohnung. Maman-Bozorg war zu Besuch und erläuterte Clara dann in meinem Kinderzimmer ihre Stirn-Beine-Theorie. Clara wollte unbedingt wissen, was meine Großmutter meinte. Ich weiß noch genau, ich sprach »Scheide« etwas leiser aus. Währenddessen schaute ich zu Boden. Als es raus war, spürte ich längere Zeit Claras fragenden Blick auf mir, er verlagerte sich auf meine Großmutter, die ihrerseits Clara erwartungsvoll angrinste.

Clara kam an den darauffolgenden Tagen nicht wie sonst nach der Schulstunde an meinen Tisch, um mit mir in die Pause zu gehen. Dafür streifte die Klassenlehrerin in der nächsten Sachkunde-Stunde meinen Oberarm, als sie sagte: »Unsere Geschlechtsteile, die

Scheide und der Penis, sind ganz normale Körperteile, sind weder gut noch schlecht, sondern Teil von uns, das Natürlichste auf der Welt.« Mein Sachkundeheft lag aufgeschlagen vor mir. In der Stunde zuvor waren wir bei Korbblütlern stehen geblieben.

Clara besuchte mich danach noch ein paarmal, um mit mir Barbie zu spielen. Sie selbst besaß keine Barbies. Ihre Mutter, Frau Steffens, hatte ein Schild an Claras Kinderzimmertür geklebt, auf dem eine durchgestrichene Barbie zu sehen war. Ich verstand nicht, weshalb. Meine Mutter konnte es mir auch nicht erklären. Es kamen immer mehr Dinge hinzu, die bei Clara offenbar anders liefen als bei uns. Wenn Frau Steffens Clara vom Spielplatz abholte, sah ich schon aus der Ferne ihren Busen unterm T-Shirt hin und her hüpfen. Frau Steffens war mit dem Vater von Clara nicht verheiratet. Clara nannte ihre Mutter Margit und ihren Vater Rainer.

Damals gab es für mich zwei Arten von Müttern: Mütter, die sich schminkten, und Mütter, die sich nicht schminkten. Mütter, die immer kochten und sich für Kinder nicht weiter interessierten, und Mütter, die nicht kochten und Kindern immer alles sehr, sehr genau erklärten. Maman-Bozorg und Maman gehörten in die erste Kategorie, Frau Steffens in die zweite, ebenso wie Swantje, die Freundin meines Vaters. Swantje, hatte mein Vater einmal gesagt, sei Genossin. Daher tippte ich darauf, dass Frau Steffens auch Genossin sei. Ich konnte mir nicht vorstellen, dass diese zwei Arten von Frauen miteinander in Kontakt treten konnten. Es war, als lebten sie in unterschiedlichen Galaxien. Meine Mutter und Swantje habe ich nie gemeinsam in einem Raum gesehen.

Mit fünfzehn, sechzehn Jahren wurden Clara und ich einander fremd. Clara fing an, im Bikini über Laufstege zu stelzen, ich las Hermann Hesse und sah stundenlang Regentropfen dabei zu, wie sie die Fensterscheibe hinunterkullerten. Nach dem Abitur schrieb sie sich an der Uni für Theater-, Film- und Fernsehwissenschaften ein, und wenn wir uns zufällig auf dem Campus trafen, tranken wir Kaffee zusammen und verwunderten einander mit Details aus unseren Leben. Mit vierundzwanzig hatte sie mich sogar zu ihrer Hochzeit eingeladen – sie heiratete einen polnischstämmigen Bundeswehroffizier –, doch danach gingen wir uns so gut wie möglich aus dem Weg. Wir begegneten uns erst beim zehnjährigen Abiturtreffen wieder. Wir betraten exakt zur selben Zeit die Bar, setzten uns nebeneinander und schwiegen uns eine Weile lang an. Dann versuchte ich ein paarmal vergeblich, in das Gespräch rechts von mir hineinzufinden, während Clara links von mir mehrmals ihre Sitzposition änderte. Ich ergab mich schließlich.

»Modelst du eigentlich noch?« Mir fiel nichts Besseres ein.

»Puh, nein, das ist schon lange her.« Sie seufzte.

»Und was ist mit deinem Studium?« Die nervigste Frage, die man beim zehnjährigen Abitreffen stellen konnte.

»Ich mache nächstes Semester meinen letzten Schein. Vor vier Jahren ist meine Tochter auf die Welt gekommen, vor vier Monaten mein Sohn.«

»Vor vier Monaten? Gratuliere.«

»Danke. Heute habe ich das erste Mal Ausgang.« Sie deutete ein Prost mit ihrem Glas Rotwein an und schlug die Beine übereinander, die in einer apricotfarbenen Slim-Fit-Jeans steckten. Ihr Gesicht war ebenfalls slim, und der Haaransatz hatte sich ziemlich weit nach hinten verabschiedet. Als Kind hatte ich sie um ihr feines, seidiges Haar beneidet, um ihren fröhlichen Pferdeschwanz, der bei jeder Bewegung hin und her schwang, auf und ab hüpfte. Mein Haar hatte wie eine Betondecke auf den Schultern gelegen und sich nie von selbst bewegt. Wenn ich es zu einem Pferdeschwanz zusammenband, fühlte sich das an, als zöge eine dunkle Kraft meinen Kopf nach hinten. Manchmal bekam ich Kopfschmerzen davon. Und an der Stelle, an der das Haargummi saß, so etwas wie Haarmuskelkater.

»Allein mit zwei Kindern, da bleibt nicht viel Zeit fürs Studium«, sagte sie ernst. »Mein Mann ist in Afghanistan stationiert.«

Was sollte ich dazu sagen? Tut mir leid? Interessant? Was macht ihr mit dem ganzen Geld, das dein Mann dort verdient? Die Frage erübrigte sich, Clara redete weiter.

»Sag mal, kommst du nicht aus Afghanistan?«

»Aus Iran. Ist direkt daneben.«

»Ach ja.«

Clara nippte am Rotwein und behielt ihn lange im Mund. Dann nahm sie einen weiteren ordentlichen Schluck.

»Kannst du dich daran erinnern, wie deine Oma uns das mit der Scheide gesagt hat? Dass die zwischen den Beinen versteckt ist, weil sie stinkt?«

»Nicht, weil sie stinkt. Weil sie nicht zum Herzeigen ist.«

»Ich habe das beim Schlafengehen meiner Mutter erzählt. Weil sie meinen Körperteilen immer einzeln Gute Nacht gewünscht hat. Bekloppt.« Sie gluckste. »Als sie bei der Scheide war, habe ich es ihr gesagt. Das mit der Stirn. Sie ist total wütend geworden und hat gesagt, ich dürfe nicht mehr mit dir spielen. Man müsse die Schulleitung darüber informieren, was sei das nur für ein Frauenbild. Sie hat sogar an dem Abend noch unsere Klassenlehrerin angerufen und lauthals ...«

Jetzt nahm ich einen großen Schluck Rotwein.

»Wie heißen denn deine Kinder?«

»Meine Kinder? Marie. Marie-Luise. Und Konstantin.«

»Prächtig. Deine Mutter hat bestimmt unendlichen Spaß mit ihnen.«

Clara schwieg und spielte mit ihrem Ehering.

Wir leerten gleichzeitig die Gläser, und ich ging auf die Toilette. Während ich mir die Hände wusch und in den Spiegel schaute, erinnerte ich mich daran, wie die Klassenlehrerin damals an meinem Tisch vorbeigegangen und ich unruhig auf dem Stuhl hin und her gerutscht war. Alles Bemühen, nicht aufzufallen, half nichts, ich blieb ein faules Ei.

Einige Wochen vor dem Klassentreffen war ich ähnlich unruhig auf dem Stuhl hin und her gerutscht. Ich hatte zugehört, als eine Bekannte ihre Doktorarbeit verteidigte, der Titel enthielt die Wörter Fremd- und Selbstwahrnehmung, Muslima und Deutschland. Unbehagen verspürte ich schon nach wenigen Minuten, doch als mir auf einmal bewusst wurde, dass ich gemeint, dass meine Fremd- und Selbstwahrnehmung Untersuchungsgegenstand, ich die beschriebene Muslima war, verließ ich den Hörsaal. Allein wie sie das Wort »Muslima« aussprach, ließ mich schaudern. Wie sehr sich jeder in diesem Land bemühte, alles richtig zu machen. Es war unerträglich. Wenn die wüssten, wie früh ich das persische Wort für Fotze gekannt habe, dachte ich, als die schwere gepolsterte Tür hinter mir zufiel und ich allein auf dem Gang stand.

Ein Mann landet vor Gericht, weil er ein Mädchen entehrt haben soll. Der Richter verhängt eine hohe Geldstrafe. Der Mann fragt: »Entschuldigen Sie, Herr Richter, aber was haben sie pro Meter Jungfernhäutchen berechnet?« Maman-Bozorg wiederholte den letzten Satz immer dreimal, krümmte sich jedes Mal vor Lachen.

Die Erinnerungen an sie branden auf, fließen ineinander, bilden Ströme. Der Muezzin holt mich da raus, nicht grob, aber nachdrücklich wie ein Lehrer, den alle verehren, obwohl er nie lacht. Ich öffne die Augen, brauche einige Sekunden, bis ich weiß, wo ich bin. Iran, Maschhad, Hotelzimmer, Doppelbett. Zum ersten Mal höre ich den Muezzin im Iran. Ich kenne ihn nur aus Istanbul, Damaskus und Marrakesch. Im Iran habe ich ihn offenbar vor lauter Gerede über Immobilienpreise und Schönheitschirurgen immer überhört. Ich überlege, aufzustehen, die Vorhänge beiseitezuschieben und mir vom zehnten Stock aus anzusehen, wie die Menschen sich auf den Weg machen. Wohin bei der hohen Arbeitslosigkeit, weiß ich nicht.

Ich bleibe liegen. Die Bettdecke zurückzuschlagen würde mich einen Tick zu viel Willenskraft kosten. Die Decke ist so breit wie das Doppelbett, sie hat in der kurzen Nacht kaum Falten geworfen und überzieht meinen Körper von den Schultern abwärts wie Zuckerguss.

Ich wache wieder auf, als das Telefon klingelt. Ein Ton aus den Anfängen digitaler Klingeltöne. Ich will erst nicht abheben, tue es dann aber doch, weil mir einfällt, dass es Siavasch sein könnte.

»Hallo?«

»Mona? Na endlich!«

Es ist nicht Siavasch, das höre ich sofort. Die Stimme ist höher, jungenhaft. Es ist Ramin. Seine Stimme hat sich mit dem Alter überhaupt nicht verändert, irgendwann würde es bizarr wirken, ein Greis mit der Stimme eines Fünfzehnjährigen.

»Ramin, woher weißt du …?«

»Ein Freund von mir arbeitet beim Innenministerium und gibt mir Bescheid, sobald du einreist.«

Ich denke eine Millisekunde zu lange nach. Ramin lacht. Das stört mich am meisten, wenn ich im Iran bin: dass ich wahr und unwahr manchmal nicht unterscheiden kann. In Deutschland macht mir niemand etwas vor.

Ramin hat sich wieder eingekriegt.

»Ich weiß es von Siavasch. Ich bin ihm heute Morgen auf einer Pressekonferenz begegnet.«

»Wie schnell sich Nachrichten in einem Land mit siebzig Millionen Einwohnern verbreiten.«

»Dachtest du, du könntest heimlich hier rein- und rausschleichen?« Ramin hat irgendwann damit angefangen, meine Gleichgültigkeit sportlich zu nehmen. Mit Erfolg. Er hält darin den Weltrekord.

Ich seufze übertrieben laut. »Entschuldige meinen kindischen Versuch.«

Stille.

»Tut mir leid, das mit deiner Großmutter.«

»Wie kommst du darauf?«

»Weshalb solltest du sonst hier sein?«

»Danke. Sie hatte immerhin ein angenehmes Leben.«

»Ich hätte sie gerne kennengelernt. Allein, um ihr den Kopf zu waschen.« Auch sein Lachen ist das eines Fünfzehnjährigen. »Sie ist schuld daran, dass du so verklemmt bist.«

Hätte ich seine Worte ins Deutsche übersetzt, wäre mir ein Schauer über den Rücken gelaufen. Ich weiß es, ohne es zu tun. Nur auf Persisch ertrage ich Ramins Worte. Sie foltern mich ein bisschen. Deutschen Männern, die einen solchen Satz aussprechen könnten, sitze ich höchstens zufällig in der Straßenbahn gegenüber. Näher kommen sie mir nicht.

»Offenbar hat sie ihren letzten Rest Verklemmtheit mir überschrieben.«

Wie wohl ein Spitzel, sollte einer mithören, dieses Gespräch bewertete? Halb Vorsichtsmaßnahme, halb Spiel, fahre ich fort:

»Weshalb rufen Sie an?«, frage ich, als spräche ich mit meinem Steuerberater.

»Ich wüsste gerne, was Sie für Ihren Aufenthalt in der Heimat geplant haben.«

»Ich bin übermorgen in Teheran und melde mich bei Ihnen.«

»Gut. Verschieben Sie schon einmal Ihren Rückflug nach Deutschland. Ich möchte eine Besichtigung mit Ihnen machen.«

»Keine Besichtigungen, das schaffe ich nicht. Sie hören von mir.«

»Aber das ist die letzte Möglichkeit. Und bitte lassen Sie ab jetzt Ihr Handy eingeschaltet.«

»Keine Besichtigungen. Ich muss zurück nach Deutschland.«

Ich lege auf. Ich habe ihn nicht angerufen, weil ich ihn nicht treffen wollte, dieses Mal nicht. Nicht nach unserer letzten Begegnung, nicht nach der Episode auf dem Wasserbett und der Neuigkeit, die er mir darauf mitteilte. Doch trotz allem: Ein Anruf von Ramin genügt, und ich spüre das Blut in jedem Winkel meines Körpers. Der Satz ›Ich muss zurück nach Deutschland‹ hallt nach. Was für eine Lüge. Ich suche mein Handy und finde es in der Manteltasche. Ich schalte es ein. Mehrere versuchte Anrufe von Ramin. Und eine SMS von Jan, geschrieben gestern kurz nach sechzehn Uhr.

HEY SÜSSE, STEHE IN DEINER KÜCHE: WO FINDE ICH DEIN TICKET FÜR AF? KOMM BALD WIEDER UND LASS DICH NICHT GEGEN KAMELE EINTAUSCHEN.

Könnte er denken, der Spruch mit den Kamelen sei originell? Zweite SMS kurz nach Mitternacht.

GEIL! GEIL! GEIL! AF SIND DIE GRÖSSTEN. IF YOU STILL WANT ME, PLEASE FORGIVE ME DIE KAMELE

Ein Kellner, vorzeitig ergraut und in schwarzen Plastikschuhen, serviert meiner Mutter gerade eine Tasse Kaffee, als ich mich im Frühstücksraum zu ihr setze.

»Wie hast du geschlafen?«, fragt sie.

»Geht so. Und du?«

»Ich werde über den Tag kommen.«

Ich bestelle ebenfalls Kaffee. Wir sitzen allein im Salon, die einzigen Geräusche machen unsere Tassen, wenn wir sie auf die Untertassen absetzen. Zwei Jungs in vergilbten Hemden beginnen, die Platten mit Käse, Rührei und Obst abzuräumen, bemüht, die Stille nicht zu durchbrechen. Die Wand hinter dem Buffet ist verspiegelt, sie zeigt meine Mutter und mich unter einem riesigen Kristallleuchter. Ich weiß nicht, wie viele Menschen an diesem Morgen hier gefrühstückt haben, aber irgendwie sehen wir aus wie ein kläglicher Rest.

Klaviermusik ertönt, wir drehen uns um. Der Kellner hat seine klobigen Schuhe neben dem Klavier abgestellt und tritt in Tennissocken die Pedale. Seine Finger fließen über die Tasten. Die Augen hat er geschlossen, und sein Gesichtsausdruck verändert sich, als sähe er auf der Innenseite seiner Lider einen tragischen Film in Zeitraffer. Wir sitzen da, rühren uns nicht. Ich löse mich allmählich auf.

Hörst die Nachtigallen schlagen
Ach sie flehen dich

Mit der Töne süßen Klagen
Flehen sie für mich
Sie verstehn des Busens Sehnen
Kennen Liebesschmerz
Kennen Liebesschmerz
Rühren mit den Silbertönen
Jedes weiche Herz

»... Jedes weiche Herz.«

Meine Mutter schaut mich fragend an.

»Schubert.«

Als ich mit Mitte zwanzig ein Jahr in Teheran verbrachte, hörte ich täglich Schubert. Schubert war die einzige westliche Musik, die im Iran nicht plötzlich völlig entleert klang. Schwanengesang die einzige der vielen CDs, die ich nicht sofort ausmachen musste und bis zu meiner Abreise im Koffer verstaute. Frank hatte sie mir mitgegeben, ein blonder Geologiestudent, mit dem ich zu der Zeit für einige Monate liiert war und dem ich beim Frühstück in einem Café gegenüber gesessen hatte, als mein nagelneues Handy geklingelt hatte.

Roland Hilbert war dran gewesen, der stellvertretende Chefredakteur der überregionalen Tageszeitung, für die ich aus Köln berichtete.

»Sie sind doch Iranerin, richtig?«

»Ich bin dort geboren.«

»Sind Sie auch spontan?«

»Auch das.«

»Unser Korrespondent in Teheran braucht Unterstützung. Dieser Bayer-Fall scheint sich doch zu einem größeren Thema aufzublasen. Interessiert?«

»Für wie lange?«

»Erst einmal sechs Monate. Womöglich länger.«

Ich blickte zu Frank hinüber, der in das *Zeit*-Magazin vertieft war. Ich sagte zu und behielt für mich, dass ich seit meinem vierten Lebensjahr nicht mehr im Iran gewesen war. Dafür hatte ich den gesamten Nahen und Mittleren Osten bereist, hatte in Moscheen gesessen, Tee getrunken, manchmal Kopftuch getragen und mich immer gefragt, ob es im Iran wohl anders war oder ähnlich oder genauso. Mit meinen Routen kreiste ich den Iran ein, schlich um ihn herum, wagte mich jedoch nicht hinein. Ich pflegte meine wenigen Erinnerungen: den Duft von Tuberosen, dem Haarspray von Maman-Bozorg und einem Putzmittel, das damals jeder dort zu verwenden schien.

Es war an der Zeit, die Erinnerung zu überschreiben.

Er würde in der Ankunftshalle auf mich warten, hatte Siavasch, der Korrespondent, mir per E-Mail geschrieben. Wenige Tage später stieg ich in Köln-Bonn in eine Maschine von Iran Air und stieg fünf Stunden später am Flughafen in Teheran aus, einfach so, als gäbe es nichts Selbstverständlicheres auf der Welt. Nachdem ein bärtiger, einarmiger Mann umständlich mein Gepäck durchwühlt hatte, verließ ich das Gate. Am Ausgang drängten sich die Großfamilien. Sie bildeten eine Schneise, um mich hindurchzulassen, und schauten mich an, sich fragend, welche Herde mich wohl verloren hatte. Ich sah in die Gesichter. In jedem einzelnen kam mir etwas anderes bekannt vor, und in allen der wachsame Blick.

Siavasch lehnte im Ankunftsbereich an der Wand, er hatte ein Bein angewinkelt und schaute auf sein Handy. Er war der Einzige, der auf jemanden wartete, ohne ihn zu ersehnen. Ich blieb vor ihm stehen. Er blickte auf und streckte mir die Hand entgegen, die Körperhaltung änderte er nicht.

»Hallo, willkommen im Irrenhaus.«

Er grinste. Seine Nase schien dabei wie der Mund in die Breite zu gehen. Wir sprechen also Deutsch, dachte ich. Da mir darauf keine passende Entgegnung einfiel, bedankte ich mich stattdessen fürs Abholen.

Auf dem Parkplatz ging Siavasch etwas schneller als ich, obwohl er für einen Mann auffallend kleine Schritte machte. Er setzte dabei nur mit der vorderen Fußhälfte auf und rollte bis auf die Zehenspitzen ab. Ich schob den rostigen Gepäckwagen hinter ihm her und sah mich jedes Mal um, wenn jemand Persisch sprechend an mir vorbeiging. Persisch war nun nicht länger meine Geheimsprache.

Im Auto lockerte Siavasch als Erstes den Knoten seiner Krawatte, dann öffnete er das Handschuhfach und holte eine Tüte Eisbonbons heraus. Ich lehnte dankend ab.

Wir fädelten uns in den dichten Verkehr Richtung Teheran-Nord ein. Eckige, lehmfarbene Häuser mit Satellitenschüsseln auf den flachen Dächern säumten die Stadtautobahn. Auf einem Haus stand ein Schaf neben der Satellitenschüssel, auf vielen Dächern hing Wäsche zum Trocknen. Die entrückten Gesichter bärtiger Männer, meterhoch und farbenfroh auf die Häuserfassaden gemalt, glitten vorüber. Bärtiger Mann vor Tulpenfeld. Bärtiger Mann mit Tauben. Bärtiger Mann mit Maschinengewehr.

Es war früh am Morgen und der Himmel klar, so dass ich sehen konnte, wie sich die Stadt im Norden am Elburz-Gebirge hinaufhangelt. Je näher wir dem Zentrum kamen, desto größer und glasiger wurden die Häuser und desto dichter drängelten sich Autos. Wir überholten Kleinfamilien auf Mopeds, vorne der Vater, dann zwei Kinder, hinten die Mutter. Wenn eines der Kinder größer war, saß es manchmal auch hinter der Mutter. Ich überlegte, ob es auf Persisch ein Wort für »Toter Winkel« gab, wusste die Antwort aber nicht. Ich versuchte, die Ortsschilder zu lesen, doch es gelang mir nicht. Bis ich mich erinnerte, welchen Buchstaben überhaupt das erste Zeichen darstellte, lag das Schild bereits hinter uns.

»Hier geht es gerade drunter und drüber. Dauernd werden irgendwelche Redaktionen gestürmt, dann gibt es täglich Neuigkeiten zu Bayer, aber eigentlich sollte ich jetzt dieses Sachbuch schreiben«, sagte Siavasch.

»Gut. Wann geht's los?«

»Ruh dich heute aus. Morgen hole ich dich um neun Uhr ab.«

Er hielt vor dem Mädchenpensionat, in dem ich mir für den Aufenthalt ein Zimmer gebucht hatte, und stellte meine beiden Koffer vor der Tür ab.

Im Treppenhaus roch es nach Bockshornklee, offenbar bereitete jemand Ghormeh Sabzi zu. Eine dicke Frau im schwarzen Tschador zeigte mir das Zimmer. Darin standen zwei Stockbetten, zwei Nachttische, zwei Schränke und ein Tisch aus hellem Holz.

»Das untere Bett links ist Ihres«, sagte die Frau.

Ich überlegte, ob ich sagen sollte, dass ich ein Zimmer, kein Bett gebucht hatte, ließ es aber, da dort sonst niemand zu wohnen schien. Als sie den Raum verlassen hatte, zog ich mir Mantel und Schuhe aus und legte mich hin. Ich stellte mich darauf ein, jeden Abend in diesem Stockbett zu liegen, zu lesen, Musik zu hören oder einfach nur auf den Lattenrost des oberen Bettes zu starren. Wie sehr ich mich geirrt hatte.

Das Frühstück ist abgeräumt, das Buffet schon mit Blumen geschmückt, als der Kellner die letzte Taste anschlägt. Er bleibt eine Weile regungslos auf dem Klavierhocker sitzen, bevor er sich in Zeitlupe die

Schuhe anzieht. Er schlurft in gebeugter Haltung zur Rezeption und sieht wieder aus wie jeder andere Kellner, der im teuersten Hotel der zweitgrößten Stadt eines sanktionierten Staates emotional labile oder extrem durchtriebene Gäste bedient. Meine Mutter klatscht, ich klatsche mit, doch der Kellner ist schon hinter der Rezeption verschwunden.

Der Hotelangestellte an der Rezeption reserviert für uns Zugtickets nach Teheran für den nächsten Morgen. Maman will vor unserer Abreise noch einmal das Mausoleum von Imam Reza besuchen und kauft dafür zwei Tschadore im Hotelshop. Auf ihrem Zimmer zeigt sie mir, wie ich mir den Tschador umlegen und wie ich ihn halten muss. Sie ist aus der Übung; sobald ich drei Schritte gehe, rutscht er hinunter. Wir stehen einander gegenüber, beide mit dem schwarzen Stoff übergossen. Sie konzentriert sich, sie zieht mir das Tuch tiefer ins Gesicht, klemmt eine Haarsträhne hinter mein Ohr, lockert den Knoten am Hals. Ich mag das. Die Berührungen, die fürsorgliche Zärtlichkeit, ich mag sogar die Vorstellung, meine Mutter wolle verhindern, dass ein fremder Mann einen Blick auf mein Haar erheischen könnte. Sie streicht über den schwarzen Stoff auf meinem Kopf, streicht für einen Moment mein schuppiges Herz glatt. Dieses Gefühl verfliegt, als ich an mir hinunterblicke. Jeder wird sofort erkennen, dass ich verkleidet bin.

»Beruhige dich, wir müssen nur an den Schwestern

vorbei«, sagt meine Mutter, als sie mich schließlich vor dem Hotel auf die Rückbank eines Taxis schiebt.

Die Schwestern hocken am Frauen-Eingang zum Mausoleum in einem engen, abgesperrten Bereich. Sie wirken unzufrieden, vielleicht wegen unserer amateurhaften Verhüllungen. Missmutig tasten sie uns mit Handschuhen ab und bedeuten uns, dass wir weitergehen können.

Wir treten hinaus in den großen Innenhof vor dem Mausoleum. Die goldene Kuppel, tausendfach angestrahlt, glüht im dunklen Abendhimmel. Wir bewegen uns darauf zu, der Tschador meiner Mutter schleift über den Boden, sie schwebt über die spiegelglatten Steinfliesen wie ein schwarzer Engel.

Am Eingang zum Schrein drängen sich die Pilger. Die, die es in die Nähe geschafft haben, recken die Arme nach den Gitterstäben des goldenen Käfigs. Der Heilige und sein Grab interessieren meine Mutter nicht.

Wir gehen weiter zur Moschee und lassen uns dort in einer ruhigen Ecke nieder. Überall auf den Teppichen sitzen Frauen zusammen, ruhen sich aus, von einer langen Reise oder religiösem Eifer. Kinder schlafen auf Taschen und Mänteln, Alte dösen in ihren Rollstühlen. Neben uns hocken mehrere Pilgerinnen im Kreis, in ihrer Mitte liegt ein Junge mit Krücken. Er hat seinen Kopf auf den Schoß einer Frau gelegt, vermutlich seine Mutter. Sie wippt mit dem Oberkörper, streichelt sein Haar, singt, betet.

Ich lehne meinen Kopf an die Wand hinter mir. Bevor ich eine Moschee betrete, spüre ich jedes Mal Widerwillen. Bin ich drin, möchte ich sie nicht mehr verlassen. Ich fühle mich dann, wie sich ein Baby auf einer riesigen Krabbeldecke fühlen muss. Gestillt, gepudert, gewickelt. Ich würde am liebsten ganze Tage und Nächte auf den Perserteppichen herumkugeln. Die Tage verbrächte ich damit, die Symmetrie der Arabesken zu bestaunen, die mir hier, in dieser Moschee, verschlungener erscheinen als die Menschen. In den Nächten bräuchte ich weder Kissen noch Decke, ich schliefe wie ein Neugeborenes, das an der Brust der Mutter eingenickt ist und dessen Träume von warmer Milch beim ersten Augenaufschlag wahr würden.

خواستگار

Khastegar

»Eine Prinzessin, so schön wie eine Rose, die über Nacht erblüht ist, gibt bekannt, dass sie heiraten möchte. Sie ruft die Männer des Reiches auf, als Khastegar vorstellig zu werden. Aus dem ganzen Land strömen stattliche Edelmänner herbei, um für die Prinzessin Schlange zu stehen. Nur einer fällt auf, weil er hässlich ist, klein und verwachsen. Als ihn die anderen Bewerber fragen ›Was willst du denn hier?‹, antwortet er: ›Ich will der Prinzessin nur mitteilen, dass sie mit mir nicht zu rechnen braucht.‹«

Alle lachen. In einem Comic würde jetzt das ganze Zugabteil wackeln. Mahnusch, die den Witz erzählt hat, lehnt sich mit leuchtenden Wangen zurück. Sie ist einunddreißig Jahre alt, etwas größer als ich, etwas rundlicher, hat noch keine Falten und einen kleinen Mund mit unverhältnismäßig vollen Lippen. Maman-Bozorg hätte sie gefallen.

Es klopft. Meine Mutter und ich greifen nach unseren Kopftüchern, Mahnusch, die mir gegenüber am Fenster sitzt, legt sich die olivgrüne Gardine auf den Kopf, die ältere Apothekerin bedeckt sich mit dem

Geschirrtuch, das sie sich gerade auf die Beine gelegt hatte, um Anar zu schälen. Der Zugbegleiter reicht vier Tassen Tee herein und schließt die Tür wieder. Die Apothekerin öffnet den Anar und hält mir eine Kammer hin. Nachdem ich drei Mal abgelehnt habe, bietet sie sie Mahnusch an.

»Sind Sie verheiratet?«, fragt Mahnusch mich, während sie die Kerne abnagt.

»Ich? Nein«, antworte ich in einem Ton, als wäre schon die Frage absurd.

»In Deutschland ist es nichts Ungewöhnliches, mit Anfang dreißig noch nicht verheiratet zu sein«, mischt sich meine Mutter ein.

»Maman!«, protestiere ich.

»Nicht, dass die Damen hier denken, du hättest keine Gelegenheiten …«

»Machen Sie sich keine Gedanken, ich bin auch nicht verheiratet.« Mahnusch wendet sich wieder mir zu, erwartungsvoll, als könnte jedes Wort aus meinem Mund sie in einen Rausch versetzen. »Gelegenheiten gibt es in Deutschland bestimmt viele, dort, in Azadi.«

Wenn junge Iranerinnen von Freiheit sprechen, leuchten ihre Augen, als sprächen sie von einer Markenware, die sie sich nicht leisten können. Als verhieße Azadi dasselbe wie eine Louis-Vuitton-Tasche.

»Gelegenheiten, ja. Eher zu viele.«

Mahnusch sieht mich fragend an.

»Aber es muss ja auch passen, vom Charakter her«, sage ich ausweichend.

»Das kenne ich. Die jungen Frauen hier haben auch eine zu große Auswahl an Khastegar. Zumindest unter den Toten.«

Mahnusch erzählt, dass sie bis vor einigen Jahren mit einer Freundin regelmäßig über den Märtyrerfriedhof in Teheran spazierte. Auf den Märtyrerfriedhöfen liegen die Toten des Iran-Irak-Kriegs begraben. Ich habe mir einmal die Fotos der Gefallenen angesehen, die in Glaskästen über den Gräbern hängen. Porträts, nicht in Schwarz-Weiß wie bei den Kriegsgefallenen in Deutschland, sondern in Farbe, genauer gesagt: in Pastellfarben, weil die Sonne die Fotos im Laufe der Jahre immer weiter ausbleicht. Irgendwann, so dachte ich bei mir, würden die Konturen verschwinden wie die Erinnerungen, aber noch war es nicht so weit. Noch lebten Menschen, die die Namen der Toten in Würde- und Wäre-Satzkonstruktionen verwendeten. Die Jungs auf den Fotos waren unwirklich nah, als könnten sie jederzeit aufstehen, sich den Staub abklopfen, einen Autoschlüssel aus der Hosentasche ziehen und mit einem rostigen Pekan vom Parkplatz düsen, um irgendwo als Khastegar auf der Türschwelle zu stehen. Sie schienen zur Zeit der Aufnahme gerade begonnen zu haben, sich für Mode zu interessieren, sie trugen ihr Haar, wie es Jugendliche vor nicht allzu langer Zeit getragen hatten. Ich versuchte, in den großen dunklen Augen zu lesen, wie das sein muss, wenn man eigentlich nichts anderes will, als ein Mädchen zu küssen, und dann an die Front geschickt wird. Die meisten schauen, als wüssten sie nicht, wie ihnen geschieht. Erstaunt, verträumt. Wie ein Kind, das einer Wunderkerze beim Abbrennen zusieht. Vielen wuchs kaum mehr als ein Flaum oberhalb der Lippe, als das Foto geschossen wurde.

»Sie wären jetzt Familienväter, wenn sie nicht auf eine Mine getreten oder an Giftgas erstickt wären«, sagt Mahnusch. Jedes Mal, wenn sie und ihre Freundin über den Märtyrerfriedhof spazierten, so erzählte sie, suchten sie sich einen Gefallenen aus und überlegten, was für ein Leben sie mit ihm geführt hätten. Sie überlegten, mit wem sie glücklich geworden, mit wem sie ausgewandert wären, wer zwar nett, aber opiumabhängig geworden wäre, wer sie geschlagen hätte und wen sie geschlagen hätten, von wem sie sich hätten scheiden lassen, wer morgens aus dem Mund gerochen hätte.

»Am Ausgang sind wir immer am Märtyrerbrunnen vorbeigegangen. Das letzte Mal sagte meine Freundin: ›Das Blut, das da die ganze Zeit herausfließt aus dem Brunnen, das ist nicht das Blut der Gefallenen. Das sind die Monatsblutungen der ganzen Frauen in diesem Land, die keinen Mann haben.‹«

Meine Mutter und die Apothekerin lachen. Ich verziehe kurz den Mund, habe genug Witze gehört.

»Gehen Sie lieber Ihren eigenen Weg, statt Männern hinterherzurennen«, sagt die Apothekerin.

»Wir spazieren schon lange nicht mehr über den Märtyrerfriedhof.«

An dieser Stelle lache nur ich.

»Es gibt keine anständigen Khastegars mehr, sie rauchen entweder Tag und Nacht Opium, sind Muttersöhnchen oder arbeitslos oder alles zusammen.« Die Apothekerin gestikuliert wild und bemerkt dabei nicht, dass ihr mehrere Anarkerne hinunterfallen.

Ich lehne den Kopf ans Fenster und schaue hinaus. Der Zug fährt an Melonenfeldern vorbei und mit gedrosselter Geschwindigkeit durch einen kleinen Ort hindurch. Vorbei an zwei Polizisten, die sich unverhältnismäßig große Hüte vom Kopf nehmen und mit Küsschen rechts und links begrüßen. Vorbei an einem Park, in dem ein Häuschen in Form einer Teekanne steht. Vorbei an pubertierenden Jungs, die einen Kreis bilden und die Köpfe zusammenstecken. Vorbei an einem alten Mann, dessen Haar so weiß ist wie die Farbe, mit der er eine Wand streicht. Wieder Melonenfelder.

Der Zug wird erneut langsamer, kommt an einer Ansammlung flacher, einstöckiger grauer Häuser zum Stehen. Ein paar Männer steigen aus, zünden sich Zigaretten an. Irgendwann ruft jemand: »Warum fahren wir nicht weiter?« Eine Männerstimme antwortet aus dem Zug: »Der Fahrer will nur ein paar Melonen kaufen.« Von woandersher tönt es: »Der Fahrer will bei seiner Mutter schnell eine Portion Auberginen-Eintopf essen.« Die Apothekerin in unserem Abteil sagt: »Der Fahrer hat eine Greencard gewonnen und ist nach Amerika abgehauen.«

Der Zug setzt sich wieder in Bewegung. Die Landschaft verliert an Farbe und wandelt sich zur Steppe. Kein Baum, kein Haus, kein Mensch, keine Schafe. Nur einzelne Büsche zieren das Bild, mal strohiger, mal hölzerner. Hügel in der Ferne wirken wie eine Horde Elefanten, die sich hingelegt hat. Ein Gleisbett, das bislang mit ein paar Metern Abstand parallel zu unserem verlief, biegt ab und endet im Nirgendwo. An morschen Strommästen hängen Kabel herab wie wallendes Haar.

Ich schließe die Augen, höre, wie die Apothekerin erzählt, dass Frauen bei ihr immer Anti-Depressiva kaufen und Männer Potenzmittel.

»Wenn ich jetzt jung wäre, ich würde alleine bleiben. Das sage ich auch immer meiner Tochter. Wenn sie irgendetwas von einem Khastegar erzählt, dann drohe ich, ihn noch an der Türschwelle zum Teufel zu jagen. Sie soll ihr Studium beenden und dann weggehen.«

Die Zeiten haben sich geändert. In Maman-Bozorgs Welt war die Anzahl der Khastegars, die um ein Mädchen buhlten, die Währung, die seinen Wert bezifferte. Meine Großmutter wusste immer sehr genau, um welche Töchter ihrer Geschwister sich gerade wie viele männliche Bewerber scharten.

»Melika sieht aus wie ein Furz, aber sie hat ein Diplom in Elektrotechnik. Sie hat zwei Khastegars, der eine hat auch Elektrotechnik studiert, der andere Physik. Beide kommen aus guten Familien, aber der Vater desjenigen, der Physik studiert hat, sieht aus, als würde er Opium rauchen. Außerdem sind Vater und Sohn sehr klein. Und bei kleinen Männern steckt die Hälfte unter der Erde.

Nikta hingegen hat die freie Wahl. Die kann sich einfach einen Khastegar aussuchen. Ihre Augen sind grün, sie hat studiert – Literatur oder so, glaube ich –, und ihr Vater ist eine Instanz in der Stadt. Der letzte Khastegar, den sie empfangen haben, geht bald nach Kanada. Er ist Arzt. Seine drei Brüder haben alle Informatik studiert und leben schon länger dort, fahren alle die neuesten Auto-Modelle und haben Swimmingpools. Die Mutter des Khastegars hatte Fotos dabei. Sie selbst sah übrigens aus wie dreißig und hat ein eng anliegendes, dunkelblaues Kostüm und unterm Arm eine Chanel-Handtasche getragen, als sie bei meiner Schwester vorstellig wurden. ›Eine Taille! Und das in ihrem Alter!‹, hat mir meine Schwester anschließend vorgeschwärmt. Sie, also die Mutter des Khastegars, hat dann auch das Wort geführt, während der Vater keine Silbe sprach. Dafür hat seine Hand wohl auffällig stark gezittert, als er nach der Tasse Tee griff. Da stimmt irgendetwas nicht, habe ich zu meiner Schwester gesagt, lass dich nicht blenden. Eine Schwiegermutter, die jünger aussieht als ihre künftige Schwiegertochter, ein Vater, der zittert wie der Hoden eines Teppichklopfers – ich wäre misstrauisch.

Anna, ja, Anna. Sie ist eigentlich hübscher als Nikta, ihre Nase ist nur etwas zu groß. Aber um Anna bewerben sich nur religiöse Khastegar. Mein Bruder hat schon gesagt, wenn das nächste Mal wieder ein Khastegar mit verschleierter Mutter und Schwester auftaucht, dann lässt er sie gar nicht erst eintreten. ›Ich ertrage den Anblick nicht mehr, wie die da aufgereiht auf meinem Sofa sitzen‹, hat er gesagt. Das gäbe bei Familienfeiern nur Probleme, die passen nicht zu uns, und recht hat er. Wenn der Mann von Sima wieder seinen Alkohol auspackt… nicht auszudenken. Allerdings hat seine Anna auch so etwas Moralinsaueres an sich, das hat sie von ihrer Mutter. Anna verlässt immer den Raum, wenn ich bei meinem Bruder bin und wir Witze erzählen.«

Statt Hausaufgaben zu machen, saß ich vor Maman-Bozorg auf dem Boden und hörte ihr zu. Auf dem Teller, den sie auf den Knien hielt, häufte sich ein Berg Orangenschalen. Wenn sie mir einen Spalt Orange gab, unterbrach sie ihre Ausführungen. Ich steckte mir den Spalt schnell in den Mund, damit sie weitererzählte.

»Du«, sagte sie plötzlich und zeigte mit dem Messer auf mich, »du wirst einmal sehr viele Khastegars haben. Du hast helle Haut und wirst bestimmt groß wachsen. Und du bist die Tochter von Dr. Nazemi.«

Ich wunderte mich. Offenbar existierte ein Ort, an dem es etwas bedeutete, die Tochter meines Vaters zu sein.

»Deine Khastegar werden Doktortitel tragen und vermögend sein. Wenn du heiratest, werden wir sieben Tage und Nächte feiern.« Sie stand auf, stellte den Teller auf dem Wohnzimmertisch ab, breitete die Arme aus, bewegte die Hände, als schraubte sie Glühbirnen rein und raus. »Diling, diling, diling. Sieben Tage und Nächte, hörst du?«

Ich sah zu ihr auf und lachte. Sie hob die Beine wie beim Cancan. Sie nahm ihre Brüste in die Hände und hob sie abwechselnd an, im Takt, den sie selbst vorgab. Ich hielt mir die Hände vors Gesicht, spähte durch die Lücken zwischen den Fingern und gluckste vor Lachen.

»Du darfst aber nicht zu spät heiraten, hörst du? Ich will tanzen können, ohne mich dabei anzupinkeln«, sagte sie, bevor sie atemlos in die Küche verschwand, um Kräuter fürs Abendessen zu hacken.

Ich blieb auf dem Teppich sitzen. Die Prophezeiungen meiner Großmutter hatten mich in eine unschuldige Art von Erregung versetzt. Wie ein Märchen, ein Märchen mit mir in der Hauptrolle.

Ein junger, breitschultriger Mann mit grünen Augen, Hochschulabschluss und Blumen in der Hand steht vor der Tür eines einfachen, aber gepflegten kleinen Bungalows. Hinter ihm seine Mutter, gut einen Kopf kleiner, und sein Vater, ähnliche Statur, aber schon leicht gebeugtes Rückgrat. Der junge, schöne Mann räuspert sich, kontrolliert ein letztes Mal, ob der Krawattenknoten mittig sitzt, und klopft schließlich an die Tür. Er hat dabei das Gefühl, das Herz schlüge ihm zu den Ohren hinaus.

Die Dame des Hauses, also die Mutter der Begehrten, öffnet und macht sogleich einen Schritt zurück, weil der Strauß so gewaltig ist. Ihr entweicht ein »Oh!«. Die Tochter des Hauses, kurz vor der vollen Blüte und gerade mit dem ersten Studienabschnitt fertig, kommt aus der Küche gerannt und sieht in der Haustür rote Rosen mit Beinen. Da sie ausschließen kann, dass ihre Mutter einen Verehrer hat, da weder Muttertag ist noch jemand Geburtstag hat, versteht sie schnell: Es geht um sie. Ihr Herz macht einen kleinen Hüpfer. Flink huscht sie in ihr Zimmer, um am Schminktisch ein wenig Rouge aufzulegen und sich das Haar zu ordnen. Als sie sieht, dass ihre Wangen ohnehin gerötet sind, kämmt sie sich nur und streicht die Bluse glatt.

Der junge, schöne Mann hat derweil seinen Mantel abgelegt, ebenso wie seine Eltern. Sie nehmen im Wohnzimmer auf dem Dreisitzer Platz, nachdem die Frau des Hauses noch schnell den Schonbezug abgenommen hat. Der junge, schöne Mann ist froh, dass er auf dem Hosen-

bein seines neuen Maßanzuges einen Faden entdeckt, an dem er sich mit Pinzettengriff festhalten kann. Die Mutter sitzt von ihm aus gesehen links, sie tätschelt ihm kurz den Rücken, als sie gerade allein im Wohnzimmer sind. Der Vater sitzt rechts neben ihm. Mit kleinen Knopfaugen begutachtet er die Einrichtungsgegenstände.

Die Mutter des Mädchens weckt eilig den Mann des Hauses, der sich gerade zu einem Mittagsschläfchen hingelegt hat, während die Tochter Wasser für Tee aufsetzt. »Steh auf, da ist ein Khastegar gekommen. Ein junger, schöner Mann aus gutem Hause.« Bevor sie aus dem Schlafzimmer rennt, weist sie ihn an, sich eine ordentliche Hose und ein Hemd anzuziehen. Der Mann des Hauses steht langsam auf, vor seinem geistigen Auge ziehen Bilder aus der Kindheit seiner Tochter vorbei. Wie ihr die langen Haare bei der Geburt zu Berge standen. Wie sie mit sechzehn Monaten immer noch auf Knien durch die Wohnung rutschte. Wie sie mit drei Jahren beim Familienpicknick stundenlang am Bach saß und Steine ins Wasser warf. Wie sie eingeschult wurde und am ersten Schultag schon in der ersten Pause nach Hause gerannt kam. Wie sie in der dritten oder vierten Klasse eine Nachtigall im Schultheater spielte. Wie er für sie Trauben schälte, weil sie die Schalen nicht mochte, und wie sie ihre Zähne in die Anar vergrub, die er ihr öffnete. Wie er ihr den Pony schnitt, wenn sich ihr Haar schon in den Wimpern verfing. Wie sie… – seine Frau klopft heftig an die Tür. Vor dem Spiegel zwirbelt er die Enden seines Schnurrbarts und seufzt. Seine Kleine. Er wusste, es war an der Zeit, und doch hat er sich immer vor diesem Tag gefürchtet.

Vater und Mutter betreten zur gleichen Zeit das Wohnzimmer. Die Tochter steht in der Küche hinter der Tür und lauscht. Im Wohnzimmer begrüßen sich alle, die Väter tauschen Höflichkeiten aus, während der Mutter des Mädchens auffällt, dass die Handtasche der Mutter des jungen, schönen Mannes aus echtem Krokoleder ist.

Nachdem alle Höflichkeiten mehrmals ausgetauscht sind, herrscht Stille. Das Mädchen hinter der Küchentür hält die Luft an. Dann sagt der Vater des jungen, schönen Mannes:

»Der Grund, weshalb wir heute Ihre unendliche Gastfreundschaft in Anspruch nehmen, ist Ihre Tochter, von der uns nur Gutes zu Ohren gekommen ist.«

Der Vater des Mädchens blickt auf den Boden und nickt. Oder besser: Er deutet ein Nicken an. Nur wer ihn lange kennt, weiß, dass er nickt. Der junge, schöne Mann selbst ergreift das Wort. Was er sagt, versteht das Mädchen nicht, weil in dem Moment, in dem er den Mund öffnet, der Wasserkessel pfeift. Sie rennt zum Herd, leise fluchend, nimmt den Kessel von der Platte und huscht wieder zurück zur Tür. Stille. Sie löffelt Teeblätter in ein Kännchen, übergießt sie mit dem heißen Wasser und lässt sie ziehen. Zurück an der Tür hört sie, wie sich ihr Vater räuspert.

»Ja, in der Tat, meine Tochter ist vernünftig und sitt-

sam. Sie hat uns nie Kummer bereitet.« Jetzt nicken alle. »Sie ist alt genug – wenngleich zum Heiraten noch reichlich Zeit bleibt –, um selbst zu entscheiden.«

Die Mutter fügt hinzu: »Wir respektieren alle ihre Entscheidungen. Sie entscheidet mit Bedacht.«

Die Tochter füllt den Tee in kleine tulpenförmige Gläser. Sie zieht ihren dunkelroten Kordrock ein Stück hinunter, fährt sich über die Augenbrauen – damit kein Härchen nach oben oder unten absteht – und nimmt das Tablett mit den sechs Teegläsern. Langsam, ganz langsam geht sie los, den Blick auf die sechs Gläser gerichtet, die einen Kreis bilden. Als sie das Wohnzimmer betritt, schweigen alle. Der junge, schöne Mann genehmigt sich, das Mädchen kurz anzusehen, bevor er wieder den Faden auf seinen Knien fixiert. Dafür schaut seine Mutter genauer hin. Sie registriert, dass das Mädchen aufrecht geht, wohl proportioniert ist und keine X-Beine hat. Ihr Gesicht, so findet sie, betört zwar nicht durch Schönheit, hat dafür aber etwas Gewinnendes. Alles in allem ist sie zufrieden mit der Wahl ihres Sohnes. Ein bescheidener Junge, denkt sie. Auch er hat ihnen noch nie Kummer bereitet.

Die Hände des Mädchens zittern zwar nur ganz wenig, aber da die Gläschen bis zum Rand gefüllt sind, schwappt der Tee leicht über. Auf dem Tablett bilden sich kleine Pfützen. Sie setzt einen Fuß vor den anderen. Noch nie ist ihr aufgefallen, dass so viele Meter zwischen Küche und Wohnzimmer liegen. Ihr kommt es vor, als durchschritte sie einen Thronsaal, als warteten alle auf die Krönung und als trüge sie höchstpersönlich die Krone nach vorne. Eine Krone aus Tee. Am Tisch angekommen, schaut sie auf, schaut alle nacheinander an. Ihre Mutter weist mit dem Kinn dezent in Richtung der Mutter des jungen, schönen Mannes. Ganz behutsam, als müsste sie einen Geschicklichkeitstest bestehen, stellt sie ein Gläschen vor der Dame ab. Das nächste vor dem Vater des jungen, schönen Mannes. Dann vor ihrer Mutter, vor ihrem Vater und dann schließlich vor ihm, vor dem jungen, schönen Mann selbst. Ihre Finger fühlen sich dabei ganz steif an. Als sie den Tee abstellen will, fällt das Glas fast um, aber er fängt es gerade noch auf. Sie lächelt ihn verlegen an, und dann der Blick, der alles entscheidet: Gütige, wissende Augen lächeln zurück. Eine Welle unbeschreiblich zarter Gefühle schwappt in ihr hoch, jungfräuliche Gefühle, noch nie von ihr oder sonst jemandem gefühlt. Sie durchfluten ihren ganzen Körper, wie eine große, alte Parkvilla mit Licht durchflutet wird, wenn der rechtmäßige Erbe nach Jahren der Dunkelheit alle Fenster aufreißt. Ihr Leben zieht wie ein Trailer vorbei. Hochzeit in Weiß, zwei Kinder, ein Haus mit Marmortreppen und schmiedeeisernen Geländern, ein großer, weißer Schminktisch mit Blumenranken, ein großes, weißes Auto, Reisen, Glück, Erfolg, Liebe.

Sie nimmt sich das letzte verbliebene Teeglas und wankt – so fühlt es sich zumindest an – zu ihrer Mutter. Alle schlürfen am Tee, nachdem sie den Boden ihres jeweiligen Glases unauffällig am Hosenbein oder am Polster der Sessel abgewischt haben. Was danach noch geredet wird, bekommt sie nicht mehr mit. Ihr Kopf ist ein Kamerakasten, der die Szenen aufnimmt, aber nicht verarbeitet. Ihr echtes Leben beginnt an diesem Nachmittag. Und keine Sekunde zweifelt sie daran, dass das genau das Leben ist, das sie sich wünscht. Immer schon hat sie darauf gewartet, dass ein junger, schöner Mann wie dieser an der Tür klopft. Jetzt ist er da und er ist genauso jung und schön, wie sie es sich ausgemalt hat. Noch schöner vielleicht. Als wollte das Schicksal sie aufs Korn nehmen …

Ich ahnte bald, dass es ein Märchen war und eines bleiben würde. Die, um deren Hand der Khastegar in meiner und Maman-Bozorgs Fantasie anhielt, das war nicht ich. Das war höchstens einmal eine Möglichkeit meines Ichs gewesen, vielleicht noch am Tag meiner Geburt, oder nicht einmal dann. Weil die Geschichte eine andere Abzweigung nahm, und 1974, als ich geboren wurde, steuerte sie bereits auf die Revolution zu, die mich um meinen Khastegar brachte. Die Revolution hat jeden um irgendetwas gebracht, und alle zusammen um den Glauben; den Glauben woran auch immer.

»Wir hätten das Angebot vom Schah annehmen müssen.« Mein Vater hatte den Satz plötzlich ausgestoßen, plötzlich und auf Persisch. Ich saß neben seinem Krankenhausbett und überlegte gerade, worüber wir reden könnten. Eine halbe Stunde zuvor hatte mein Vater noch auf Deutsch auf mich eingeredet, ich solle mich beruflich endlich festlegen. Ich solle mich überhaupt auf irgendetwas festlegen.

»›Ich habe die Botschaft verstanden‹, sagte der Schah, ›die Botschaft der Revolution‹. Aber wir haben nichts mehr verstanden. Wir waren berauscht. Wir haben uns an uns selbst berauscht und Gott gespielt.«

Er sprach ganz ruhig. Er klang wie ein Kronzeuge.

»Wir haben es verspielt. Wir waren kurz davor, dann haben wir es verspielt. Wir hatten es in der Hand. Oder etwa nicht? Hatten wir es etwa nicht in der Hand? Wenn die Antwort Nein lautet, dann ist alles noch viel schlimmer als angenommen. ›Gehen Sie davon aus‹, hat der Chinese damals zum Abschied zu uns gesagt, ›dass immer jemand im Raum ist, der von der CIA bezahlt wird. Immer.‹ Ich glaubte ihm, aber ich war zu dumm. Zu dumm, um zu merken, dass Cyrus – er saß direkt neben mir! – für die CIA arbeitete. Ich hielt mich für Gott, als ich von der Ausbildung aus China zurückkehrte, wir alle taten das. Dabei waren wir nichts als Marionetten.«

Kurze Zeit später endete die Besuchszeit. Ich küsste meinen Vater auf die Wange. Er unterbrach seinen Monolog, hob leicht den Kopf und schaute mich an.

»Pass auf dich auf.« Er legte den Kopf wieder ab, schloss die Augen.

Ich hatte die Tür schon fast hinter mir zugezogen, da hörte ich ihn noch etwas sagen, nun auf Deutsch. »Konfuzius sprach: ›Körper, Haar und Haut hast du von den Eltern empfangen, die sollst du nicht zu Schaden kommen lassen; damit fängt die Kindespietät an.‹«

Auf dem Weg durch den langen grauen Gang Richtung Aufzug fragte ich mich, womit Kindespietät endete und ob ich jemals über den Anfang hinauskommen würde. Bei nächster Gelegenheit, nahm ich mir vor, würde ich mir eine Zitatesammlung von Konfuzius zulegen.

Der Zug kommt zum Stehen. Ich öffne die Augen. Im Abteil ist es still. Die Apothekerin sitzt neben mir und schläft, offenbar hat meine Mutter den Platz mit ihr getauscht. Mahnuschs Kopf fällt mehrmals nach vorne, kreist herum, wieder zurück, fällt erneut nach vorne. Er findet Halt auf der Schulter meiner Mutter. Sie ist ebenfalls eingeschlafen. Ich betrachte ihr Gesicht. In ihren Falten scheint noch immer der Staub vom Friedhof festzusitzen. Bis vor Kurzem schaffte sie es dank ihres schönen Gesichts und ihres mädchenhaften Lächelns mit ihrem ungültigen Führerschein durch jede Polizeikontrolle.

»Als deine Mutter jung war, überstrahlte sie alle.

Auf der Straße drehte sich jeder nach ihr um. Eine Haut wie Marmor, ein Mund wie eine Feige, Augenbrauen wie zwei Sichelmonde in einer sternenklaren Nacht.«

Wenn meine Großmutter von Mamans Jugend sprach, klang sie immer wie ein Kunsthändler, der einem inzwischen hoch gehandelten Werk nachtrauerte, das er vor langer Zeit viel zu günstig verkauft hatte.

Mein Hautton stach eher ins Lehmige. Für meine Lippen hatte Maman-Bozorg keine Metapher gefunden, auch, weil meine Augenbrauen als schwarze Balken die meiste Aufmerksamkeit auf sich zogen. Meine Wimpern hatten Potenzial, sie waren sehr lang, bogen sich aber kein bisschen nach oben. Sie standen ab wie Markisen. Funktional, mehr nicht.

»Du bist zwar auch nicht schlecht, aber gegen deine Mutter damals siehst du nach nichts aus.«

An dieser Stelle schlug die Stimmung meiner Großmutter immer um.

»Deine Mutter hatte so viele gutaussehende Khastegar aus angesehenen Familien. Wieso habe ich sie nur deinem Vater gegeben? Ich hätte es wissen müssen; welcher normale Mann heiratet schon eine Dreizehnjährige? Das werde ich mir nie verzeihen.«

Als kleines Kind hatte ich gesagt:

»Ja, wieso hast du sie meinem Vater gegeben? Sie hätte auf einen Prinzen warten sollen.«

Als ich älter wurde, ging mir ein Licht auf:

»Aber hättest du sie nicht meinem Vater gegeben, dann gäbe es mich nicht.«

Meine Großmutter sah mich dann an, als erwachte sie aus einem Traum, und streichelte mir übers Haar.

»Liebes, du hast Recht. Allein dafür war es gut.«

Ich spürte, dass sie nicht die ganze Wahrheit sagte. Wenn sie die Zeit zurückdrehen und noch mal entscheiden könnte, dachte ich, entschiede sie anders.

Nach zwölf Stunden Fahrt rollt der Zug in Teheran ein. Wir hieven Mamans Koffer und meine Reisetasche auf einen Gepäckwagen und verabschieden uns von Mahnusch und der Apothekerin.

Es ist früher Abend, überall leuchten bunte Lichterketten, auf den Straßen drängen sich die Autos. Das Taxi bewegt sich im Schritttempo auf der Valiasr-Straße gen Norden. Die Luft ist erfüllt von Abgasen, dem Geräusch von Hupen, Bremsen, laufenden Motoren, Schimpfwörtern. Kopfschmerzen kündigen sich an. Der Taxifahrer schildert meiner Mutter detailliert, wie er seine drei Jobs unter einen Hut kriegt. Wann er morgens aufsteht, wohin ihm seine Frau das Essen bringt, wann er nachts nach Hause kommt, wie er in die Wohnung schleicht, ohne den leichten Schlaf seiner Frau zu stören. Dann herrscht eine Weile Ruhe. Die Kopfschmerzen werden stärker. Wir fahren die ganze Zeit leicht bergauf, irgendwann wird es zur Gewohnheit. Die Pappeln, die die Straße säumen, biegen sich zur Mitte hin und bilden einen Tunnel. Ich habe keinen blassen Schimmer, auf welcher Höhe der Valiasr wir uns befinden und wie lange wir noch unterwegs sein werden. Meine Mutter sitzt neben mir auf der Rückbank und schaut aus dem Fenster.

»Wieso hast du eingewilligt, Papa zu heiraten?«

»Maman wollte es unbedingt. Und dein Vater auch.«

»Hast du dich gar nicht widersetzt?«

»Maman hat stundenlang auf mich eingeredet.«

»Was hat sie gesagt?«

»Ich weiß nicht mehr.« Sie schaut weiter aus dem Fenster. Als könnte ihr der Passant mit den vielen Einkaufstüten auf die Sprünge helfen. »Sie hat mir versprochen, dass ich Miniröcke tragen darf, wenn ich verheiratet bin. Ich war verrückt nach Miniröcken.«

»Miniröcke? Du hast geheiratet, weil du Miniröcke tragen wolltest?«

Der Taxifahrer mustert mich durch den Rückspiegel. Meine Mutter wendet sich mir zu.

»Ich war ein Kind. Ich habe mit Puppen gespielt.«

Sie dreht sich weg, heftet den Blick wieder auf Passanten.

»Maman, das war kein Angriff.«

»Du hättest besser mal deinen Vater gefragt, weshalb er eine Dreizehnjährige geheiratet hat.«

Weil er dich für siebzehn hielt, denke ich, aber es ändert nichts daran, dass das Bild vor mir heraufzieht.

Das Bild eines nackten Mannes von hinten, der Rücken ist behaart, der Körper deutlich größer und breiter als der des Mädchens, über das er sich beugt und dessen Brüste …

Das Handy vibriert in meiner Manteltasche, das Bild zerbröckelt.

»Hallo?«

»Willkommen! Wo quartiert ihr euch ein?«

Ramin ist bester Laune.

»Bei der Cousine meiner Mutter, wie immer.«

»Ich hole dich morgen früh dort ab. Wir machen eine kleine Reise.«

»Nein, ich fliege übermorgen zurück …«

»Ich muss morgen nach Bam, fünf Jahre nach dem Erdbeben und so. Du solltest dir das ansehen.«

Bam. Die jahrtausendealte Stadt aus Lehm. In einem iranischen Reisebüro hatte ich einmal ein Poster hängen sehen, lange vor dem Erdbeben.

»Nett von dir, nächstes Mal gerne.«

»Es gibt kein nächstes Mal. In zwei Monaten gehe ich in die USA.«

Ramin hat sich bemüht, den letzten Satz im selben Ton auszusprechen wie die vorherigen Sätze. Wir kennen einander seit fast zehn Jahren, seit fast zehn Jahren hält er sich an die ungeschriebene Regel, dass wir außerhalb unserer Blase für den anderen nicht existieren. Ich weiß nicht viel von dem, was in seinem Leben passiert. Und er weiß nicht einmal, ob ich so etwas wie ein Leben habe. Wenn wir uns treffen, gibt es kein Vorher oder Nachher, kein Woher und kein Wohin. Das ist keine romantische Idee, kein Trick, um die Leidenschaft wach zu halten. Das ist Unfähigkeit. Ich bin unfähig, Ramin zu integrieren. Und Ramin ist verheiratet, inzwischen sogar Vater.

Ich spüre, dass meine Mutter mir zuhört.

»Gut. Ich schaue, ob ich den Rückflug verschieben kann. Aber in fünf Tagen muss ich wieder in Teheran sein.«

»Keine Sorge. Ich habe auch Verpflichtungen.« Er grinst, ich höre das.

Kaum habe ich aufgelegt, fragt meine Mutter:

»Wer war das?«

»Ein befreundeter Journalist. Ich habe damals viel mit ihm zusammengearbeitet.«

»Was wollte er?«

»Er fährt morgen nach Bam. Er berichtet für eine französische Nachrichtenagentur und fragt, ob ich mitfahren möchte.«

»Du schreibst doch gar nicht mehr.«

»Hin und wieder schon«, lüge ich.

»Dann warst du aber ziemlich unfreundlich. Ist doch nett von ihm, dass er an dich denkt.« Sie seufzt, ohne erleichtert zu wirken. »Bam. Ich war damals mit deinem Vater dort, ganz am Anfang unserer Ehe. Dort bist du geboren.«

»Was? Ich dachte, in Maschhad!«

»Wir haben deine Geburtsurkunde erst später ausstellen lassen. Wir waren nur ein paar Monate in Bam, dein Vater hat dort eine Krankenstation aufgebaut ...«

Mamans Tuch ist hinuntergerutscht. Sie öffnet den Knoten, legt es sich wieder auf den Kopf, rückt es mehrfach hin und her, streicht die Haare darunter noch einmal glatt, behält die beiden Zipfel in den Händen.

»... und Maman fand, dass Bam kein angemessener Geburtsort sei.«

Ich erkenne die Sackgasse, in die der Taxifahrer einbiegt. Er fährt einen Hang hinunter und hält am Ende, direkt vor Simas Haus. Mit ausgewachsenen Kopfschmerzen und mit dem Gefühl, mehr über das Leben des Taxifahrers als über mein eigenes zu wissen, steige ich aus. Ich schreibe Autobiografien für andere Menschen, ich bin das gewöhnt, und bislang war mir das ganz recht so.

Sima, die Cousine meiner Mutter, hat abgenommen, vor allem im Gesicht. Meine Großmutter sagte immer: »Im Alter hast du die Wahl zwischen Kuh und Ziege.« Sima hat sich in letzter Minute für Ziege entschieden. Ihr Enkelsohn spielt im Wohnzimmer Playstation und rückt ein wenig zur Seite, als wir uns zu ihm auf das Sofa setzen. Meine Mutter stellt ein Feuerwehrauto auf den Couchtisch.

»Wir haben dir etwas mitgebracht.«

Der Kleine blickt kurz auf, bedankt sich und reißt einem Gladiator den Arm aus. Blut schießt in einer Fontäne aus der Schulter heraus. Sima ruft mehrmals nach ihrem Sohn und klopft an dessen Zimmertür. Die Depressionen seien schlimmer geworden, sagt sie entschuldigend und lässt sich auf das Sofa gegenüber fallen. Manchmal verlasse er wochenlang das Zimmer nur, um auf die Toilette zu gehen oder sich im Stehen vor dem Kühlschrank etwas Brot und Käse hineinzuschieben. Sie deutet mit dem Kinn auf den Jungen.

»Der Kleine tut mir leid. Seine Mutter, die Schlampe, hat vor vier Monaten das letzte Mal angerufen.«

Ich schiele zu dem Jungen hinüber. Zumindest äußerlich regt sich bei ihm nichts. Er konzentriert sich darauf, sich aus dem Schwitzkasten eines Gladiators zu befreien.

Sima erkundigt sich nach der Beerdigung. Sie war nie ein großer Fan ihrer Tante und grundsätzlich immer anderer Meinung gewesen. Bei jeder Gelegenheit stritten sie. Einmal erzählte Sima mir, dass sie schon mit siebzehn Jahren ihrer Tante widersprochen habe; so alt war sie gewesen, als Maman-Bozorg ihre dreizehnjährige Tochter verheiratet hatte. Meine Großmutter, so schilderte sie, habe gesagt, sie solle den Mund halten und ihn erst wieder aufmachen, wenn ihr Pipi schäumt. Ich bin vierunddreißig Jahre alt und weiß bis heute nicht, wann Pipi schäumt, aber es muss etwas mit Sex zu tun haben.

Meine Mutter schildert knapp, wer von woher angereist ist, wer am meisten geweint hat, wem sie wofür am dankbarsten ist. Dann wechselt sie das Thema.

»Wie geht es deiner Tochter?« Sie hofft offenbar auf erfreuliche Nachrichten.

»Ach.« Sima macht eine wegwerfende Handbewegung. Bevor sie antwortet, steckt sie sich eine Zigarette an, zieht daran, bläst den Rauch in Richtung Zimmerdecke. »Sie mit einem beinah fremden Mann nach Schweden gehen zu lassen, war ein Fehler. Aber was hätte ich tun sollen? Sie hier vor sich hin vegetieren lassen, bis auch sie depressiv wird?« Sima schaut uns an, als erwarte sie eine Antwort. Wir schweigen. Ich nippe am Tee, der noch zu heiß ist.

»Der Typ ist ein Betrüger. Er besitzt weder eine Firma noch ein Haus, er fährt Moped und lebt von Sozialhilfe.« Er habe zuerst einen so guten Eindruck erweckt. Er habe einen Maßanzug getragen und sich gewählt ausgedrückt. Er habe ihr, Sima, einen riesigen Strauß Lilien geschenkt und Gebäck vom teuersten Konditor der Stadt mitgebracht. Die Windbeutel hätten zwar etwas alt geschmeckt, aber wer schöpfe denn da gleich Verdacht? Ihre Tochter, schon einmal geschieden, habe vor lauter Glück nicht mehr in ihre Haut gepasst.

»Wie ist er denn zu ihr?«, frage ich.

»Wie er zu ihr ist? Er ist … er ist geizig, kontrolliert sie ständig. Wenn sie einkaufen geht, muss sie sich dafür rechtfertigen, dass das Hackfleisch teurer geworden ist. Wenn sie sich auf dem Weg zum Supermarkt zehn Minuten in die Sonne setzt, wird er misstrauisch. Was ist das auch für ein Land, in dem nie die Sonne scheint? Gestern hat sie am Telefon geweint und gesagt: ›Maman, für dieses Leben hätte ich nicht nach Europa gehen müssen.‹ Mir hat es das Herz zerrissen.«

»Maman-Bozorg, nicht so laut!«, sagt der Junge.

Sima wendet sich mir zu, flüstert: »Was ist mit dir, wann darf ich mich für deine Hochzeit schick machen?«

Ich lache etwas zwanghaft und unterdrücke den Impuls, meine Mutter anzuschauen. »Da musst du dich leider noch ein bisschen gedulden.«

»Niemand in Sicht?«

»Niemand in Sicht.«

»Als Baby warst du so unglaublich früh dran mit allem …«, Sima wirft meiner Mutter einen Blick zu, einen vorwurfsvollen Blick, als sei sie schuld an der Misere. »… und jetzt lässt du uns so lange warten.«

Etwas explodiert. Auf dem Bildschirm fliegen Lehmziegel durch die Luft. *Game Over* in roten Lettern erscheint. Dann wird es still im Wohnzimmer.

»Unglaublich früh dran warst du«, wiederholt Sima und macht dabei riesige Augen.

Meine Mutter steht ruckartig auf.

»Tut mir leid, ich muss schlafen gehen. Ich bin völlig fertig.«

»Siehst du, vor lauter Kummer habe ich deinen Kummer ganz vergessen.« Sie umarmen einander.

Ich folge meiner Mutter ins Schlafzimmer. Wir legen uns bäuchlings aufs Bett.

»Ich komme mit nach Bam«, sagt sie nach einigen Minuten.

»Was?« Ich klinge eine Spur zu entsetzt.

»Ich halte es hier nicht aus.«

»Dann flieg früher zurück, vielleicht kriegst du für morgen noch einen Rückflug«, sage ich, bemüht gelassen.

»Dann ist Sima beleidigt.«

»Und wenn du morgen mit mir abhaust, dann ist sie nicht beleidigt?«

»Das kann ich rechtfertigen. Wir sagen einfach, du musst beruflich mit deinem Kollegen nach Bam. Und ich komme mit, weil es für euch viel zu gefährlich ist, wenn ihr alleine unterwegs seid. Das sieht sie sofort ein.«

»Maman, ich bin vierunddreißig.«

»Spielt keine Rolle. Die Sittenpolizei wird euch garantiert aufgabeln. Dass ihr Kollegen seid, könnt ihr denen nicht weismachen. Die werden denken, ihr wärt ein Liebespaar oder so.« Sie hebt den Kopf und schaut mir in die Augen. »In den Zellen der Sittenpolizei willst du keine einzige Nacht verbringen.«

»Ach, Ramin wird mit denen fertig. Wir hatten das schon einmal.«

»Denkst du. Die im Süden, die sind nicht zimperlich, die kämpfen doch täglich gegen schwerbewaffnete Drogenbanden.«

Ich lasse die Vorstellung sacken. Meine Mutter, Ramin und ich in der Wüste Bams, die Sonne brennt uns auf den Kopf, der Durst ist unstillbar, was im Dezember nicht an den Temperaturen liegt. Jahrtausendealte Lehmmauern als Kulisse für Blicke und Berührungen. Ramin und ich, ein unsichtbares Band, bis kurz vorm Zerreißen gespannt, und dazwischen, wie in einer Hängematte, meine Mutter.

»Wenn ihr mich dabei habt, wirken wir wie ein netter kleiner Familienausflug. Niemand wird euch belästigen.«

»Das bringt nichts. Wir sehen aus wie Schwestern!«

»Das ist vorbei. In den letzten Tagen bin ich um Jahre gealtert.«

Ich sage dazu nichts, drehe nur den Kopf in die andere Richtung und schließe die Augen, um einen Moment nachzudenken.

Ein paar Minuten später ist sie eingeschlafen. Ich decke sie zu und gehe ins Bad. Unter der Dusche lasse ich mir heißes Wasser den Rücken hinunterlaufen. Ich überlege, ob es sich lohnt, die Beine zu rasieren, jetzt, da meine Mutter mitkommen und ich keine Sekunde mit Ramin allein sein würde.

چوب دو سر گوهی

Tschub-e do sar gohi

»Du rasierst dir die Beine? Ist ja ekelhaft.« Siavasch schaute zu mir rüber und übersah dabei die vierköpfige Familie, die auf einem Motorrad auf die Kreuzung zusteuerte.

»Pass auf!«, schrie ich.

Siavasch bremste scharf.

Ich atmete auf.

»Was ist denn bitte so schlimm an rasierten Beinen?«

»Frauen, die sich die Beine rasieren, haben spätestens nach vierundzwanzig Stunden stoppelige Beine.«

»Also die Beinhaare schön lang werden lassen und mehrmals täglich kämmen?«

»Witzbold. Mit Heißwachs entfernen, natürlich! Du kennst dich ja überhaupt nicht aus.«

»Umso besser, dass mich endlich jemand aufklärt.«

»Ramin findet deine Stoppeln bestimmt westlich.«

»Er hat sich jedenfalls noch nicht beschwert.«

Der Polizeiwagen und der Wagen von Bayers Anwalt, denen wir zum Gefängnis folgten, blieben in einem Kreisverkehr stecken. Siavasch fand eine Lücke, wir überholten beide, und ich versuchte, einen Blick in den Polizeiwagen zu erhaschen.

»Sehe nichts, er sitzt da so eingezwängt zwischen zwei Polizisten.«

»Wenn ich eine Frau lecke, will ich nicht das Gefühl haben, einen Mann mit Dreitagebart zu umarmen«, fuhr Siavasch fort. Auf Deutsch klangen seine kleinen Ausführungen immer, als erklärte er die Vorteile eines Diesels gegenüber einem Benziner. »Allein wegen dieser Stoppeln an den Beinen könnte ich niemals mit einer Deutschen zusammen sein.«

Mit einer Iranerin konnte er das allerdings auch nicht. Das war zumindest der Eindruck, den ich nach einem Monat Zusammenarbeit hatte. Ich meinte, bereits alles über ihn zu wissen.

Siavasch war im Iran geboren und in Frankfurt aufgewachsen. Er hatte in den Achtzigerjahren in München Journalismus studiert – der erste Nicht-Muttersprachler am Institut, wie er stets betonte – und war dann als Korrespondent für deutsche Zeitungen in den Iran gegangen. Nach zwei Jahren hatte er genug gehabt, er bewarb sich in Deutschland und bekam eine Stelle in Saarbrücken. Nach einem halben Jahr packte er wieder die Koffer und zog nach Teheran zurück.

»In Deutschland hast du als Journalist, der nicht Blutsdeutscher ist, keine Chance«, war er überzeugt. »Der einzige Job, den ich bekomme, ist eben in einem Scheißkaff mit einem Scheißdialekt am Rande der Republik. Wen interessiert schon, was im Saarland passiert? Warst du jemals in deinem Leben im Saarland? Nein? Ja, eben, wozu auch. Ich sage dir: Die Deutschen vertrauen Leuten wie uns nicht. Wir müssen uns, bitte schön, erst einmal beweisen. Und ich habe keinen Bock darauf, mich beweisen zu müssen.«

»Bezieh mich nicht immer ein!«

»Du wirst das auch noch spüren. Steig erst mal richtig ein, dann vergeht dir die Naivität.«

»Du bist viel zu negativ.«

»Ich bin nicht negativ. Ich bin realistisch. Wir sind Tschub-e do sar gohi. Noch ein Eisbonbon?«

Siavasch importierte kiloweise Eisbonbons aus Deutschland. Er hielt mir die Tüte hin. Ich reagierte nicht, sagte stattdessen:

»Du bist vielleicht ein Stock. Ich nicht, ich bleibe biegsam.« Damals hatte ich immer so etwas in der Art gesagt, wenn er uns mit einem beidseitig beschissenen Stock verglich.

Siavasch richtete es sich als Tschub-e do sar gohi ein. Er lebte zwar in Teheran, umgab sich aber fast nur mit anderen beidseitig beschissenen Stöckchen oder mit Expats. Samstags lud er alle zu sich ein, und gemeinsam schauten sie per Satellit die Bundesliga. Ich nahm an diesen Runden teil, obwohl mich Fußball eigentlich überhaupt nicht interessierte. Er hielt zu Eintracht Frankfurt. Ins Bett stieg er nur mit Iranerinnen, die irgendwie westlichen Duft versprühten. Entweder, weil sie in der Botschaft eines westlichen Landes angestellt waren, oder weil sie für einen deutschen Konzern oder ausländische Medien arbeiteten. Siavasch musste sich immer sicher sein, dass sie nicht allein aus Berechnung etwas mit ihm anfingen, dass die Frauen nicht hofften, er verhälfe ihnen zu einem Weg raus aus dem Land oder zu einem Leben in westlichem Stil, was auch immer sie dafür hielten.

Das war ihm anfangs mehrmals passiert, und es hatte lange an seinem Selbstbild als Liebhaber gekratzt. In dieser Hinsicht hielt er viel auf sich.

»Eine Kos«, sagte er, als zitierte er Goethe, »will hofiert werden.«

Er ist der einzige Mann, aus dessen Mund ich dieses Wort je hörte.

Mit dem Hofieren war es allerdings spätestens nach zwei Monaten vorbei. Es gab nur eine Frau, die ihm etwas zu bedeuten schien und die er regelmäßig traf: Fereschte, »Engel«. Fereschte hatte nur einen Nachteil: Eltern, die nicht wollten, dass sie einen Mann traf, der seine Absichten nicht offenbarte. Sie wollten einen Khastegar für ihre Tochter. Siavasch stellte mir Fereschte nie vor und, soweit ich weiß, auch niemandem sonst. Er brachte sie nicht mit, wenn wir uns auf Partys anderer Korrespondenten betranken oder bei Empfängen über Botschaftergattinnen lästerten. Er hielt sie fern von seinem Alltag und von den Menschen, mit denen er sich regelmäßig umgab. Als seien wir kein guter Umgang, als könnte eines unserer beiden Enden sie berühren und mit Scheiße beschmieren.

Kurz vor seinem vierzigsten Geburtstag, kurz bevor mein Jahr in Teheran zu Ende ging, war Siavasch einige Tage auffallend schlecht gelaunt gewesen. In dieser Zeit muss er zum Khastegar geworden sein. Er erzählte es niemandem. Kurz bevor es passiert sein muss, kurz bevor er, der größte Zyniker von allen, mit einem Blumenstrauß vor der Wohnungstür ihrer Eltern stand und sie ihm mit zittrigen Händen Tee servierte, hatten wir uns gestritten.

Arezu, eine Studentin aus dem Mädchenpensionat, hatte mich damals überredet, sie in den Kosmetiksalon zu begleiten. »Wenn du nicht im Kosmetiksalon warst, dann warst du nicht im Iran«, hatte sie gesagt.

Im Salon herrschte Hochbetrieb. Neben Arezu und mir saßen drei weitere Frauen vor großen, barock anmutenden Spiegeln. Eine ließ sich die Haare blondieren, den beiden anderen wurde mit einem Faden, der auf eine spezielle Art geknotet war, der Flaum aus dem Gesicht gerupft. Hinter uns manikürten vier junge Mädchen wie am Fließband bereits gerupfte und frisierte Damen. Der erlaubte Grenzwert für Ammoniakpartikel in der Luft schien längst überschritten. Während die Kosmetikerin mich betrachtete und überlegte, was zu tun sei, beäugte ich sie. Puder, Lidstrich, Wimperntusche, Rouge, Lipliner, Lippenstift. Ihr Gesicht war komplett überzeichnet, als müsste man noch aus dem All erkennen können, dass es sich hierbei um ein Gesicht handelte.

Sie runzelte die Stirn und sagte, wir sollten auf jeden Fall die Augenbrauen in Form bringen und Flaum entfernen. Doch zuvor, so empfahl sie Arezu und mir, würde sie uns eine klärende Gesichtsmaske auftragen.

»Wie sind denn die deutschen Männer so?«, rief die Kosmetikerin kurze Zeit später zu mir herüber. Sie föhnte inzwischen einer Frau am anderen Ende der Reihe die Haare glatt.

»Eigentlich ganz unterschiedlich …« Ich sprach etwas langsamer als sonst. Die Auszubildende hatte mir eine extra dicke Schicht der Maske aufs Gesicht gespachtelt.

»Ich habe gehört, die deutschen Männer interessieren sich gar nicht für Frauen«, rief eine Kundin, die gerade manikürt wurde.

»Für Frauen nicht, aber für Kos schon«, hörte ich eine Stimme sagen, die ich nicht zuordnen konnte.

Gelächter.

»Ich habe mal eine Cousine in England besucht. Wir sind in eine Disco gegangen. Die Frauen haben halbnackt herumgetanzt. Die Männer standen währenddessen an der Bar und haben Alkohol getrunken. Die haben sich nicht einmal nach uns umgedreht!«, erzählte die Kundin neben mir und riss die Augen auf. Auf der Iris schwammen blaue Kontaktlinsen.

»Auf welchem Planeten lebst du? Dass die Engländer schwul sind, weiß doch jeder«, rief die Kosmetikerin, die mit aller Kraft gegen die Locken anföhnte.

»Asche auf mein Haupt, ich wusste das nicht. Das nächste Mal besuche ich meine Schwester in Kalifornien.«

»Sperr unsere Männer mal mit halbnackten Frauen und Alkohol in einen Raum«, äußerte sich eine der Auszubildenden.

In der Maske auf meinem Gesicht hatten sich schon kleine Risse gebildet. Die Kosmetikerin schaltete den Föhn aus und tupfte sich die Stirn trocken.

»Ich stelle für diesen Versuch gerne meinen Mann zur Verfügung. Vielleicht regt sich dann mal was bei ihm.«

Wieder Gelächter. Beinah hätte ich überhört, dass mein Telefon klingelte.

»Wo bleibst du denn? Ich stehe schon seit fünfzehn Minuten vor der Tür.« Siavasch wirkte genervt.

»Vor welcher Tür?«

»Vor dem Mädchenpensionat, wo sonst? In einer Stunde müssen wir bei Bayers Anwalt sein, also beeil dich!«

Den Termin hatte ich vergessen.

»Kannst du mich im Kosmetiksalon abholen? Ist gleich um die Ecke.«

»Bist du bescheuert? Hängst im Kosmetiksalon ab, während ich hier warte?« Er äffte mich nach. »›Kannst du mich im Kosmetiksalon abholen‹ – ich warne dich: Fang ja nicht mit dieser Perserinnen-Scheiße an …«

»Können wir wie Erwachsene reden?«

»Was? Du nuschelst!«

»Ich habe eine Maske auf dem Gesicht.«

»Ach, fick dich doch.«

Danach hörte ich zwei Wochen lang nichts von ihm. Die zwei Wochen, bevor meine Zeit in Teheran endete. Einen Tag vor meinem Rückflug bestellte ich ein Taxi für die Fahrt zum Flughafen.

Ich verbrachte den letzten Abend mit Ramin. Wir gingen im Norden der Stadt essen, dort, wo es schon gebirgig wird und die Menschen wie Gämsen zu den Restaurants klettern. Es regnete, wir begegneten an diesem Abend kaum jemandem. Die Straßenverkäufer hatten die Reißverschlüsse ihrer Jacken ganz hochgezogen, standen mit nachdenklichen Gesichtern hinter Türmen aus dampfender Roter Bete und boten uns Dicke Bohnen, gewürzt mit gemahlenen Bärenklausamen an. Halbherzig, ohne ernsthaft an ein Geschäft zu glauben. Ich wollte trotz des Wetters draußen essen, ein letztes Mal die Atmosphäre aufsaugen. Wir fanden ein Restaurant mit überdachten Holzbänken und ließen uns Perserteppiche bringen. Im Schneidersitz kauten wir auf etwas zu altem Fladenbrot herum. Während Ramins Witze misslangen, zwängten sich Brot und Worte an dem Kloß in meinem Hals vorbei.

Auf dem Rückweg legte Ramin die Schubert-CD ein, die in seinem Handschuhfach lag und die wir immer hörten, wenn wir durch Teheran fuhren. Als die ersten Takte erklangen, schaltete ich die Musik wieder aus. Er hielt den Wagen direkt vor dem Mädchenpensionat, in dem auch zu dieser Stunde noch alle Lichter brannten. Dann schwiegen wir uns eine Weile an.

»Ich würde lieber ein Taxi nehmen«, durchbrach ich die Stille.

»Würdest du.«

»Abschiede an Flughäfen haben immer gleich mehr Gewicht.«

»... als unsere kleine Affäre verdient.« Sein Grinsen wirkte mechanisch.

»Pass auf: Ich bin alleine gekommen, und ich will das auch alleine beenden.«

»Ich verstehe nicht, was du mit ›das‹ meinst.«

»Mein Jahr in Teheran.«

»Was hat dein Jahr in Teheran mit mir zu tun?«

»Du bist ein Teil davon.« Ich sprach den Satz aus – und hätte ihn am liebsten gleich wieder weggewischt, so wie das Kondenswasser, das die Windschutzscheibe von innen beschlug.

»Du willst das Projekt sauber abschließen.«

»So meine ich das nicht ...«

»Darin sind sie gut, die Deutschen.«

»Hör auf.«

Drei Männer gingen an unserem Wagen vorbei. Der Drahtigste unter ihnen blieb stehen, kehrte um und spähte durch die beschlagenen Scheiben ins Wageninnere. Ich blickte auf meine Knie. Er umkreiste prüfend das Auto und klopfte schließlich an die Scheibe auf Ramins Seite. Ramin kurbelte die Scheibe hinunter. Aus dem Augenwinkel erkannte ich ein bärtiges Gesicht, eine petrolfarbene Uniform.

»Was willst du?« Ramins Stimme klang tiefer als sonst.

»Wer ist das?«, fragte der Sittenwächter und deutete mit dem Kinn in meine Richtung.

»Meine Frau.«

Mein Herz hämmerte. Ich zwang mich, den Polizisten anzusehen. Er war höchstens zwanzig Jahre alt, vor wenigen Jahren noch musste er an starker Akne gelitten haben.

»Warum sitzt ihr im Auto?«

»Geht dich nichts an.«

»Warum sitzt ihr im Auto?«

»Das geht dich nichts an.«

»Warum sitzt ihr im Auto?« Er legte eine Hand auf die Waffe, die im Holster an seinem Gürtel steckte.

»Es ist nicht verboten, im Auto zu sitzen. Und jetzt lass uns in Ruhe.« Ramin kurbelte das Fenster hoch.

Der Polizist rief etwas zu seinen Kollegen hinüber.

Meine Rippen sortierten sich nach jedem Herzschlag neu. Ramin aber blieb ruhig.

Der Polizist klopfte erneut.

Ramin öffnete die Tür. »Wir würden uns gerne in Ruhe unterhalten!«

»Steig aus.«

»Komm, Junge, geh lieber weiter und sorg für Ordnung in der Stadt.«

»Jetzt steig aus!«

Ramin seufzte, schnallte sich ab und stieg betont langsam aus.

Er und der Sittenwächter standen sich jetzt direkt gegenüber. Ich traute mich kaum hinzuschauen, sah durch die offene Wagentür nur die Beine und die Hälfte der Oberkörper. Der Seitenspiegel zeigte, dass die beiden anderen Männer, die sich bereits einige Meter entfernt hatten, wieder näherkamen. Sie würden uns mitnehmen, ganz sicher.

Der Pick-up hält mit quietschenden Reifen vor uns an, wir werden auf die Ladefläche geschubst. Auf der Polizeiwache trennen sie uns voneinander. An einem leeren Schreibtisch sitzend, erklärt mir ein zweideutig lächelnder Mann, gegen welche Gesetze ich verstoßen habe und was mir droht. Ich verstehe nur die Hälfte, starre unentwegt auf die Porträts von Ayatollah Khomeini und Ayatollah Khamenei, die wie siamesische Zwillinge hinter ihm an der Wand hängen.

Jetzt lernst du endlich auch diesen Iran kennen, denke ich, nicht nur den Iran der Partys und Kosmetiksalons, auch das ist Iran, wahrscheinlich sogar der Iran, die Realität für zig Millionen Menschen, die du jetzt fast ein Jahr lang erfolgreich ausgeblendet hast. Und das als Journalistin! Mag sein, dass es in Deutschland reicht, Artikel über Versicherungen gegen Hochwasser zu schreiben, um alle und vor allem deinen Vater glauben zu machen, du seiest Journalistin und wollest die Welt verändern, aber hier reicht es nicht, ebenso wenig wie in den meisten anderen Ländern.

Noch in diesen Gedanken festhängend, werde ich in eine Zelle gebracht, in der mehrere Frauen vor sich hin vegetieren, jede für sich allein; aus Scham über unsere Vergehen meiden wir den Blickkontakt. Ab und zu öffnet sich die Tür, ein Name wird geschrien, woraufhin sich eine von uns erhebt und schlafwandlerisch hinausgeht. Wohin, das erfahre ich nicht, das bleibt meiner Fantasie überlassen, die aufblüht, während der Lebenswille in mir verdörrt. Männern, Alkohol, Popmusik habe ich schon nach wenigen Stunden in der Zelle abgeschworen. Ich male mir aus, wie in Deutschland mein Foto die Titelseite der Bild-Zeitung ziert, »Deutsche Journalistin in den Kerkern der Mullahs«, um dann in einer Schrecksekunde darauf zu kommen, dass ich im Iran nicht als Deutsche gelte, sondern als Iranerin. Ausgerechnet im Iran, wo ich mich so deutsch fühle wie sonst nirgends. Die deutsche Botschaft wird keinen Finger für mich krümmen! Ich bin nur eine von vielen Tausend Iranerinnen in iranischen Gefängnissen, beklagenswert, aber der Bild-Zeitung höchstens eine halbe Spalte wert. Wie sollte überhaupt jemand von meinem Schicksal erfahren? Mit Siavasch habe ich mich wegen des Besuchs im Kosmetiksalon zerstritten, er wird nicht versuchen, mich zu erreichen. Erst meine Mutter sorgt sich, weil ich nicht in der Maschine aus Teheran sitze, doch bis sie mich findet, im Fernsehen an das Regime appelliert und ich freikomme, vergehen Wochen. Währenddessen setzt meine Monatsblutung ein, doch ich traue mich nicht, bei einem der Schergen um Binden zu bitten. So fließt das Blut aus mir heraus, und ich weiß gar nicht, wie lange ich schon stinkend und dehydriert in der Ecke der Zelle kauere, als die Tür aufgeht und endlich mein Name gerufen wird, und mein erster Gedanke ist, dass er hier hingehört, mein Name. Mona Nazemi. Dass es das erste Mal ist, dass ich aufgerufen werde, und er nicht auffällt, rausfällt.

»Geht nach Hause. Im Auto herumzulungern gehört sich nicht für ein Ehepaar.«

Ramin setzte sich wieder hinters Steuer.

»Das entscheiden wir. Auf Wiedersehen.« Er knallte die Tür zu und ließ den Motor an. Ich atmete mehrmals tief ein und aus. Wir fuhren einmal um den Block.

»Man darf sich von denen nichts bieten lassen«, fing Ramin an, »vor allem darf man keine Angst haben. Sobald sie merken, dass du Angst hast, bist du ihnen ausgeliefert. Hast du keine Angst, merken sie, was für Würstchen sie eigentlich sind. Die meisten haben Mütter und Väter und wissen ganz genau, welchen Platz sie in der Gesellschaft ohne diese lächerliche Uniform einnehmen würden. Nur wenige von ihnen sind gänzlich verloren.«

»Hast du ihm Geld gegeben?«

»Ob ich ihm Geld gegeben habe? Nein.«

Vor dem Mädchenpensionat angekommen, saßen wir noch eine Weile schweigend nebeneinander. Dieses Mal durchbrach Ramin die Stille.

»Dschudschu, mach jetzt keine große Nummer daraus. Es geht um eine Fahrt zum Flughafen.«

Als ich nicht reagierte, kniff er mich in die Wange. Ich hasste und mochte das zugleich.

»Eben. Nur eine Taxifahrt zum Flughafen.«

Ramin lachte.

»Es ist dein Projekt.«

Wir umarmten uns ein paar Sekunden länger als normal, er küsste mich, ich löste mich von ihm und war in Gedanken schon bei den Dingen, die ich noch würde einpacken müssen, Schälchen, mehrere Teller, eine Tagesdecke, die ich auf dem Bazar eingekauft hatte, Mitbringsel für Freunde und Naschereien wie Nüsse und Trockenfrüchte, die sich meine Mutter gewünscht hatte. All das hatte ich in den vergangenen Wochen auf den anderen Betten in meinem Zimmer ausgebreitet, die während meines Aufenthalts tatsächlich leer geblieben waren. Ich hatte versäumt, eine zusätzliche Tasche zu besorgen, und musste versuchen, das Gepäck auf meine beiden Koffer zu verteilen. Während Ramins Auto aus meinem Blickfeld verschwand, bereitete ich mich darauf vor, das erste Mal in meinem Leben mit Ezafebar zu reisen.

Am nächsten Tag schleppte ich gerade meine Koffer Richtung Taxi, als ich Siavasch ein paar Meter entfernt entdeckte, lässig an die geöffnete Wagentür gelehnt. Ohne mich zu begrüßen, gab Siavasch, der zu uns herübergekommen war, dem Taxifahrer ein paar Scheine, der wendete daraufhin den Wagen und fuhr davon. Siavasch lud wortlos mein Gepäck ein, ich setzte mich wortlos auf den Beifahrersitz. Siavasch lenkte und schaltete stumm, ich schaute stumm aus dem Fenster, bekämpfte die Tränen, indem ich versuchte, mir so viele Details wie möglich einzuprägen. Es war später Nachmittag, wir fuhren gen Westen aus der Stadt hinaus, die Herbstsonne stand tief und blendete. Ein verbeultes weißes Auto überholte uns rechts und kam uns dabei so nah, als wollte es unseren Wagen streicheln.

Am liebsten wäre ich ewig weitergefahren. Weiter Richtung Westen, am Flughafen vorbei, durch die Kurdengebiete Irans, durch die Kurdengebiete Iraks, durch Syrien, und bevor wir ins Mittelmeer geplumpst wären, mit nichts als Eisbonbons im Bauch, hätten wir vielleicht die Erkenntnis unseres Lebens gewonnen. Der Wunsch, nicht anzukommen, war bei mir später nie wieder so dringlich gewesen.

Siavasch parkte das Auto nicht. Er hielt direkt vor der Abflughalle, stellte meine Koffer auf dem Gehweg ab und hielt mir die Hand hin. Bevor ich ihm meine reichte, sah ich den Ring an seinem Finger.

»Wir haben gut zusammengearbeitet.« Die ersten Worte seit zwei Wochen die letzten für neun Jahre.

»Das lässt sich so zusammenfassen. Danke für alles.«

Einen kurzen Augenblick standen wir einander schweigend gegenüber. Jeder schien vom anderen etwas zu erwarten. Jeder wurde enttäuscht.

Siavasch wandte den Blick ab und bewegte sich, eine Hand zum Abschiedsgruß erhoben, zur Fahrertür.

»Und alles Gute euch beiden«, rief ich ihm hinterher. Siavasch versuchte zu lächeln, indem er die Lippen aufeinanderpresste, und schloss ganz kurz die Augen, bevor er einstieg, den Motor zündete und davonfuhr.

Meine Mutter holte mich vom Flughafen ab. Auf der Autobahn schossen Mercedes und BMW links an uns vorbei. Dass es regnete, erkannte man nur an den Tröpfchen auf der Windschutzscheibe. Es lohnte sich nicht einmal, die Scheibenwischer einzuschalten.

چوب دو سر طلا

Tschub-e do sar tala

Das heiße Wasser wird jäh zu eiskaltem und reißt mich aus meinen Gedanken. Ich drehe den Hahn zu und steige aus der Dusche. Im Badezimmer dampft es so sehr, dass ich im Spiegel nur meine Umrisse erkenne.

Meine Mutter hat sich inzwischen ein Nachthemd übergezogen und sich wieder unter die Bettdecke verkrochen. Ich lausche. Sie macht den Knacklaut, den sie immer macht, wenn sie tief schläft.

Am nächsten Morgen sitzt sie auf dem Koffer und zerrt am Reißverschluss, als Sima den Kopf zur Tür hereinsteckt.

»Seid ihr fertig? Dein Kollege steht vor der Tür.«

»Verflucht.« Der Reißverschluss ist ausgerissen.

Sima verschwindet kurz und erscheint mit einem großen hellblauen Lederkoffer wieder in der Tür. Maman und ich sehen einander an. Der Koffer gehörte einmal Maman-Bozorg. Als die Rollkoffer auf den Markt kamen, hatte meine Mutter ihr einen gekauft und gesagt, sie solle den hellblauen endlich aussortieren. Die ersten Gastarbeiter aus der Türkei hatten immer solche Koffer dabei, zumindest auf den alten Aufnahmen.

»Dieses hellblaue Ungetüm ist uralt, ich weiß gar nicht, woher ich den habe. Aber ich kann dir leider nur diesen hier mitgeben«, sagt Sima entschuldigend, »meine schicken Koffer brauche ich für Schweden.«

Ohne ein Wort fängt meine Mutter an, ihre Kleidung, die Packungen mit Pistazien und Safran umzuräumen. Ich verabschiede mich unterdessen von Sima und ihrem Enkel, lasse Grüße an den depressiven Sohn ausrichten und nehme meine Reisetasche. Als ich aus der Haustür trete, sehe ich auf der Rückbank des Taxis einen Mann mit grauen Schläfen sitzen. Ich öffne die Wagentür und setze mich neben Ramin. Der Taxifahrer blickt kurz von seinem Notizheft auf.

»Gott sei Dank gehörst du nicht zu den Männern, die sich die Haare färben«, sage ich.

»Ich finde es auch reizvoll, dass du so eine Naturschönheit bist. Eine derart charakterstarke Nase sucht man in ganz Teheran vergeblich.«

Er lehnt sich vor zum Taxifahrer.

»Wir fahren zum ...«

»Stopp, wir müssen noch auf meine Mutter warten.«

»Sollen wir sie irgendwohin bringen?«

»Nein, sie kommt mit uns.«

»Mit uns?«

»Ja.«

»Nach Bam?«

»Yes.«

Ramin blickt mich an, dann hält er die Hände wie ein Megafon um den Mund herum und formt mit den Lippen tonlos die Worte:

»What the fuck?!?«

»Wir sind Kollegen.«

»Kollegen. Wundervoll.« Ramin lässt den Kopf nach hinten auf die Kopfstütze mit Fellüberzug fallen und schließt die Augen. Der Taxifahrer klappt das Notizheft zu. Er trommelt mit den Fingern auf dem Lenkrad herum. Ich versinke etwas tiefer in den Sitz und blicke zu Ramin rüber. Sein Gesicht ist seit dem letzten Mal nach unten gesackt. Dort, wo die Ohren anfangen, sind, vorerst nur für jemanden sichtbar, der sich auf diese Gesichtsregion spezialisiert hat, die ersten feinen Linien entstanden. Sie deuten abwärts. Der untrügliche Beweis für das Alter. Für nicht mehr Jungsein. Für mehr Vergangenheit als Zukunft. Ich frage mich, ob ich in den vergangenen zwei Jahren im selben Maße gealtert bin oder ob es daran liegt, dass Ramin Vater geworden ist. Ob er die Vaterschaft mit dem letzten Rest Jugendlichkeit bezahlen musste.

Ramin hat schon drei Mal auf seine Armbanduhr geschaut, als meine Mutter mit dem hellblauen Koffer aus dem Haus kommt. Ramin steigt aus und eilt ihr entgegen. Er nimmt ihr den Koffer ab und sagt:

»Herzliches Beileid.«

Sie nuschelt etwas, das ich nicht verstehe. Ich sitze auf der Rückbank, als hätte ich nichts damit zu tun, froh, dass sie sich einander selbst vorstellen müssen. Ramin hält Maman die Wagentür auf. Er setzt sich auf den Beifahrersitz, dreht sich um und entschuldigt sich bei ihr, dass er ihr den Rücken zuwenden muss. Ich verkneife mir das Lachen aus Angst vor der hysterischen Note, schaue aus dem Fenster in der Hoffnung, dass mich etwas ablenkt. Es ist ungewöhnlich warm für Dezember, die frühe Sonne taucht alles in Gold, als hätte sie sich in der Jahreszeit vertan. Unglaublich, dass bei solchem Licht Menschen gehängt werden konnten.

Der Taxifahrer steuert das Auto geschickt durch den Verkehr. Er kalkuliert knapp, nutzt jede Lücke, überholt blitzschnell. Als wäre es ein Spiel, ein Kampfsport.

Ramin räuspert sich. »Siavasch lässt dich übrigens grüßen.«

»Hat er sonst noch etwas gesagt?«

»Er musste nach der Pressekonferenz schnell weg, wir haben nur kurz gesprochen.«

Eine Weile herrscht Stille. Mir fällt etwas ein, das ich schon immer fragen wollte:

»Woher kommt eigentlich der Ausdruck ›Tschub-e do sar gohi‹?«

»Wie bitte? Das sagt man nicht! Man sagt ›Tschub-e do sar tala‹, also ›Stock, an beiden Enden golden‹«, antwortet meine Mutter ohne zu zögern.

Ich sehe sie ungläubig an. »Golden? Ich kenne den Ausdruck nur mit ›beschissen‹.«

Ramin übernimmt. »Das ist so: Die Vorlage ist ein Stock mit Kot daran. Das kommt von den alten Plumpsklos. Wenn jemand – Verzeihung – ein großes Geschäft verrichtet hatte, musste er mit einem Stock nachhelfen. Deshalb stand immer ein Stock in der Ecke. Meistens benutzt, und meistens waren bereits beide Enden im Einsatz gewesen.«

»Ganz einfach«, sagt der Taxifahrer, »man verwendet ›beschissen‹, wenn man unter sich ist, und ›golden‹, wenn nicht.«

Ich setze mich aufrecht hin. »Das ist doch irre. Beschissen und golden sind ja totale Gegenteile. Wie kann man ein und dieselbe Sache so bezeichnen?«

»Oft trifft tatsächlich beides ein bisschen zu. Achte mal darauf«, sagt Ramin.

»Irre«, denke ich noch einmal, lasse es aber dabei bewenden.

Am Flughafen angekommen, eilt Ramin voraus und zeigt uns, wo wir auf ihn warten sollen. Wir beobachten ihn, wie er sich am Ticketschalter durch die Menschenmassen schiebt, zielstrebig bis rücksichtslos.

»Schau dir das an, wie die Tiere.« Meine Mutter deutet mit dem Kinn in Richtung Ticketschalter. »Damals waren wir viel zivilisierter. Hier geht alles den Bach runter.«

Eine halbe Stunde später spuckt die Menge Ramin wieder aus. Er wedelt mit drei Flugtickets in der Hand, als er auf uns zukommt. Am Check-In hebt er das hellblaue Ungetüm, meine und seine Tasche auf das Förderband. Am Schalter nebenan versuchen zwei Männer abzuwenden, dass sie Aufpreis für ihr Übergepäck zahlen müssen.

»Sie wollen doppelt so viel mitnehmen, wie zugelassen ist. Wenn jeder so viel Ezafebar dabeihat wie Sie, dann kommt das Flugzeug gar nicht hoch«, sagt die Frau von Iran Air.

»Wenn es nicht hochkommt, dann wegen der Sanktionen, nicht wegen unseres Ezafebars«, entgegnet der dickere der beiden Männer.

An unserem Schalter versucht Ramin, die Frau von Iran Air zu überreden, drei Plätze nebeneinander frei zu machen. Meine Mutter steht daneben, den Blick nach links unten gesenkt, den Reisepass hält sie mit beiden Händen vor der Brust. Wie die Jungfrau Maria auf dem Gemälde von Velázquez. Maman war mir im Gegensatz zu meiner Großmutter immer jungfräulich erschienen. Mir fällt ein, dass Maman-Bozorg nicht mehr lebt.

In der Maschine sitzt Ramin zwischen uns und erzählt meiner Mutter von seiner Arbeit als Korrespondent. Sie erwähnt mehrmals, dass sie immer davon geträumt habe, Journalistin zu werden. Und wie schade sie es finde, dass ich den Beruf aufgegeben habe.

Ich drücke die Stirn ans Fenster, um etwas von der Landschaft zu sehen. Wir fliegen über Wüste. Ich erkenne die Krater im Boden, in immer exakt gleichem Abstand, die zu den unterirdischen Aquädukten führen. Manche Menschen interessieren sich nur wegen dieser Löcher für den Iran. Die beschäftigen sich ihr Leben lang mit diesem Bewässerungssystem, den Qanaten. Wie sie vor drei Jahrtausenden erfunden, geplant, gegraben wurden. Die interessieren sich kein bisschen für das, was um diese Löcher herum passiert. Für das oberirdische Leben. Für Brotpreise oder die Scharia. Für die Traurigkeit, den Zorn oder die Verachtung, die die Menschen, die hier leben, empfinden, wenn sie die Namen Mossadegh, Pahlavi oder Khomeini hören. Und schon gar nicht dafür, was ich empfinde, wenn ich im Flugzeug von Teheran nach Bam die Qanaten aus der Luft betrachte. Wenn sich doch jemand dafür interessierte, antwortete ich ihm: Schuld.

Mein Vater hatte mir als Kind von den Qanaten erzählt, von dieser geistigen und technischen Höchstleistung der Perser. Auf der Verkaufstheke seines Ladens in der Kölner Innenstadt hatte er ein weißes Blatt Papier glatt gestrichen und einen Berg darauf gezeichnet, von dem aus mehrere Schächte hinabführten, die alle auf einen Kanal stießen, der wiederum schräg hinunter ins Tal floss und dort drei Dattelpalmen gedeihen ließ.

Ich stand neben ihm, nur mit dem Kopf über die Theke hinausragend, und betrachtete die Zeichnung gerade so lange, wie ich dachte, dass es sich gehörte. Dann verschwand ich wieder hinter dem Bastvorhang in den Vorratsraum, wo ich auf dem Boden meine Barbies zum Schlafen nebeneinandergelegt hatte. Durch den Vorhang erkannte ich, dass er noch eine Weile an der Theke stand, ohne sich zu bewegen, außer den rechten Unterarm und die Hand, mit der er weiter auf der Zeichnung herumkritzelte, als malte er die Wüste, jedes Sandkorn einzeln.

Es dauerte lange, sehr lange, bis ihn ein Kunde mit ein paar Orangen in einer Plastiktüte aus seinen Gedanken riss. Mechanisch funktionierte er sofort wieder. Ohne zu zögern, stellte er die Tüte auf die Waage, tippte den Preis in die Registrierkasse, nahm den Geldschein entgegen, händigte das Rückgeld richtig abgezählt aus, grüßte zum Abschied mit einem freundlichen Gesichtsausdruck. Nachdem die Ladentür zugefallen war, nahm er das Blatt Papier, zerknüllte es und warf es in den Eimer unter der Theke.

Ich ging wieder nach vorne, stellte mich neben ihn. Er zerbrach Münzrollen an der Holzkante und sortierte das Kleingeld in die Kasse ein. Er sah mich nicht an, den ganzen Nachmittag und Abend nicht mehr. Er schien zwar seine Kunden anzusehen. Er schien sie sogar anzulächeln, ihnen seine ganze Aufmerksamkeit zu schenken, schien selbst bei Gesprächsthemen wie dem bitteren Geschmack von Gurkenschalen voll anwesend zu sein. Doch ich wusste, er war nur eine Maschine, die funktionierte. Ich fragte mich, ob Leben in die Maschine zurückkehren würde, und glaubte, ich sei für seinen Zustand verantwortlich. Ich hätte mehr Begeisterung für die Qanaten aufbringen müssen als das bisschen Interesse, das ich aus Pflichtbewusstsein heuchelte. Ich hatte ihm zwar zugehört, mich jedoch nach meinen Barbies gesehnt, die mein Vater mir gegen Swantjes Einwand gekauft hatte, die wir deshalb im Laden versteckt hielten und mit denen ich nur hier spielen durfte. Ich fragte nicht nach, malte die Qanaten nicht mit Buntstiften auf, erzählte auch später meinen Freundinnen nicht davon. Qanaten schienen für mein Leben völlig unbedeutend. Wasser war das Letzte, woran ich Mangel litt.

Als ich in Bam aus dem Flugzeug steige, umweht mich warmer Wind. Ich drehe mich um. Meine Mutter und Ramin wirken fröhlich. Wie ein netter kleiner Familienausflug.

اضافه بار

Ezafebar

Alle anderen Passagiere haben das Flughafengebäude schon verlassen, als der hellblaue Koffer auf dem Gepäckband auftaucht. Vermutlich ist er jemandem suspekt vorgekommen, weil er im Gegensatz zu den anderen Koffern nicht nach allen Seiten ausbeult.

Bei meiner Großmutter war er immer ausgebeult. Ezafebar, Übergepäck, ihr Lebensthema. Ich kenne das Wort mindestens so lange wie Kos. Ezafebar hatte sich während ihrer Deutschlandaufenthalte stets zu einem Berg aufgetürmt; je näher der Tag der Abreise rückte, desto aussichtsloser schien es, ihn je abtragen zu können.

Schon Wochen vor dem Rückflug half ich ihr regelmäßig, den hellblauen Koffer und mindestens einen weiteren ins Bad zu schleppen und auf die Personenwaage zu stellen. Jedes Mal schlug die Nadel etwas weiter nach rechts aus. Die Frequenz erhöhte sich, und in der Nacht, bevor wir zum Flughafen fuhren, wogen wir das Gepäck stündlich. Als könnte sich das Gewicht durch chemische Verfallsprozesse oder ein Wunder verringert haben. Ab fünfzig Kilo Ezafebar, also fünfzig zusätzlichen Kilo zu den erlaubten dreißig, dämmerte meiner Großmutter, dass sie ein Problem hatte. Wir betrachteten ratlos die Koffer, die im Badezimmer auf dem Boden standen wie schwangere Ziegen kurz vor der Niederkunft.

Der Zyklus verlief immer gleich: Maman-Bozorg kam mit prall gefüllten Koffern in Köln-Bonn an. Bei uns zu Hause öffnete sie sie und verteilte die getrockneten Kräuter, Früchte, Pistazien, Tee, Teppiche. Mir brachte sie außerdem jedes Mal Lackschuhe mit, die viel zu hart waren und die ich wie ein Ausstellungsstück ins Bücherregal stellte. Aus ihrem Koffer stieg immer derselbe Duft auf, der aus den Koffern aller Iraner aufstieg. Das faszinierte mich. Warum rochen Iraner alle gleich? Der Geruch verschwand nach zwei, drei Wochen, doch zuvor erfüllte er die ganze Wohnung. Er lässt sich schwer beschreiben, aber Nuancen von Teppich, Bockshornklee und Pistazie kommen darin vor. Ich lüftete mehrmals am Tag mein Zimmer. Ich fürchtete, ich könnte den Geruch annehmen und nie wieder loswerden. Damals fragte ich mich, wonach Deutsche riechen, wenn sie im Iran ihren Koffer öffnen.

Kaum hatten sich Maman-Bozorgs Koffer geleert, füllten sie sich wieder. Mit Nivea-Creme, Schokolade, Nylonstrümpfen, Tischdecken, Nachthemden und von uns ausrangierten Kleidungsstücken. Ihre vierundzwanzig Nichten erwarteten Mitbringsel aus

Europa, und die Armen, die regelmäßig an ihre Tür klopften, erhofften sich Schuhe für ihre Kinder oder irgendetwas, das sie weiterverkaufen konnten.

Überschritt das Ezafebar die Sechzig-Kilo-Grenze, schlief Maman-Bozorg schlecht. Nachts wurde sie von deutschem Bodenpersonal heimgesucht. Frauen in dunklen Uniformen, mit nach hinten gekämmtem eisblondem Haar und männlichen Gesichtszügen, die die Wörter in ihrer bedrohlichen Sprache schwangen wie Gummiknüppel. Dagegen lösten iranische Milizionäre mit Maschinengewehren behagliche Gefühle in ihr aus.

Am Tag ihres Abflugs spielte sich dann immer folgende Szene ab: Wir fuhren zum Flughafen, den Wagen beladen mit dem hellblauen und zwei weiteren Koffern. Zwei davon musste meine Großmutter auf jeden Fall mitnehmen, im dritten waren Dinge, auf die sie zur Not verzichten konnte. Dann drückten wir uns am Check-in-Schalter herum und musterten die anderen Fluggäste. Wir waren nicht die Einzigen, die das taten. Andere Familien konkurrierten mit uns um die knappe Ressource »Iran-Reisende mit wenig Gepäck«. Sobald ein Geschäftsmann mit handlichem Rollkoffer am Schalter auftauchte, pirschte sich Maman-Bozorg heran.

»Entschuldigen Sie, haben Sie nur diesen Koffer?«

Antwortete er mit ja, klimperte meine Mutter mit den Wimpern und meine Großmutter klagte, dass sie so viele Nichten habe. Die meisten wussten, was auf sie zukam, und ergaben sich sofort.

Dieses Mal, bei dieser Reise in den Iran war ich es gewesen, die einer alten Dame am Check-in-Schalter von Iran Air den Koffer abgenommen hatte. Wer zu einer Beerdigung fliegt, der braucht nicht viel, vor allem erwartet niemand Mitbringsel. Insofern hatte es etwas Gutes. Ich war noch nie gerne mit viel Gepäck unterwegs gewesen.

Und auch sonst belaste ich mich nicht gerne mit Gegenständen. Das Einzige, wovon ich mich seit Jahrzehnten nicht trennen kann, ist ein Schuhkarton mit Briefen, ein paar Fotos und Kirschkernen, die ich an einem heißen Nachmittag im Sommer mit Clara ausgespuckt hatte. Wir hatten im Freibad eine Decke im Schatten ausgerollt, uns auf den Rücken gelegt, Kirschen ausgepackt und versucht, die Kerne so hoch wie möglich zu spucken. Sie landeten wieder auf uns. Wir hielten uns die Bäuche vor Lachen. Clara setzte sich auf mich drauf, drückte meine Hände zu Boden und kitzelte mich mit ihren Haaren im Gesicht. Ich war genauso kräftig wie Clara, vielleicht sogar kräftiger, dennoch wurde ich sie nicht los. Ich schrie, es war grausam und lustig.

Ein grauhaariger Mann mit faltigen Knien schimpfte, wir sollten leiser sein. Clara kümmerte das nicht. Sie blieb auf mir sitzen, schaute ihn an und sagte:

»Dann geh doch ins Altersheim.«

»Genau, geh doch mit den anderen Opas spielen«, rief ich ihm hinterher, als er schon weit genug entfernt war.

Ich warf Clara mit einem Satz ab. Wir kugelten uns, Lachtränen rollten meine Wangen hinunter. Clara sprang schreiend ins Wasser, ich schreiend hinterher. Wir spritzten einander nass, und Clara versuchte, mich an den Beinen unter Wasser zu ziehen. Ich fürchtete mich immer ein bisschen vor ihr. Sie nahm sich, was sie wollte. Als wäre alles nur dazu geschaffen, um von ihr genommen zu werden. Nur an diesem Tag hatte ich keine Angst, im Gegenteil, ich ließ mich von ihr anstecken. Ich wurde übermütig, tat so, als gehörte das alles auch mir. Das Schwimmbecken, das Wasser und die Menschen darin, die Liegewiese, das angrenzende Wäldchen, die Straßen, auf denen wir mit unseren Fahrrädern im Slalom hergefahren waren, vorbei an der Kirche, in der ich meinen Freundinnen beim Schulgottesdienst freitags beim Oblatenessen zusah.

Nach einem Unterwasserkampf stellte sich Clara tot, und ich blieb lange mit dem Gesicht ganz knapp unter der Oberfläche, sodass ich sah, wie sich die Sonnenstrahlen brachen. Am Abend fand ich in meinem feuchten Handtuch ein paar Kirschkerne und legte sie in den Schuhkarton. Ich wollte in Erinnerung behalten, wie es sich anfühlt, Clara zu sein.

Den Schuhkarton hatte ich auf dem Schoß gehalten, als ich zusammen mit Maman-Bozorg und Maman auf der Rückbank eines Polizeiwagens gesessen und von dort aus durch das Küchenfenster Wolfi, meinen Stiefvater, das letzte Mal gesehen hatte. Meine Mutter hatte Anziehsachen und Unterwäsche für mich in eine Tasche gestopft, ich hatte nach dem Schuhkarton gegriffen, der neben meinem Bett stand. So war das eigentlich immer gewesen. Sie kümmerte sich um die praktischen Dinge, darum, dass ich ordentlich gekleidet war und etwas zu essen im Bauch hatte. Um den Rest kümmerte ich mich selbst.

Vor jedem der vielen Umzüge, die folgten, machte ich Inventur im Schuhkarton. Bei jedem einzelnen Erinnerungsstück wog ich ab. Mit den Jahren war immer weniger Neues hinzugekommen. Offenbar passierten immer weniger Dinge, an die ich mich in Zukunft erinnern wollte. Das Letzte, das ich hineingelegt habe, war ein Arbeitszeugnis meines Vaters gewesen, ausgestellt vom Universitätsklinikum Hamburg-Eppendorf. Ich hatte es nach seinem Tod bei seinen Unterlagen gefunden.

Herr Reza Nazemi hat in der Zeit vom 1.12.64 bis 28.2.65 als Doktorand in meinem Institut gedient. Er hat sich bei allen ihm übertragenen Arbeiten als fleißiger und geschickter Experimentator erwiesen. Er zeigte lebhaftes Interesse und verfügte über eine hervorragende Auffassungsgabe. Er war ein ange-

nehmer Mitarbeiter, seine Führung war ohne Tadel. Herr Nazemi verlässt das Institut, um in den Iran zurückzukehren und dort praktische Arbeit für die Entwicklung seines Heimatlandes zu leisten.

Es war auf Schreibmaschine getippt, das Papier schon vergilbt. Ich besaß neben einer Handvoll Fotos kein anderes Erinnerungsstück an meinen Vater, er hatte nicht viel aufgehoben. Ich hatte nur dieses Papier aus seinen Aktenordnern gefischt. Mir gefiel, wie er beschrieben wurde. Mir gefiel »hervorragende Auffassungsgabe« und besonders »ohne Tadel«. Mir gefiel auch, dass er in den Iran zurückkehren und dort etwas für die »Entwicklung seines Heimatlandes« leisten wollte. Das klang heldenhaft. Nirgends stand geschrieben, wie die Geschichte ausging. Da stand nicht: Er ist dann aber, knapp zwanzig Jahre später, wieder zurück nach Deutschland gekrochen, nachdem er im Iran eine aussichtslose Ehe begonnen, ein überflüssiges Kind gezeugt, die Entführung des US-Botschafters vermasselt, lebenslänglich bekommen, sich nach der plötzlichen Freilassung naiv in eine Revolution gestürzt und sie schließlich vergeigt hat.

Mein Vater landete Anfang der Achtzigerjahre mit einer kleinen Reisetasche am Flughafen Köln-Bonn. Er hatte ein paar Klamotten dabei, eine Handvoll Fotos aus seinem Dorf und dieses Arbeitszeugnis; vermutlich, weil er geglaubt hatte, er könne nahtlos anknüpfen. Weitermachen, als wäre nichts geschehen. Er begann sein zweites Leben in Deutschland ohne Ezafebar, zumindest im materiellen Sinne. Nach einigen erfolglosen Bewerbungen eröffnete er schließlich einen kleinen Laden in der Nähe des Barbarossaplatzes und verkaufte täglich von neun bis neunzehn Uhr Obst und Gemüse, Basmati-Reis, Nüsse, Konserven und Eingelegtes, Assam-Tee und Rosenwasser. Ein Konfuzius-Zitat gab es oft gratis dazu.

In den ersten Jahren besuchten ihn dort oft andere Exiliraner, Maoisten wie er, ebenso wie Marxisten und Nationalisten. Sie saßen dann auf Hockern im Vorratsraum und tranken Tee. Oft schwiegen sie lange und starrten zu Boden. Ich stand vorne an der Theke und hielt die Luft an, bis endlich jemand die richtigen ersten Worte gefunden hatte und das Gespräch eröffnete. Die Stille schien mir unerträglich. Erst später verstand ich, dass sie dazugehörte. Wie die Kontemplation vor dem Gebet.

Die Zahl der Besucher nahm stetig ab, und in den letzten Jahren, in denen mein Vater lebte und arbeitete, traf ich keinen der grauhaarigen Männer mit olivfarbenem Teint und schwermütigem Blick mehr in seinem Laden an. Einige wenige Namen hatte ich mir gemerkt, doch als ich mich einmal bei meinem Vater nach ihnen erkundigte, musste er plötzlich dringend die Nektarinen umsortieren.

Hätte ich ihm ein Zeugnis ausstellen müssen, ich

hätte nicht gewusst, was ich hätte schreiben sollen, außer vielleicht:

Er erledigte alle ihm übertragenen Aufgaben zur vollsten Zufriedenheit und haushaltete stets streng mit ihm zur Verfügung gestellten Mitteln (Worten, Gefühlen etc.).

Im Gegensatz zu meiner Großmutter. Sie blies alles hinaus wie eine Windmaschine.

انار

Anar

Das Hotel besteht aus einer Ansammlung unterschiedlich großer Lehmwürfel. Kleine quadratische Würfel bilden die Zimmer, jeder Einzelne verfügt nach hinten raus über eine Terrasse und ein winziges quadratisches Stück Wiese. Ramins Lehmwürfel grenzt etwas versetzt an unseren. Wir verabreden uns für den frühen Abend im Hotelrestaurant, das in einem größeren Würfel untergebracht ist.

Die Wände in unserem Zimmer sind kahl und nicht verputzt, an der Decke hängt an drei Eisenketten eine Lampe, verziert mit weißen Mosaiksteinen. Meine Mutter öffnet die Terrassentür und schließt die Holzgitter, die davor angebracht sind. Luft strömt herein. Irrsinnig weiße Bettlaken ziehen mich an. Es ist fast Mittag, die Sonne strahlt durch das eingeschnitzte Ornament der Gitter wie durch ein Sieb. Weit und breit kein Geräusch, kein anfahrendes Auto, keine zufallende Tür, kein Ruf, kein Gruß. Ich lege mich auf den Bauch. Mein Blick fällt auf eine Porzellanschale, die auf dem Boden in der Zimmerecke steht und in der sich Anar türmen. Ein orientalisches Stillleben; lehmfarbener Hintergrund, weiße Schale, rote Früchte, die die Blütenreste wie Kronen auf dem Haupt tragen.

Die Erinnerung an den süßlich-säuerlichen Geschmack von Anar zieht mir den Mund zusammen. Ich wende den Blick ab.

Mein Vater war Kommunist, genauer: Maoist. Aber wenn er Anar aß, glich das immer einer Huldigung an die Schöpfung. Wenn in seinem Laden nicht viel los war, holte er einen Anar aus der Auslage, setzte sich im Vorratsraum auf einen Stuhl, band sich ein Geschirrtuch um den Hals und bedeckte mit einem zweiten die Beine. Als wollte er ein Lamm schlachten. Mit einem kurzen scharfen Messer ritzte er zunächst einen Deckel ein. War der Deckel ab, sah man die Trennwände der Fruchtkammern. Dann ritzte er senkrecht entlang der gelblich weißen Trennwände Kerben ein, einmal rundherum. Ich schaute ganz genau zu, hoffte, dass er keinen Kern verletzen würde. Das brachte Unglück, Unglück und rote, unauslöschliche Flecken. Fiel meinem Vater ein Kern hinunter, krabbelte ich auf allen vieren über den Boden und versuchte, ihn auf den Mustern des abgewetzten Perserteppichs zu ertasten. Wenn mein Vater die Frucht aufbrach, krachte es leise. Wir betrachteten die Kammern des Anar. Die unzähligen Kerne leuchteten wie Rubine. Manchmal hell-, manchmal tiefrot. Eierstöcke, optimal in Szene gesetzt und illuminiert, könnten so aussehen. Mein Vater löste dann eine Kammer ab und gab sie mir. Ich biss nicht in die Kerne hinein, ich nagte sie behutsam ab. Hätte ich gleich hineingebissen, wäre mir der Saft links und rechts aus den Mundwinkeln geronnen, über die Handrücken und die Unterarme gelaufen. So, wie mir später das Blut an der Innenseite der Schenkel hinunterlief.

Es war mein höchstens viertes Treffen mit Ramin. Ich stand in einem Badezimmer irgendwo in Teheran und wechselte Tampons im Fünfzehn-Minuten-Takt. Ramin hatte schon mehrmals an die Tür geklopft und gefragt, ob alles in Ordnung sei. Ich wimmelte ihn ab, bemüht, sorglos zu klingen. Nach ein paar Minuten stand er wieder vor der Tür.

»Was ist los? Willst du den ganzen Abend im Bad verbringen? Dafür hätte ich die Wohnung nicht organisieren müssen!«

Ich holte tief Luft, öffnete die Tür und steckte den Kopf hinaus.

»Ich bin der Märtyrerbrunnen.«

»Du bist was?«

»Aus mir fließt unaufhörlich Blut.« Ich schloss die Tür wieder, schlüpfte aus Unterhose, Strumpfhose und Rock, wusch das Blut raus, so gut es ging, und hängte die Sachen auf die Heizung, die wie immer im Iran voll aufgedreht war. Ich wickelte mich in ein schwarzes Handtuch ein und verließ das Bad.

Ramin streichelte mir übers Haar. Ich wehrte ab.

»Wessen Martyrium gedenkst du denn?«, sagte er und lachte.

»Deines.«

»In meiner Haut möchte wirklich niemand stecken. Ich habe meine Frau belogen und Puya aus seiner Wohnung ausquartiert, um den ganzen Abend hinter einer Badezimmertür zu stehen.«

»Ich weiß nicht, was los ist.«

»Wie viele Anar isst du täglich?«

»Drei bis vier, manchmal mehr.«

»Anar verdünnt das Blut. In diesen Mengen wirkt es wie Aspirin. Wusstest du das nicht?«

Mein Vater hatte in Deutschland mit Ende vierzig angefangen, täglich eine Aspirin zu schlucken, weil er zu dickflüssiges Blut hatte, es zu zäh, breiig durch die Adern floss, es nicht bis in die letzten Winkel seines Körpers schaffte. Zum Beispiel nicht bis in die Zungenspitze. Seine Zunge war immer schwer.

Das Dorf, in dem mein Vater geboren worden war, liegt mitten im Anbaugebiet; Anarbäume, so weit das Auge reicht. Zierliche Bäume, deren Äste sich unter der Last der Früchte nach unten biegen. Die Bewohner essen Anar, trinken ihn, verkochen ihn zu Sirup, bereiten Fleischgerichte damit zu. Vielleicht hat der Selektionsdruck in seinem Dorf dazu geführt, dass mein Vater zu dickflüssiges Blut hatte. Vielleicht haben dort die meisten zu dickes Blut, weil nur die Dickblüter die tägliche Dosis Anar überleben. Alle anderen würden zu Blutern werden und an einer einfachen Schnittverletzung verenden. Letztlich ist mein Vater an Magenkrebs gestorben. Man sollte besser in der Heimat bleiben und essen, was die Vorfahren aßen. Für Wanderschaft zahlt man einen hohen Preis. Mehr als das, was gefälschte Pässe und Fluchthelfer kosten.

Anar ließ damals das Blut wie Sturzbäche durch meine Adern strömen.

Ramin setzte sich auf die Couch und legte die Beine hoch. Ich ging, in das Handtuch eingewickelt, vor der Fensterfront auf und ab. Die Wohnung befand sich im sechzehnten Stock, Hanglage. Der Blick auf Teheran bei Nacht hätte mich in jeder anderen Situation gefesselt. Stattdessen rasten meine Gedanken über die Stadtautobahnen. Was machte ich hier? Hier in dieser Wohnung, in dieser Stadt, in diesem Land? Das alles war komplett absurd. Den ganzen Tag fuhr ich mit Siavasch hinter Bayer her, vom Gericht zum Gefängnis, zurück zum Gericht und wieder ins Gefängnis. Zwischendurch machten wir Abstecher ins Büro und schickten Nachrichten ab, die alle mit den gleichen Worten anfingen:

Im Fall des deutschen Geschäftsmanns Hartmut Bayer, der wegen illegalen Geschlechtsverkehrs im Iran zum Tode verurteilt worden ist…

Der Fall Bayer war einer dieser Fälle mit hohem Nachrichtenwert, denn es ging um Sex und Politik. Sex, der im Iran gesetzlich verboten war: zwischen Unverheirateten. Eine Nummer zwischen einem Deutschen und einer Iranerin in einem Hotelzimmer, unbedacht oder vielleicht auch mit Kalkül. Vielleicht war es nicht das erste Mal gewesen, vielleicht stand Bayer auf Iranerinnen, hatte mehrere gehabt, aber den Fluch Allahs bisher nicht gespürt.

Bayer sagte später, er habe die Frau nicht einmal geküsst, sie nur auf ihre Bitte hin getroffen, weil sie ihre Deutschkenntnisse habe verbessern wollen. Sie stellte es anders dar. Letztlich machte das keinen Unterschied. Letztlich ging es um Politik. Bayer hatte einfach sehr großes Pech. Welcher Angehörige des Abendlandes, geboren im zwanzigsten Jahrhundert und in politischen Fragen gleichgültig wie ein Eunuch, muss fürchten, durch Steinigung aus dem Leben zu scheiden?

Über einen Geschäftspartner in Hamburg fand ich die Telefonnummer eines langjährigen Bekannten von Bayer heraus. Ich rief ihn an, als mir an einem Donnerstagnachmittag, kurz vor Feierabend, langweilig war.

»Der Hartmut ist ein schwieriger Typ, keine Freunde und immer Pech mit Frauen. Und jetzt noch das. Ein echter Pechvogel.«

Ich bedankte mich und legte auf.

Regelmäßig standen Siavasch und ich in diesen Monaten vor dem Evin-Gefängnis und warteten auf Bayer, um einen Blick auf ihn zu werfen. Schon der äußere Eindruck, den er machte, war eine Meldung wert. Im Grunde konnten wir nur darüber glaubhaft berichten, denn nur den Gesichtsausdruck konnten wir mit eigenen Augen bezeugen. Alles andere blieb Geschwätz. Ich schrieb »machte einen gefassten Eindruck«, »wirkte fahrig«, »schien besorgt«.

Ich sah oft an den Betonmauern des Evin-Gefängnisses hinauf, die dort endeten, wo persisch blauer Himmel anfing. Mein Vater hatte vor mehr als zwanzig Jahren hier eingesessen, und damals hatten auch Journalisten hier gestanden. Echte Journalisten, die über echte Konflikte berichteten, nicht über Sex-Nummern in Hotels. Und wie oft hatte meine Mutter als seine Ehefrau hier gestanden? Ich habe sie nie gefragt. Nie habe ich gefragt:

»Was hast du eigentlich so gemacht, in der Zeit, in der mein Vater im Gefängnis saß und ich bei Maman-Bozorg war? Hast du oft an ihn gedacht? Warst du froh, ihn los zu sein? Hast du andere Männer geküsst?«

Ich hoffe, dass sie das getan hat. Dass sie in den zwei Jahren für ihr restliches Leben genug getanzt, gefeiert, geflirtet hat in den Teheraner Clubs. Auf den wenigen Fotos, die ich aus dieser Zeit kenne, trägt sie Miniröcke und wirkt fröhlich. Wie ein Teenager.

Meinen Vater fragte ich nie:

»Worüber sprachst du mit Maman, wenn sie dich besuchte? Hatte sie mich dabei? Hast du in deiner Zelle ein Foto von mir an die Wand gepinnt? Wer hat dir Anar gebracht?«

Als er im Krankenhaus gelegen und ich viele Stunden schweigend neben ihm gesessen hatte, hätte ich fragen können. Aber meine Lippen lagen so schwer aufeinander, dass es ein Brecheisen gebraucht hätte. Wir hatten in Deutschland nach der Immigration eine Sprache vorgefunden, mit der sich praktische Dinge wie Elternsprechtag, Weihnachtsgeschenke oder Umgangsrecht hervorragend regeln ließen. Aber für ein Gespräch auf Zimmer 0034 der Onkologie an der Universitätsklinik Köln war die neue Sprache ungeeignet. Und die alte war uns abhandengekommen. Selbst wenn ich noch schnell ein neues Medium erfunden hätte: Jetzt, am Ende, alle Antworten einzusammeln, so wie Alkoholiker bei der letzten Runde noch mehrere Bier auf einmal bestellen, das wäre mir schäbig vorgekommen. Ich war nicht süchtig nach Vergangenheit.

Ob mein Vater damals in seinem Häftlingsanzug ähnlich lächerlich gewirkt hatte wie Bayer? Bayers Anzug sah aus wie ein Pyjama. Als hätte er sich schon bettfein gemacht, bevor man ihn noch einmal schnell vor Gericht zerrte. In Stilfragen war die Islamische Republik kaum zu unterbieten.

Sobald Siavasch und ich dann nach Deutschland gemeldet hatten, wie weit Bayer das Wasser schon zum Hals stand, verabschiedeten wir uns voneinander; ich traf Ramin, und wir taten das, wofür Bayer im Gefängnis saß, von dem er nicht wusste, ob er es je wieder lebend verlassen würde.

»Hey«, rief Ramin und klopfte auf den Platz neben sich, »willst du den ganzen Abend am Fenster stehen?«

Ich drehte mich nicht um, antwortete nicht, schaute weiter aus dem Fenster. Die Autokolonnen, die sich durch die Straßen schlängelten, sahen von hier oben aus wie Goldkettchen auf schwarzem Samt.

»Wenn Maman-Bozorg wüsste ...« Ich haderte mit unserem Arrangement. Schon und noch und immer wieder.

Ramin lachte. »Vergiss deine Großmutter. Sie hat keine Ahnung, wie es heute im Iran läuft.«

»Wie läuft es denn?«

Er stand auf und breitete die Arme aus. »Puyas Frau weiß nichts von dieser Wohnung. Puya hat sie nur, um seine Geliebten zu treffen.«

Ich drehte mich um.

»Läuft es so nicht überall auf der Welt?«

»Mag sein. Aber hier geht es um Selbstzerstörung. Und zwar ganz konkret, nicht im akademischen Sinne wie bei euch.«

Etwas an seinem Gesichtsausdruck stimmte nicht.

Er zog die Mundwinkel hoch, aber die Partie um die Augen zog nicht mit. Ich wandte mich wieder ab.

»Nett von Puya, dass er seine Höhle mit dir teilt. Wie viele Tage hast du denn gebucht?«

»Jeden zweiten. Aber bei deiner nächsten Regel storniere ich.«

Wären meine Anziehsachen trocken gewesen, ich wäre abgehauen. Zurück in das Mädchenpensionat, in dem alle zumindest so taten, als wären sie moralisch einwandfrei. Dort bekam ich ein warmes Abendessen und schlief in meinem Stockbett ein. Wissend, dass am Eingang eine dicke, schwarz verschleierte Frau hockte wie eine brütende Krähe, an der sich kein Mann vorbeitraute und die die Mädchen dazu aufforderte, den Lippenstift abzuwischen, wenn sie abends hinausgingen.

»Alle versuchen hier krampfhaft, so zu sein wie die im Westen. Aber eigentlich haben sie keinen Schimmer, sie haben nur Satellitenschüsseln und MTV.«

Ramin wirkte nie verbittert. Er gehörte zu den Privilegierten und wusste, dass es nur eine Frage der Zeit war, bis er mit einer Greencard an den Grenzpolizisten vorbeispazieren würde. Er erzählte häufig von Partys in Wochenendhäusern in den Bergen, weitab von der Stadt, wohin sich kein Sittenwächter verirrte, schon gar nicht, wenn man ihm vorher ein paar Scheine zusteckte. Und dass da jeder mit jedem schlief, weil sie glaubten, dass es im Westen so war, in Azadi.

Als ich aufwache, sind die Sonnenstrahlen verschwunden, dafür dringen die Stimmen von meiner Mutter und Ramin durch die Holzgitter zu mir herein. Ramin spricht laut und deutlich, Maman etwas leiser. Ich bleibe liegen, halb aus Trägheit, halb aus Neugier.

»Ein paar Tage nach der Hochzeit sind wir nach Bam gezogen.«

»Wie fanden Sie das?«

»Meine Meinung zählte nicht.« Sie hält inne, fügt hinzu: »Genau genommen hatte ich noch gar keine Meinung.«

»Wie alt waren Sie?«

»Dreizehn.«

»Und er?«

»Zwanzig Jahre älter.«

Ramin sagt nichts, nur der Stuhl räuspert sich, als er ihn ein wenig verrückt. Ich fürchte, dass meine Mutter zu weinen angefangen hat, doch dann fährt sie in einem fast gleichgültigen Ton fort:

»Aus heutiger Sicht unglaublich. Damals war es nicht ungewöhnlich.«

»Aber Mona erzählte mir, dass ihr Vater in Deutschland studiert hatte, fortschrittlich war.«

»Er hielt dich für siebzehn«, flüstere ich.

»Ich war hübsch und wirkte reifer als andere in meinem Alter.«

Ich will aufspringen, die Holzgitter aufreißen und die beiden durch den Anblick von mir in Unterhose verstummen lassen. Genauso sehr will ich jedoch wissen, wohin dieses Gespräch führt.

»Ich vermute aber«, spricht meine Mutter weiter, »ich vermute, er hat es gemacht, damit seine politischen Aktivitäten nicht auffliegen. Ein recht stattlicher Mann, aus gutem Haus, mit Doktortitel – alle Eltern träumten von solch einem Schwiegersohn. Dass er mit über dreißig dennoch unverheiratet war, machte ihn suspekt. Und das war in seiner Lage riskant.«

»Verstehe.«

»Ich war die perfekte Tarnung. Ein ahnungsloses Dummchen, das keine Fragen stellte, wenn er für eine Woche verschwand und dann plötzlich wieder vor der Tür stand.«

Die einzige Erinnerung an meinen Vater im Iran ist die, wie er nach Hause kommt. Zur Wohnungstür herein, im dunkelblauen Trenchcoat, das krause Haar zu einem kleinen Afro abstehend, Vollbart, mit einem Aktenkoffer, den er unterm Arm trägt wie Maman-Bozorg ihre Handtasche. Er nimmt mich auf den Arm. Dschudschu, sagt er. Sein Atem riecht. Er setzt mich ab, lässt mich allein im Flur stehen. Ich folge ihm in die Küche. Er dreht den Hahn auf, lässt ein Glas mit Wasser volllaufen, trinkt es in einem Zug aus. Füllt es nach, trinkt es wieder in einem Zug aus. Er spült das Glas und stellt es kopfüber neben das Spülbecken. Jemand steht hinter mir. Ich drehe mich um. Maman, vermute ich, aber ihr Gesicht bleibt unscharf. Ich kann nicht sagen, ob er täglich so nach Hause gekommen ist, nur ein einziges Mal oder ob ich diese Szene nur geträumt habe.

»Aber wieso haben Ihre Eltern Sie hergegeben?«

»Meine Mutter hat mich hergegeben. Sie wollte es unbedingt. Sie hielt ihn für den perfekten Fang.«

Eine Weile herrscht Stille. Die Küche des Restaurants aber kann nicht weit sein, ich höre Geschirr und Besteck klappern.

Meine Mutter atmet laut aus. »Irgendwie habe ich immer das Gefühl, dass mein Schicksal etwas anderes für mich vorgesehen hatte.«

»Ein kleiner Fehler in der Schaltzentrale, und alles gerät durcheinander? Daran glaube ich nicht. Wenn es Schicksal gibt, dann lässt es sich sicher nicht so leicht vom Weg abbringen.«

»Sie kennen meine Mutter nicht. Ich meine, Sie haben sie nicht gekannt.« Maman rückt mit dem Stuhl. Ich richte mich etwas auf, um zu sehen, wohin. »Was ist mit Ihnen, seit wann sind Sie verheiratet?«

»Ich? Seit zwölf Jahren.«

»Wie kam die Ehe zustande?«

»Ich habe sie auf einer Party kennengelernt, im Haus von Freunden am Kaspischen Meer.«

»Und sich verliebt? Wie schön.«

»Viel Zeit zum Verlieben hatten wir nicht. Sie ist direkt schwanger geworden.«

»Verstehe. Dann mussten Sie heiraten. Aber dann sind Sie schon Vater eines großen Kindes, das hat Vorteile.«

»Sie hat das Kind verloren, kurz nachdem wir geheiratet haben.«

Stille. Durch das Holzornament sehe ich, dass sie ihre Hand auf seinen Unterarm legt.

»Sie haben eine Frau, die Sie einmal anziehend fanden und mit der Sie es seit vielen Jahren aushalten. Viel mehr kann man nicht erwarten.«

»Es gibt doch dieses Sprichwort: ›Such nicht den, mit dem du leben kannst. Such den, ohne den du keine einzige Sekunde leben kannst.‹«

»Ach, unsere Lyriker und ihre schönen Worte. Ich will gar nicht wissen, wie viel Schaden …«

»Darf ich stören? Ich sterbe vor Hunger.«

Ich habe mir den Mantel übergezogen und die Holzgitter geöffnet. Ramin schaut an mir hinunter, meine Mutter schaut an mir vorbei ins Zimmer.

»Wir haben nur auf dich gewartet, Liebes. Gehen wir.«

Nachdem wir im Hotelrestaurant gegessen haben, bestellt Ramin ein Taxi. Er setzt sich nach vorne und bittet den Fahrer, ein paar Schlenker durch Bam zu machen und uns dann zur Festung zu bringen. Am Rückspiegel baumelt ein Anhänger von Real Madrid.

Aus dem Autofenster sehe ich eine Kette schneebedeckter Gipfel in der Ferne, Hintergrundkulisse für eine Stadt, in der Baukräne schweigend herumstehen. Sie erinnert mich an einen manisch Depressiven: An manchen Stellen noch immer zerstört, komplett am Boden, als wäre das Beben gerade eben erst passiert. Reste von Mauern, die keinen Hinweis darauf geben, wozu sie einmal gehört haben, Schutthaufen, die aussehen, als könnten jederzeit Suchhunde anschlagen. An anderen Stellen Gebäude, die von einer manischen Phase zeugen. Wir fahren am nagelneuen Fußballstadion vorbei. Finanziert von Real Madrid, erklärt der Taxifahrer.

»Wenn alles einstürzt, kann man es besser wieder aufbauen. Wenn Gott uns das nächste Mal ›prüfen‹ möchte«, er schaut uns durch den Rückspiegel an, »muss er uns ein stärkeres Erdbeben schicken.«

»Ist das so?«, fragt Ramin.

»Die neuen Gebäude sind sicherer. Die, die wenig Geld haben, tapezieren ihre Lehmmauern jetzt mit alten Reissäcken. Ein iranischer Ingenieur aus Deutschland war hier und hat uns das gezeigt.«

Der Fahrer tippt sich auf die schmale Brust.

»Ich war sein Chauffeur.«

Die Festung liegt am Rande der Stadt, direkt neben einer Dattelpalmenplantage, und sieht aus wie eine Sandburg, die jemand mit viel Ehrgeiz erbaut hat und über die schon etliche Wellen Meerwasser geschwappt sind. Ramin, meine Mutter und ich laufen durch die Gänge, rechts und links ragen halbhohe, zerbröckelte Lehmmauern aus der Erde wie verfaulte Zähne aus dem Kiefer eines hundertjährigen Tadschiken. Dann plötzlich säumen ganz neue, perfekt glattgestrichene Lehmmauern den Weg. Ich bleibe vor einer Schautafel stehen, die Vorher-Nachher-Bilder zeigt. Die Stelle mit dem Rundbogen über dem Gang, jetzt und vor dem Erdbeben. Jetzt sieht sie besser aus.

Ramin geht vor, steigt über die gelben Absperrgitter, ignoriert Under-Construction-Schilder, hält einen kleinen Vortrag über die Geschichte der Festung. Er hat offenbar auch den Wikipedia-Eintrag gelesen: der größte Lehmbau der Welt, schätzungsweise zweitausend Jahre alt, seit dem 19. Jahrhundert verlassen. Meine Mutter hört aufmerksam zu und fragt nach. Ich gehe mit einigen Metern Abstand hinter ihnen her. Die Lehmmauern reflektieren das Licht der untergehenden Sonne auf ihre Gesichter. Der goldene Teint bildet einen schönen Kontrast zu Ramins grauen Schläfen. Spannungsreich, würde man sagen, wenn es sich um Kunst handelte.

Am Fuße der Zitadelle verputzen drei Männer in blauen Anzügen eine Lehmmauer. Ramin bleibt stehen, unterhält sich und macht sich Notizen in einen Block. Maman und ich schlendern weiter wie Touristen, die eigentlich nur die nächste Mahlzeit ersehnen.

Ohne Ramin an ihrer Seite scheint sich meine Mutter nicht mehr für den Schutt zu interessieren. Ihre Gedanken hängen woanders fest.

»Ein netter Mensch, dein Kollege.«

Wir kommen an einer verwitterten Holztür mit zwei Klopfern aus Eisen vorbei, einem rundlichen und einem spitzen.

»Schau mal!«

»So aufmerksam und emphatisch.«

»Hör doch! Einmal für Männer«, ich lasse den runden Klopfer gegen die Tür schlagen, der Ton ist dunkel. »Und einmal für Frauen.« Ich klopfe mit dem spitzen. »Typisch, das Klopfen der Männer klingt viel angenehmer.«

Meine Mutter hält mich am Oberarm fest. Maman-Bozorg hatte das oft getan.

»Wieso hast du dir den damals nicht geschnappt?«

»Damals?«

»Na, mit Mitte zwanzig, als ihr euch kennenlerntet.«

»Maman, was redest du? Er war und ist verheiratet.«

»Na und? Dachtest du, da kommt noch was Besseres?«

Nein, das dachte ich nie. Vielleicht ahnte ich sogar, dass Ramin das Beste war, das mir im Rahmen meiner Möglichkeiten passieren konnte.

Jedes Mal, wenn ich in den Iran flog, legte ich

einen Zwischenstopp in Teheran ein. Ramin und ich knüpften immer nahtlos dort an, wo wir Jahre zuvor aufgehört hatten. Ich fühlte mich schlecht, wenn ich in Simas Wohnzimmer saß und Ramins Nummer wählte, schlecht wegen seiner Frau, der Heimlichtuerei, Puyas Wohnung, die er nur für den einen Zweck anmietete.

Wenn ich ihn anrief, hatte ich nie vor, mit ihm zu schlafen. Meistens nahm ich mir sogar ganz bewusst vor, es nicht zu tun. Es ergab sich nur immer wieder. Er holte mich bei Sima ab, ich stellte ihn ihr als meinen Kollegen vor, der mich mit einer deutschen Journalistin, einem japanischen Tierschützer oder einem iranischen Techno-DJ bekannt machen wolle, und wir fuhren in Puyas Wohnung. Ich fragte nach der Journalistin, dem Tierschützer oder dem Techno-DJ, Ramin lachte und zog mich an sich heran. Es fühlte sich dann wieder an wie mit fünfundzwanzig, als ich noch biegsam war und kein Stöckchen, oder eher wie mit sechzehn. Obwohl mein Busen von Mal zu Mal eine Etage tiefer hing. Daran hätten auch mehr Zwiebeln nichts geändert.

Und jedes Mal, wenn wir uns voneinander verabschiedeten, meist im Auto vor Simas Haus, wenn ich dann später im Flugzeug saß und es von der Rollbahn abhob, dachte ich, dass es mit uns vielleicht etwas werden könnte. Dass ich ihn anrufen würde, sobald ich zu Hause angekommen war und mir den ersten ordentlichen Kaffee gekocht hatte. Dass ich ihm dann, mit Kaffeetasse auf der Fensterbank sitzend und auf die nachkriegsgraue Hauswand gegenüber blickend, sagen könnte, dass er mir fehlte. Aber meine Gefühle verflogen irgendwo im Luftraum zwischen Iran und Deutschland. Wenn ich in Köln-Bonn landete, war alles weg. Als stiege dort eine andere Mona aus. Die Erinnerung an Ramin klebte an mir wie ein Kaugummi, ich musste mich so schnell wie möglich von ihr befreien. Spätestens, wenn ich meine Wohnungstür öffnete und mein Blick auf den vertrockneten Drachenbaum fiel, erschien mir alles absolut unvereinbar. Ich sah die Goldkette vor mir, den Ahura-Mazda-Anhänger, der sich immer in seinen Brusthaaren verfing, hörte sein Lachen, seine Sprüche, mein eigenes Lachen. Es ging nicht.

Ich setzte Kaffee auf und bezog, ein Kissen im Rücken, die Fensterbank. Nie dürfte er erfahren, mit welchen Augen ich ihn sah, wenn die Mitteleuropäische Zeitzone meinen Rhythmus bestimmte.

Ramin erkannte bald – nicht *was*, aber *dass* etwas mit mir geschah, wenn ich in Deutschland landete. Die ersten Male hatte er noch versucht, mich anzurufen, mich zu treffen, wenn er in Frankreich zu tun hatte. Anzuknüpfen, weiterzumachen. Ich hob nie ab. Hier war ich eine andere Ausprägung meiner Selbst. Ich wollte ihm die Enttäuschung ersparen. Wenn ich seine Nummer auf dem Display sah, schob ich das

Handy weit weg. Als riefe der Tod persönlich an. Oder noch beängstigender, das Leben.

»Hallo, hier ist das Leben. Wieso hebst du nie ab, wenn ich anrufe? Manchmal glaube ich, du hast etwas gegen mich. So beschäftigt kannst du doch gar nicht sein, als Single ohne Kinder und ohne pflegebedürftige Großtante. Und Managerin eines Dax-Konzerns bist du auch nicht gerade. Was machst du noch mal? Du schreibst Autobiografien, stimmt, hatte ich vergessen. Absurd, ausgerechnet du. Aber Ärzte gehen schließlich auch nie zum Arzt und sterben dann mit achtundfünfzig an Raucherlunge. Also, wenn du nicht willst, dass ich anrufe, dann gib mir wenigstens ein deutliches Zeichen. Lass mich nicht so in der Luft hängen. Sag einfach: Schluss, aus, ich will nix mehr wissen von deinen Plänen und Wünschen und Geschichten und all den anderen dampfenden Buttercroissants, die du mir vor die Nase hältst. Aber mach bitte nicht immer so halbe Sachen mit mir!

Apropos Croissant: Ich bin nächsten Monat beruflich für eine Woche in Paris, kommst du? Wir könnten uns ein paar schöne Tage machen. Paris, Paris, mon amour. Jetzt sag nicht: Ich muss arbeiten. Schreiben kannst du schließlich überall. Nur deshalb schreibst du doch, damit du überall und nirgends sein kannst. Hallo? Bist du noch dran? Das gibt's doch nicht, jetzt hat die schon wieder aufgelegt …«

Ich fühle mich immer schlecht. Vor Ramin, nach Ramin. Das ist konstituierend für unsere Beziehung.

Und es wird immer schlimmer; das vorletzte Mal traf ich Ramin, kurz nachdem ich meinen Vater beerdigt hatte. Das letzte Mal vor zwei Jahren, kurz nachdem er gerade Vater geworden war. Er nahm Simas Einladung auf einen Tee nicht an wie sonst, sagte, dass er vor einer Einfahrt geparkt habe. Es stimmte nicht. Er hielt mir die Wagentür auf. Das tat er sonst nie.

»Hast du ein schlechtes Gewissen?«, fragte ich ihn, als er den Motor zündete.

Er legte den rechten Arm um die Kopfstütze des Beifahrersitzes, steuerte den Wagen rückwärts aus der Sackgasse hinaus.

»Schlechtes Gewissen, was soll das sein?«

Bevor ich antworten konnte, fragte er mich, womit ich jetzt mein Geld verdiene, und ich erzählte ihm von meinen Aufträgen als Ghostwriterin eines Ghostwriters.

In der Tiefgarage parkte er auf dem Platz, der zu Puyas Wohnung gehörte. Im Aufzug lief immer noch dieselbe Klaviermusik, die im sechzehnten Stock immer jäh an derselben Stelle abbrach. Eines der drei Schlösser an der Wohnungstür ließ sich wie immer nur öffnen, wenn Ramin die Tür mit ganzer Kraft an- und gleichzeitig hochzog. Als wir die Wohnung betraten, schob er wie immer zuallererst die dunkelvioletten Vorhänge zur Seite, die Puya wie immer zugezogen hatte, und ich drehte den Bilderrahmen auf der Kommode im Wohnzimmer um, so dass Puya an die Wand starrte. Die Routine, mit der wir all das ausführten, war der eigentliche Betrug. Sie endete, als wir wenige Minuten später auf dem Wasserbett lagen, das sich Ramins Freund vor Kurzem gekauft hatte. Unsere Bewegungen verebbten im Wasser, erst seine, dann meine, dann wieder seine. Die Matratze brachte uns aus dem Rhythmus, kommentierte jede Veränderung, jeden neuen Versuch mit einem Glucksen. Wir quälten uns.

Danach stand Ramin auf und ging nackt in die Küche. Ich hörte ihn im Kühlschrank herumwühlen, eine Schranktür und eine Schublade auf- und zumachen. Er kam mit einer Schüssel und einem Messer zurück, setzte sich ins Bett und fing an, die Schale eines Anar einzuritzen.

»Ich bin Vater geworden.«

Ich hatte damit gerechnet, dass es passieren würde, irgendwann einmal.

»Wer ist die Mutter?«

»Keine Sorge, du nicht.«

Ich setzte mich auf und zog die Beine heran.

»Entschuldige.«

»Schon gut.«

»Wieso hast du ein Kind bekommen?«

Ramin schwieg eine Weile. Als habe er noch nie über diese Frage nachgedacht.

»Weil ich kann.«

»Du wolltest doch nie Kinder.«

»Eigentlich nicht. Nicht mit Elli.« Er sah kurz auf, konzentrierte sich dann wieder auf den Anar. »Aber ich werde bald vierzig und ich dachte, in ein paar Jahren sitzen Elli und ich da, können es nicht mehr und fragen uns, weshalb wir keins gemacht haben, als wir es noch konnten.«

Er reichte mir einen Spalt Anar. Ich nagte ein paar Kerne ab, legte den Spalt zurück in die Schüssel.

»Danke. Ist mir zu sauer.« Ich stand auf, um ins Bad zu gehen. Wo ich gelegen hatte, leuchtete auf Kopfhöhe ein hellroter Fleck auf dem weißen Betttuch, in der Mitte ein zerdrückter Kern.

Ramin lachte. »Habe ich dich entjungfert?«

Ich starrte auf den Fleck. »Das wird nicht rausgehen.«

»Mach dir nichts draus. Puya weiß schon, dass es schmutzig wird, wenn wir hier waren.«

Und jedes Mal denke ich, noch schmutziger geht es nicht.

Meine Mutter hält meinen Arm noch immer im Zangengriff. Ihr Kinn wirkt so spitz wie der Türklopfer für die Frauen.

»Nennst du das etwa Leben, das du da führst? Wann wachst du endlich auf?« Sie sieht mir tief in die Augen.

Ich muss lachen. »Maman, hör auf. Wer nennt sein Leben schon Leben? Du?«

Zwei Raben, die über der Zitadelle kreisen, krächzen. Wir legen die Köpfe in die Nacken, und mir fällt auf, wie groß Raben tatsächlich sind und dass ich sonst immer nur Krähen sehe, die ich für Raben halte. Ramin stellt sich dazu und wir schauen zu dritt in den signalblauen Himmel, obwohl die Vögel längst woanders sind.

غريبه دوست

Gharibe-Dust

Es geht immer noch schmutziger.

Ich liege im Bett neben meiner Mutter und lausche ihren Atemzügen. Es klingt, als schlafe sie, einzig der Knacklaut fehlt. Ich bewege das linke Bein, um zu sehen, ob sie reagiert. Ich stütze mich auf die Ellenbogen auf. Ich stelle das rechte Bein auf den Boden. Das linke. Ich erhebe mich, ziehe mir den schwarzen Mantel über und gehe auf Zehenspitzen zur Terrassentür. Die Holzgitter knarren beim Öffnen. Ich bleibe wie versteinert stehen, blicke zurück aufs Bett. Ein Krampf zieht mir vom Nackenmuskel hoch in den Hals. Meine Mutter regt sich nicht.

Ramins Terrassentür ist nicht verriegelt, ich drücke nur leicht gegen die Scheibe, und sie öffnet sich. Ramin sitzt auf dem Bett, nackt, halb mit einem weißen Laken bedeckt. Die Arme hat er hinter dem Kopf verschränkt, ein Bein angewinkelt. Ich bin mir nicht sicher, ob er diese Pose ernst meint oder mich zum Lachen bringen will. Ich setze mich neben ihn aufs Bett.

»Ich dachte schon, sie schläft nie ein. Morgen werfen wir ihr eine Schlaftablette in den Tee.«

Ramin legt seine Hand auf meinen Mund und flüstert mir ins Ohr: »Leiser.«

Seit ich ihn kenne, benutzt er dasselbe After Shave. Eines für Männer, die ständig gegen das Meer ankämpfen und Fische mit bloßen Händen fangen. Ich habe lange kein After Shave gerochen. Wir sitzen schweigend nebeneinander, als hätten wir vergessen, wozu wir uns verabredet haben, oder als warteten wir darauf, dass ein Startschuss durch die Nacht hallt. Erst gefällt es mir, das Bild von uns beiden auf einem Bett in der Wüste, er in weißen Stoff gehüllt, ich in schwarzen, beide offen für alles, großes Potenzial. Doch nach einer Weile frage ich mich, warum er sich so viel Zeit lässt, ob er mich nicht mehr attraktiv findet, jetzt, da er neue Einblicke in mein Leben erhält. Jetzt, da er sieht, wie meine Mutter mich sieht.

Irgendwann zieht Ramin mich, eine auf lächerliche Größe geschrumpfte Kreatur, zu sich auf den Schoß, küsst meinen Hals, vergräbt die Nase in der Kuhle oberhalb meines Schlüsselbeins und öffnet die Knöpfe meines Mantels. Dann höre ich auf zuzusehen.

»Ich liebe dich«, sagt er.

»Du kennst mich nicht«, sage ich.

»Deswegen ja. Ich bin ein Gharibe-Dust.«

Wir liegen nebeneinander auf dem Rücken. Ramin zieht das Laken hoch, deckt uns zu. Nach wenigen Minuten ist er eingeschlafen.

Gharibe-Dust. Ich frage mich, ob Ramin das Wort absichtlich falsch verwendet. So wie ich, nicht wie meine Großmutter. Wenn sie zu Besuch war und sah, wie ich auf einem Tablett Limo und Kekse für meine Freunde in mein Zimmer trug, legte sie ihren Kopf schief, kniff die Augen zusammen.

»Du bist ein Gharibe-Dust, genau wie dein Vater. Du bist kein Familienmensch.«

Dann erzählte sie immer von diesem einen Picknick im Gebirge, bei dem ich die ganze Zeit allein an einem Bach gesessen und Steine hineingeworfen hatte, während die Großfamilie hundert Meter weiter zusammensaß, grillte, Witze erzählte, lachte.

»Du warst höchstens drei. Den ganzen Tag hast du auf diesem Felsbrocken gehockt und seelenruhig einen Stein nach dem anderen ins Wasser geworfen. Wenn wir gegangen wären, du hättest es nicht einmal gemerkt. Genau wie dein Vater. Der braucht auch nur sich selbst, und höchstens ein paar Fremde noch dazu.«

So oft hatte sie mir diese Szene beschrieben, dass ich nicht mehr sagen konnte, ob ich mich daran erinnerte oder ob ich im Laufe der Jahre einfach nur ihre Schilderung mit Bildern, Geräuschen, Gerüchen und Empfindungen ausgestattet hatte; ich hörte das Plätschern des Baches, die Steine, wie sie ins Wasser plumpsten, roch die gegrillten Lammspieße und, am wichtigsten, ich hörte das Gelächter im Hintergrund. Ohne das Gelächter wäre diese Szene eine ganz andere gewesen, aber das hätte ich meiner Großmutter nicht begreiflich machen können.

Einerseits wusste ich, dass Gharibe-Dust in ihren Augen kein Kompliment war. Gharibe-Dusts opfern sich nicht für die Sippe auf, sie umgarnen lieber Freunde, Bekannte als eigen Fleisch und Blut. Verwandte, die das Gefühl haben, emotional oder finanziell zu kurz zu kommen, verwenden das Wort bevorzugt. Andererseits spürte ich einen Hauch von Bewunderung, wenn meine Großmutter es sagte. Weniger für mich als für meinen Vater. Er liebte die am meisten, die am weitesten von ihm entfernt waren.

Und Maman-Bozorg hatte recht gehabt, ich bin ein Fremdenfreund wie mein Vater, wenn auch in einem anderen Sinne. Ich finde Iraner nicht attraktiv. Auch Ramin nicht. Da läuft offenbar ein Programm bei mir ab: Wenn du Kinder mit blonden, großgewachsenen Männern haben kannst, dann zeuge ja keine mit dunklen, behaarten, die kaum größer sind als du selbst. Wenn ich im Bus oder beim Arzt türkische Muttis mit kleinen Kindern sehe, denen schon mit drei Jahren die Augenbrauen zusammenwachsen, dann frage ich mich: Muss das sein? Wie viel einfacher hätte es das Kind, wenn es später, mit neun, zehn Jahren, nicht als einziges Mädchen seiner Klasse Flaum über der Oberlippe hätte? Wenn es schönes honigbraunes statt pechschwarzes Haar hätte? Wäre das nicht Grund genug, um nicht den Cousin aus der Türkei zu heiraten? Ich frage mich, welches Programm da abläuft und warum es sich offenbar von dem unterscheidet, das mich steuert.

Ich fühle mich seit jeher von blonden Männern angezogen, zumindest, seitdem ich aufgehört habe, in jedem blonden deutschen Mann Wolfi zu erkennen. Seitdem habe ich leichtes Spiel. Perserin, Kommunistentochter. Das Wort »Revolution« fällt, und helle Augen strahlen. Die Fälle, in denen das Gespräch danach nicht ausklingt, verlaufen alle ähnlich. Die blonden Männer können kaum erwarten, Persisch zu lernen. Sie kaufen Lehrbücher, belegen Kurse. Sie laden zum Perser ein. Sie durchsuchen das Kinoprogramm nach iranischen Filmen.

Aber keiner von denen hat je mehr als zehn Wörter gelernt. Die gegrillten Tomaten sind ihnen bald zu verbrannt. Die Dialoge in den Filmen empfinden sie schnell als redundant. Ich nehme es inzwischen achselzuckend zur Kenntnis.

Dann denken die blonden Männer: Hey, die ist ja eigentlich voll deutsch! Trennt zwanghaft Müll, kann keinen Smalltalk, mag unangekündigten Besuch nicht, schätzt den Bierrausch, tanzt am liebsten zu Minimal, Frühstück ist die wichtigste Mahlzeit, auch um fünfzehn Uhr. Die blonden Männer machen es sich gemütlich, froh, dass am Wochenende doch keine Großfamilie einfällt und Hammelfleisch in Schnellkochtöpfen mitbringt.

Doch irgendwann zerren die blonden Männer etwas Iranisches ans Licht, eine spezielle Form der Zurückhaltung, der Scham, des Unvermögens, gewisse Dinge zu tun oder auszusprechen. Eigenheiten, die sie zunächst als Teil meiner Persönlichkeit bewertet haben. Sie halten es triumphierend in die Höhe, als hätten sie mich der Täuschung überführt. Hey, Moment mal, hier ist ja doch so was Anderes, Seltsames, Ausländisches!

Einmal habe ich es mit einem Iraner versucht. Mit Arasch. Eine Freundin hat ihn immer »Arsch« genannt. Ich wusste, ich musste es witzig finden. Araschs Mutter hatte ihn Mitte der Achtzigerjahre wie so viele andere Mütter allein nach Europa geschickt, damit er nicht mit einem goldenen Plastikschlüssel um den Hals an die Front geschickt würde. Arasch hatte lange in Istanbul darauf gewartet, von Frankreich aufgenommen zu werden. Schließlich musste er sich mit Deutschland begnügen. Frankreich blieb das Land, in dem er hätte glücklich werden können, obwohl er noch nie dagewesen war. Er hatte sich kein einziges Mal ins Auto gesetzt, um zweihundertfünfzig Kilometer von Köln bis zur französischen Grenze zu fahren, dort auszusteigen und zu überprüfen, ob sich das besser anfühlte.

Er machte als Maschinenbauingenieur einen ordentlichen Job in einem mittelständischen Zuliefererbetrieb. Wenn er Geburtstag hatte, brachte er Sekt und Kuchen mit in die Firma, seine Zwei-Zimmer-Neubauwohnung hatte er eingerichtet, wie sie auch ein Orientreisender hätte einrichten können, und einmal die Woche ging er mit Thorsten und Michi Billard spielen. Aber er mochte sie nicht, die Deutschen.

»Wir saßen von morgens bis abends in seiner Bude und lernten für eine Prüfung«, erzählte er auf Persisch von dem Besuch bei einem Kommilitonen, »meinst du, er hätte mir etwas zu essen angeboten?«

»Lass mich raten.« Ich sprach Deutsch. Ich ertrug es nicht, wie die persischen Wörter aus meinem Mund stolperten.

»Das Beste: Irgendwann am Nachmittag schmiert er sich in der Küche ein Brot und kaut mir etwas vor!«

»Er hätte dich sicher einmal abbeißen lassen, wenn du ihn gefragt hättest.«

»Machst du dich über mich lustig, oder lebst du einfach nur schon zu lange in Deutschland?«

»Beides.«

»Auf solch eine Idee käme ich nicht, wenn ich tausend Jahre hier leben würde.«

»Lass gut sein. Wie lange ist dein Studium her? Fünf, sechs Jahre?«

»Ich kann dir unzählige solcher Geschichten erzählen.«

Jeder Iraner konnte das. Die meisten hörten nur irgendwann damit auf. Und manche verklärten sogar die Nachteile der Deutschen in Vorteile. Das Essen hat nicht für alle Gäste gereicht? Na und, die Deutschen vergeuden keine Ressourcen, das ist doch besser, als tonnenweise übriggebliebenen Reis und Fleisch wegzuwerfen wie die Iraner. Der Deutsche hat gesagt, er hat heute keine Zeit, ein andermal gerne? Aber wenn er Zeit hat und euch nicht an der Tür abwimmelt, könnt ihr euch sicher sein, dass er sich auf das Gespräch mit euch voll einlässt und nicht mit den Gedanken woanders ist. Die Deutsche grüßt nie im Treppenhaus und hält deiner alten Mutter nicht die Tür auf? Sie spielen einem nichts vor, was sie nicht auch wirklich empfinden. Wenn ein Deutscher aber sagt »Ich mag dich«, dann kannst du dich bis auf dein Lebensende auf ihn verlassen. Die Deutschen schimpfen über Ausländer? Recht haben sie! Schaut euch an, was die Türken aus diesem Land machen, von den Arabern ganz zu schweigen. Und wir Iraner brauchen schon gar nicht den Mund aufzumachen, so, wie wir in unserem Land die Afghanen behandeln!

Sie verteidigten die Deutschen wie eine Lebenslüge.

Arasch gehörte zu der anderen, seltener werdenden Spezies Iraner in Deutschland.

»Vor ein paar Monaten habe ich gekocht und Kollegen zum Essen eingeladen. Die Frau von einem hat einen Nudelsalat mitgebracht! Nein, stopp, einen Tortellinisalat.«

»Ist doch nett.« Ich gähnte ohne es zu wollen.

»Das hat die nur gemacht, damit sie mich nicht zurückeinladen muss.«

»Sie hat bestimmt nur etwas falsch verstanden.«

»Ich lade zum Essen ein. Was kann man daran falsch verstehen?«

»Vielleicht mag sie ja kein Lammfleisch. Viele Deutsche mögen kein Lammfleisch. Sie wollte dich vermutlich nur nicht vor den Kopf stoßen.«

Er sah mich an. Auf die Idee war er nicht gekommen. Bevor sein Weltbild aus den Fugen geraten konnte, wandte er sich wieder dem Laptop zu und zog mich auf seinen Schoß. Ich probierte das Gefühl aus, in Deutschland auf dem Schoß eines Iraners zu sitzen. Es fühlte sich an wie ein Wachkoma.

Er deutete auf den Bildschirm. Ich sah ein Gebirge auf Google Earth.

»Vielleicht besteigen wir mal den Damavand zusammen.«

»Wie hoch?«

»Etwas mehr als fünftausend. Aber technisch nicht schwierig. Man muss nur mit der Höhe klarkommen.«

»›Nur‹ ist gut.«

Er zoomte heran, neigte die Ansicht. Wir hatten den Gipfel erklommen. Ich versuchte mir vorzustellen, wie es wäre. Wir zusammen auf dem Gipfel, wie wir gemeinsam die Landschaft betrachteten, unsere Landschaft, unser Land. Es gelang mir nicht. Ich stand auf einem Gipfel, und er auf einem anderen, in einem anderen Land.

»Von hier oben aus sieht man das Kaspische Meer.«

Er deutete auf eine blaue Fläche hinter einem Gebirgskamm. Wir drehten uns einmal um die eigene Achse.

»Und da hinten, das ist Teheran.«

Ich beugte mich näher an den Bildschirm heran.

»Wie entspannend es ist, weit sehen zu können.«

»Das fehlt mir total. In Deutschland kann man nie weit sehen. Irgendeine Autobahn schneidet immer das Bild.«

Ich klappte den Laptop zu und stand auf.

»So, war doch ein Kinderspiel, der Damavand.«

Araschs Telefonnummer hatte ich schon gelöscht, als ich eine Stunde später mein Fahrrad vor seiner Haustür aufschloss. Ich wollte nicht zu seiner Komplizin werden.

Arasch ist mein Iraner-Rekord, mit keinem anderen habe ich es in Deutschland so weit gebracht. Lerne ich einen kennen, ist die Verlockung zwar zunächst groß. Die Aussicht, nicht bei null anfangen, nicht alles erklären und »Nicht ohne meine Tochter« aufarbeiten zu müssen, hat ihren Reiz. Es existiert allerdings eine andere, stärkere, unbekannte Kraft, die uns schnell wieder auseinandertreibt. Die uns übereinkommen lässt, dass wir uns besser doch noch einmal in der autochthonen Bevölkerung umsehen. Soll niemand auf die Idee kommen, wir wären nicht bereit, uns zu integrieren.

Als ich aufwache, dämmert es. Ich schrecke hoch, renne zur Terrassentür, bleibe stehen, bis sich mein Atem normalisiert hat. Ramin hebt den Kopf, die Hand und bewegt nur die Finger, wie ein verwundeter Soldat.

Meine Mutter hat ihre Seite des Bettes verlassen und sich in der Mitte breitgemacht. Dem Gesichtsausdruck nach träumt sie einen komplizierten Justizthriller. Ich lege mich auf meine halbierte Hälfte, steif wie ein Brett, aus Angst, hinunterzufallen. Ich schlafe ein, als sich die ersten Hotelgäste auf den Weg zum Frühstücksbuffet machen.

Ramin hat am Vormittag einen Termin mit dem Bürgermeister der Stadt. Meine Mutter und ich beschließen, uns den neuen Bazar anzusehen. Der Rezeptionist ruft den Real-Madrid-Fan an, der fünfzehn Minuten später hupend vor der Tür steht.

»Sie haben mir Glück gebracht«, ruft er uns entgegen, »meine Frau hat gestern Abend eine gesunde hübsche Tochter zur Welt gebracht!«

Meine Mutter gratuliert wortreich, ich lediglich mit: »Glückwunsch«.

»Ihr Name ist doch Mona, oder?«, fragt mich der Fahrer. »Wir werden unsere Tochter auch Mona nen-

nen, auf dass Sie ihr weiterhin Glück bringen werden!«

Ich nicke und bedanke mich, wie man sich bedankt, wenn man eine ehrenvolle Aufgabe erhält und sich in die Freude sogleich die Angst vorm Scheitern mischt.

Er erzählt, welche Sorgen sie sich gemacht hätten, weil seine Frau schon fünfundvierzig sei und in den vergangenen Wochen an Bluthochdruck und Wasser in den Beinen gelitten habe, außerdem habe sich das Baby einfach nicht drehen wollen, es sei mit den Füßen voran auf die Welt gekommen.

»Mit den Füßen voran!«, wiederholt er mehrmals. Er überfährt eine rote Ampel. Ein Lkw-Fahrer hupt. »Ein gesundes Kind, das ist für mich das größte Glück. Mehr verlange ich nicht.«

Glück? Nach drei Bier auf einer Tanzfläche, über mir viel Raum, durch mich hindurch ein Bass, der alles in Schwingung versetzt, um mich herum Menschen, deren Gesichter mir bekannt vorkommen, die ich manchmal zufällig streife, die genau wie ich darauf warten, dass der DJ sein Versprechen einlöst, dass er aufhört, sich und uns zu zügeln, und dann ist es endlich so weit, der Damm bricht, und uns erfasst eine riesige Welle. Ich erinnere mich, dass das so etwas wie Glück für mich war, bevor ich vor knapp einer Woche in das Flugzeug nach Teheran gestiegen bin.

Wir fahren an einem Dattelhain vorbei, vor dem

ein kleiner Junge neben seinem Vater auf dem Boden kauert und vor sich ein Paar braune Plastiksandalen und mehrere einzelne Zigaretten ausgebreitet hat, und ich denke auch daran, dass, nachdem uns alle dieselbe Welle erfasst hat, jeder woanders angespült wird und jeder von vorne beginnt.

Der neue Bazar ähnelt einer Westernstadt. In der Mitte eine Straße, rechts und links neu erbaute einstöckige Gebäude, überdachte Gänge, in denen sich die Läden aneinanderreihen. Die Händler sitzen hinter ihren Gewürzbergen oder T-Shirt-Stapeln, lesen Zeitung, telefonieren, dösen. Wir spazieren durch die Gänge, vorbei an Salz- und Pfefferstreuern in Cowboystiefel-Form, Beinen von Schaufensterpuppen in Nylonstrümpfen, Wolldecken mit heulenden Wölfen darauf.

Meine Mutter bleibt stehen, hält ein Dreierpack Unterhosen mit dem Schriftzug »Miss Your Lips« hoch. Der Verkäufer, höchstens sechzehn Jahre alt, zieht ein Handy aus der Hosentasche und tippt darauf herum. Ich hake mich bei meiner Mutter ein, wir beschleunigen den Schritt und lachen erst, als wir den Stand einige Meter hinter uns gelassen haben.

»Kannst du dich an die Unterhosen mit dem Schloss und dem Schlüssel vorne drauf erinnern, die Maman einmal mit in Deutschland hatte?«

»Die hatte ich fast vergessen!«

»Viel gebracht hat es nicht.«

»Wie meinst du das?« Ich bleibe vor einem Stand mit frischen Fruchtsäften stehen. Der alte Mann dahinter richtet sich auf.

»Maman war immer aufgeschlossen. Nach dem Tod von Baba haben meine Cousinen gelegentlich Männer bei ihr angetroffen. Sie hat dann immer behauptet, die Satellitenschüssel habe Empfangsprobleme und es handle sich um einen Techniker.«

»Mir hat sie immer erzählt, Baba-Bozorg habe sie nur ein Mal angefasst.«

»Baba? Das ist vielleicht sogar die Wahrheit. Baba hatte sich komplett zurückgezogen von der Welt. Es muss kurz nach meiner Geburt angefangen haben, weil ich ihn gar nicht anders kannte als mit abwesendem Blick und gebeugter Haltung. Wenn er zu Hause war, saß er in seinem Zimmer, am Schreibtisch vor dem Fenster, und las in Firdausis Schahname oder schrieb. Er liebte die Kalligraphie.«

»Was schrieb er denn?«

»Gedichte, glaube ich. Einmal, als ich den Müll hinaustrug, fand ich im Papierkorb einen zerrissenen Zettel. In Kalligraphieschrift stand darauf geschrieben: ›Das Leben ist vielleicht ein Kind, das aus der Schule heimkehrt‹. Mein Herz hämmerte. Ich sollte, ohne es zu ahnen, tatsächlich eine Rolle spielen in seinem Leben? Ich wühlte wie besessen im Müll herum, um die anderen Teile des Gedichts zu finden.«

»Hast du sie gefunden?«

Sie dreht sich weg, wendet sich dem alten Mann am Saftstand zu und bestellt zwei Anarsäfte. Mit dem Zipfel ihres Kopftuchs wischt sie einmal unter jedem Auge entlang. Ich stelle mich neben sie. Ich kenne den Vers, ich habe ihn schon einmal irgendwo gehört oder gelesen, sage aber nichts.

Wir schauen zu, wie der alte Mann einen Anar knetet, beide Hände kraft-, aber maßvoll einsetzt, als massierte er ein Herz. Er platziert den Anar in die Fassung des Entsafters, der aussieht wie eine überdimensionierte Knoblauchpresse, und legt den Hebel um. Der rote Saft schießt in den Becher, der unterhalb der Fassung steht. Der alte Mann drückt noch einmal nach, so fest, dass sich eine vertikal verlaufende Ader auf seiner Stirn abzeichnet, dann öffnet er den Entsafter, und meine Mutter und ich starren auf die zerquetschte Frucht.

»Ich weiß noch«, fährt sie gedankenversunken fort, den Blick weiter auf den ausgepressten Anar gerichtet, »dass Maman im Bus immer mit irgendwelchen Männern flirtete. Während sie erzählte, wie schwer sie es mit ihrem Mann habe und was für eine aufopferungsvolle Mutter sie sei, streichelte sie mir unentwegt den Kopf.« Sie seufzt. »Ich bin gerne mit ihr Bus gefahren.«

Der alte Mann reicht uns zwei volle Plastikbecher über die Theke. An Strohhalmen nippend, gehen wir weiter. Am letzten Stand kaufe ich eine beigefarbene Kurdenhose. Vielleicht für Jan.

Ich habe ihn vor ein paar Monaten im Zoo kennengelernt. Eigentlich interessiere ich mich nicht für Tiere, aber eine Kollegin aus der Bürogemeinschaft muss einmal gehört haben, wie ich sagte, dass ich Paviane lustig finde. Zum vierunddreißigsten Geburtstag haben mir die Kollegen dann eine Jahreskarte für den Zoo geschenkt. Ich bin nicht ausgerastet vor Freude, aber ich habe schon unpassendere Geschenke erhalten. Im Sommer, wenn ich früher Feierabend machte, fuhr ich manchmal hin und sah den Pavianen zu, beobachtete, wie sich die Weibchen gegenseitig entlausten, wie die Jungen rauften, sich vertrugen, wieder rauften, wie die Männchen sich die Zähne zeigten und schrien, bis einer nachgab und sich kleinlaut zurückzog. Wie das größte Männchen bei der Fütterung alle anderen Männchen vertrieb und sich jeder mit dem Stück vom Kuchen zufriedengab, das seiner Stellung innerhalb der Gruppe entsprach. Wie im Leben der Menschen, nur alles in Zeitraffer. Auf der Info-Tafel las ich, dass Paviane ihren Lebensraum sehr weit ausgebreitet haben und sich gelegentlich mit Pavianen anderer Arten paaren. Dass sie je nach Charakter über aggressives oder freundschaftliches Verhalten ihr Überleben sichern. Dass sie in Banden, als Harem oder auch als Einzelgänger durch Steppen und Savannen ziehen.

Ich weiß nicht, wie lange ich schon auf der Bank gesessen hatte, als er plötzlich vor mir stand, groß und hager, in der linken Hand ein Stativ, in der rechten eine Fotokamera, über der Schulter eine Tasche.

»Wenn du nicht die Nacht hier verbringen willst, solltest du mich zum Ausgang begleiten.« Jan kniete sich hin, schob das Stativ zusammen und verstaute es zusammen mit der Kamera in der schwarzen Tasche, die er halb offen ließ.

»Bitte?« Ich schaute auf die Uhr. Fünf vor sechs. Ruckartig stand ich auf. »Stimmt, danke.«

Er warf sich seine Tasche über die Schulter und wir gingen gemeinsam los, ganz selbstverständlich, als wären wir schon zusammen hierhergekommen.

»Schön, so ein Spätsommerabend am Affenfelsen.«

Jan grinste mich von der Seite an, während wir über die Miniatur-Wege Richtung Ausgang liefen, einbeinige Flamingos zu unserer Rechten.

»Endlich jemand, der mich versteht!«

»Ich muss dich enttäuschen, ich bin beruflich hier.«

»Hast du dich auf Affenporträtfotografie spezialisiert?« Ich versuchte nicht, besonders witzig zu sein. Vermutlich hatte ich zu viel Zeit mit den Pavianen verbracht.

Jan anscheinend auch, er lachte laut auf. Irgendein Tier, an dem wir vorbeigingen, antwortete mit einem Grunzen auf Jans Lachen.

»So ähnlich. Ich arbeite an einem Fotobuch. Es

geht um die Ähnlichkeit zwischen Politikern und Affen.«

Er schien von seiner Idee überzeugt. Ich hörte kein Bedürfnis nach Bestätigung heraus, keine Unsicherheit darüber, ob die Idee klug, originell, raffiniert genug sei.

Ich sagte nur: »Hm.«

»Vielleicht beschränke ich mich auf Paviane. Je länger und je genauer man sie sich ansieht, desto mehr menschliche Züge entdeckt man an ihnen. Inzwischen sehe ich in jedem Gesicht einen Pavian.« Er blieb kurz stehen und deutete mit einer Hand zurück Richtung Felsen. »Dort drüben hockt im Grunde unsere ganze Regierung.«

Ich lachte laut, extralaut, als könnte ich so meine mangelnde Begeisterung für sein Projekt kompensieren.

Je näher wir dem Ausgang kamen, desto mehr Besucher fädelten sich auf den Weg ein. Ein Paar, Arm in Arm schlendernd. Eltern mit ihrem Sohn, der mit einer penetranten Stimme über das Jagdverhalten verschiedener Schlangenarten referierte. Ein Tierpfleger mit leeren Eimern, der von hinten einer Hyäne ähnelte.

Und je näher wir dem Ausgang kamen, desto langsamer wurden wir. Als könnten wir uns nicht von den Tieren trennen. Oder sie sich nicht von uns. Als löste sich ihre Existenz auf, sobald der letzte Besucher den

Zoo verlassen hatte. Im Schneckentempo erreichten wir das Tor, an dem ein Wärter bereits ungeduldig wartete.

Jan erzählte von seinem Beruf, von den Vorzügen, von den Schwierigkeiten, sich als freier Fotograf zu etablieren. Er fragte nichts, nicht einmal, woher mein Name stamme.

Ich ließ mein Fahrrad am Zoo stehen, ohne es auch nur zu erwähnen. Wir gingen einfach weiter, ohne uns über die Richtung zu verständigen, gingen zum Eigelstein, wo wir einen Imbiss betraten, ohne es vorher zu besprechen, und beide Falafel bestellten, in der Rolle, nicht im Brot. Danach steuerten wir in der Bar gleichzeitig die Fensterbank an. Er lehnte sich rechts an die Wand, ich links. Da nur Platz für ein Beinpaar war, streckten wir abwechselnd die Beine aus. Wir sprachen über Musik und Filme, das ging immer, spätestens nach einem halben Glas Gin Tonic habe ich richtig viel mitzuteilen über die Bands, die ich gerade mag, oder die Filme, die mich in jüngster Zeit in den Kinosessel gedrückt haben. Jan erzählte von seinen Bands und seinen Filmen, und irgendwann nach Mitternacht saßen wir beide mit ausgestreckten Beinen auf der Fensterbank. Ich erwischte die letzte Bahn und setzte mich ans Fenster, den Geruch von fremdem Waschmittel in der Nase. Jan stand auf dem Gleis, die halb offene Fototasche über der Schulter, und winkte.

Manchmal bin ich versucht, den Reißverschluss der Tasche zuzuziehen, wenn ich sie im Flur stehen sehe. Ich lasse es aber. Das Schöne an der Sache mit Jan ist, dass wir nichts voneinander wollen. Dass wir uns mäßig für den anderen interessieren, mäßig im besten Sinne. Er interessiert sich für sich, seine Projekte, Sex, Biertrinken mit Freunden, Musik und Filme. Er geht ins Fitnessstudio, arbeitet an seinem Körper, ernährt sich gesund und ist immer auf der Suche nach Jobs. Wir bleiben uns auf angenehme Weise fremd, deshalb funktioniert es jetzt seit vier Monaten. Ich möchte nicht in seine Abgründe blicken, mir scheint, als habe er nicht einmal welche. Wie er mit seinen Eltern telefoniert, die er nur einmal getroffen hat, seit ich ihn kenne, obwohl sie auch in Köln wohnen und ihm monatlich noch immer Geld überweisen, wie ich auf einem seiner herumliegenden Kontoauszüge gesehen habe – als wäre da nichts, nicht ein einziges reibendes Gefühl, kein nagender Gedanke, kein brütender Vorwurf. Zwischen Jan und seinen Eltern ist alles gesagt, alles ausgesprochen, im Grunde bräuchten sie nie wieder miteinander zu reden. Er hat am Telefon sogar mal meinen Namen fallen lassen. Nebenbei, als wäre ich ein neues Objektiv für eine seiner Kameras. Auch da: keine Erwartungen, kein Wollen, kein Fragen, nichts. Jan ist mir gegenüber nur einmal übergriffig geworden. Ich stand gerade in meiner Küche und füllte Kaffee in den Filter der Kaffeemaschine. Er kam rein und sagte, ich solle die Schultern unten lassen und sie nach hinten ziehen.

»Erstens verspannt dein Nacken, und zweitens sieht es scheiße aus.«

Körperliche Haltung ist das einzige Thema, über das er sich ereifern kann. Ich tat, was er sagte, und dachte: Ja, das ist die Möglichkeit einer Beziehung.

»Für wen ist die Hose?«, fragt meine Mutter, als wir im Taxi sitzen.

»Für mich. Für Karneval.«

شرکت نفت

Sherkat Naft

Am Abend treffen wir Ramin im Restaurant. Ich wünsche mir eine warme Kugel Reis im Bauch, löffle besonders viel in mich hinein, während sich meine Mutter und Ramin über Politik unterhalten. Zweimal möchte ich etwas sagen, habe aber den Mund voll, und lasse es dann bleiben. Gegen zehn fallen mir fast die Augen zu. Ich stehe auf, blicke Ramin den Bruchteil einer Sekunde zu lang an und verabschiede mich aufs Zimmer.

Eine halbe Stunde später liege ich im Bett. Mir fällt ein, dass Heiligabend ist, und auf einmal bin ich hellwach. Ich setze mich auf, mache Licht, überlege zu lesen, verspüre aber keine Lust dazu. Ich schalte den Ventilator an, der auf meinem Nachttisch steht, um zu überprüfen, ob er funktioniert. Der braune DIN-A4-Umschlag, den meine Mutter aus Maman-Bozorgs Wohnung mitgenommen hat und der auf dem Tisch gegenüber liegt, wird hochgewirbelt; darunter kommt ein Stapel Fotos zum Vorschein. Ich schalte den Ventilator aus. Ich schalte ihn wieder ein, aus. Ein, aus. So lange, bis der Umschlag nicht zurück auf den Tisch, sondern auf den Boden fällt. Ich nehme die Fotos, setze mich wieder aufs Bett.

Meine Großmutter, jung und in Schwarz-Weiß. Mit meinem Großvater, mit ihren Schwestern, mit ihrer Mutter. Selbst Mutter, mit Baby auf dem Arm. Sie hält es in die Kamera wie einen dicken Fisch. Ich versuche, mir Fotos ins Gedächtnis zu rufen, die meine Mutter mit mir als Baby auf dem Arm zeigen. Ich kann mich an keines erinnern. Keine Väter, keine Fotos. Das älteste Foto von uns beiden, das ich kenne, stammt aus Deutschland, vom Sommerfest im Kindergarten. Eine Kindergärtnerin hatte es geschossen und es mir zum Geburtstag geschenkt.

Das nächste Foto, das ich mir ansehe, zeigt eine Menschentraube, die sich um drei sitzende Personen herum gebildet hat. In der Mitte, unverkennbar, Farah Diba, die Frau des Schahs. Direkt vor ihr hat sich ein Fotograf mit Stativ platziert, sie scheint gerade etwas zu unterschreiben. Ich sehe mir das Bild etwas genauer an. Rechts daneben, mit geradem Rücken und ihr zugeneigt, sitzt mein Vater. Ich wandere mit meinem Blick durch die Reihen, finde links vorne eine Frau in einem knielangen karierten Kleid, die meine Großmutter sein könnte. Sie schaut meinen Vater an, lächelt ihm zu. Ich drehe das Bild um, versuche, das Datum zu entziffern, gebe aber schnell auf, weil ich sieben und acht in arabischer Schrift nicht auseinanderhalten kann und nicht einmal weiß, welche Zeitrechnung damals galt.

Meine Mutter öffnet erst langsam die Tür und stößt sie dann beinah auf.

»Du bist noch wach?«

»Kennst du das Foto?« Ich halte es ihr hin. Sie nimmt es in beide Hände und setzt sich auf die Bettkante.

»Dieser Tag!« Sie versinkt eine Weile in dem Anblick. »Ich weiß noch, wir haben uns wochenlang darauf gefreut. Die drei Nächte davor lag ich wach im Bett und stellte mir vor, was ich sagen würde, wenn die Kaiserin mir die Hand schütteln würde. Und einen Tag vorher sind wir noch zur Schneiderin gefahren, damit Maman sich dieses karierte Kleid enger nähen lassen konnte. Sie hatte vor lauter Aufregung nichts mehr gegessen und abgenommen. Dabei hatte sie das Kleid extra für den Besuch anfertigen lassen und schon drei Mal ...«

»Sieh mal, wie sie meinen Vater anhimmelt.«

Sie verzieht das Gesicht.

»Blödsinn. Sie himmelt Farah Diba an.«

»Schau genau hin. Ihr Blick geht eindeutig in die Richtung meines Vaters.«

Sie kneift die Augen zusammen, gibt vor, es noch einmal nachzuprüfen.

»Vielleicht schaut sie auch den Mann links von Farah Diba an, Hossein Gholampur. Er war ein hohes Tier im Scherkat Naft. Als dein Vater im Gefängnis war, hat er mich umgarnt, aber ich war zu jung und zu dumm.«

Ich reiße ihr das Foto aus den Händen, stelle meinen Blick noch einmal scharf.

»Maman-Bozorg schaut nicht diesen Ölminister an.«

»Nicht Ölminister, Direktor im Ölkonzern!«

»Aber Maman, sie schaut doch eindeutig meinen Vater an!«

»Nein. Farah Diba.«

»Nein! So schaut man einen Mann an, keine Kaiserin!«, schreie ich.

Sie legt das Bild zu den anderen und schiebt alle zurück in den Umschlag.

»Meinetwegen. Wenn du dich so gut darin auskennst, im Kaiserinnen-Anschauen.«

Sie verschwindet im Bad, bleibt ewig darin. Weil ich aufs Klo muss, klopfe ich.

Als ich zurück aus dem Bad komme, steht sie am Tisch, den Stapel Bilder wieder in den Händen.

»Wieso sie ausgerechnet dieses aufgehoben hat.« Sie reicht mir das Foto.

Maman und Maman-Bozorg, eingehakt, daneben Wolfi, im Hintergrund ein mehrstöckiges Hotel, eine Gartenanlage. Die Sonne scheint. Wolfi trägt eine beigefarbene Anglermütze und schaut staatstragend. Er überragt die Frauen um zwei Köpfe.

»Wo wart ihr da?«

»Am Kaspischen Meer. Unsere Hochzeitsreise. Ich

hätte vor der Ehe mit ihm hinfahren müssen, dann hätten wir gar nicht erst geheiratet.« Meine Mutter hält inne. »Es war so, wie wenn man im Urlaub ein Bild von einem Straßenmaler kauft und denkt, es sei ganz wunderschön. Dann fliegt man damit nach Hause, packt es aus und schämt sich. Nach Iran ging es jedenfalls rapide bergab mit uns.«

Das Bergauf in der Beziehung von meiner Mutter und Wolfi muss im Verborgenen stattgefunden haben, ich kann mich nur an Bergab erinnern. Als er anfing, mir dauernd Dinge zu erklären, nach denen ich nicht gefragt hatte, spürte ich instinktiv, dass er unter irgendetwas litt.

»Weißt du, was ein Schmarotzer ist?«, sagte er. Wir saßen im Auto. Ich rutschte auf der Rückbank in die Mitte und steckte meinen Kopf, so gut es ging, zwischen den beiden Vordersitzen hindurch.

»Ein Schmarotzer ist jemand«, fuhr er fort, »der sich von anderen ernähren lässt. Der faul ist und selbst nichts tut.«

Ich nickte.

»Nahid und ihr Mann sind Schmarotzer.«

Ich wusste nicht, was ich mit dieser Information anfangen sollte. Nahid, eine Schulfreundin meiner Mutter, und ihr Mann Behruz waren vor zwei Jahren nach Deutschland gekommen. Sie lebten mit ihrer Tochter in einer Zweizimmerwohnung zwei Straßen weiter. Behruz saß meist vor dem Fernseher, manchmal las er. Wenn wir Nahid nachmittags besuchten, grüßte er nur kurz und verschwand dann ins Schlafzimmer. »Er ist Architekt und hat unterm Schah die neue Nationalbank entworfen«, hatte ich meine Mutter mehrmals zu Wolfi sagen hören.

»Weißt du, wer die Wohnung von Nahid und Behruz bezahlt?«, fragte Wolfi mich herausfordernd.

Ich dachte angestrengt nach, hatte aber keine Chance, weil er es unbedingt selbst aussprechen wollte.

»Das S-o-z-i-a-l-a-m-t.« Wir waren auf die Autobahn aufgefahren, er beschleunigte und schaltete in den fünften Gang. »Und das Sozialamt, das holt sein Geld von Menschen, die jeden Tag acht Stunden arbeiten«, erklärte er weiter, »Menschen wie mir.«

»Dann zahlst du eigentlich die Miete für Nahid?«, fragte ich erstaunt.

»Du bist ein schlaues Mädchen.«

Nahid verwendete nie das Wort Sozialamt, wenn sie mit meiner Mutter sprach. Sie sagte Scherkat Naft:

»Ich habe das Geld vom Scherkat Naft diesen Monat noch nicht bekommen.«

Oder:

»Ich habe heute den ganzen Vormittag beim Scherkat Naft gesessen.«

Oder:

»Behruz geht nicht zum Scherkat Naft, das muss ich immer machen.«

Wolfi erzählte viel, wenn wir im Auto irgendwohin fuhren. Ich hörte zu, staunte darüber, was er alles wusste. Er schien zunehmend darauf angewiesen zu sein, nachdem Maman im Iran das hässliche Souvenir in ihm erkannt hatte.

Nachts schnarchte auf der anderen Seite des Ehebetts Wolfgang Hegebauer, genannt Wolfi, vierundvierzig Jahre alt, Buchhalter, gezeugt von irgendjemandem und einer Sudetendeutschen. Wolfi wurde selbst durch die Ehe mit Maman nicht glamouröser, nicht einmal selbstbewusster. Im Gegenteil. Ihr erwachtes Selbstbewusstsein schlug ihn immer früher k.o. Die stolze Perserin mit viertausend Jahren Kulturgeschichte gegen den Bastard mit seinen trostlosen Nachkriegsgeschichten. Wie er mit seinem älteren Bruder die Kohle eingesammelt hatte, die von den Bahnwaggons gefallen war. Wie er auf den Feldern nach Kartoffeln gewühlt hatte. Wie er das erste Mal so dick Butter aufs Brot geschmiert hatte, dass seine obere Zahnreihe nach jedem Biss einen Abdruck hinterlassen hatte.

Wolfi kämmte nach dem Duschen mein Haar. Dafür nahm er sich richtig viel Zeit. Es ziepte ein bisschen, aber das war o.k. Nach meinem zwölften Geburtstag wollte ich das nicht mehr. Ich benutzte einfach mehr Narmkonande und kämmte mir die Haare selbst unter der Dusche. Ich hörte auch nicht mehr zu, wenn er erzählte. Im Auto setzte ich Kopfhörer auf, drehte die Lautstärke hoch und verlor mich im Muster der Lärmschutzwände. Wenn ich nachts im Bett lag und Wolfi und Maman streiten hörte, dachte ich, das läge daran, dass ich den Dienst quittiert hatte, aufgehört hatte, seine Selbstachtung über Wasser zu halten. Er ertränkte sie schließlich selbst immer verlässlicher in Whiskey.

Dann kam meine Großmutter zu Besuch. Sie kaufte in der zweiten Woche eine große schwarze, eckige Handtasche mit Henkeln. Sie trug die Tasche nicht wie eine Birkin Bag in der Armbeuge, sondern schob sie hoch bis in die Achsel, damit sie sie mit dem Ellenbogen fest an den Körper pressen konnte.

Ich weiß noch genau, dass sie so umsichtig gewesen war und erst den Reißverschluss zugezogen hatte, bevor sie Wolfi die Tasche um die Ohren haute, zweimal auf jeder Seite und mit ordentlichem Schwung. Ich sehe sie vor mir, wie sie breitbeinig in der Küche stand, ausholte wie ein Diskurwerfer. Wolfi hatte kurz zuvor meiner Mutter eine Ohrfeige gegeben, nachdem sie ihm mit beiden Fäusten auf den Rücken getrommelt hatte, während er mich am Ohr zum Mülleimer zog; dort sah ich das Stück Roggenbrot im Abfall liegen, das ich am Nachmittag weggeschmissen hatte, weil es steinhart war und ich mich mit dem Brotmesser vergeblich abgemüht hatte.

Ich lief im Nachthemd zu den Heinzes rüber und klingelte. Frau Heinze öffnete. Ich kann mich nicht daran erinnern, etwas gesagt zu haben. Kurze Zeit später saßen Maman-Bozorg, Maman und ich auf der Rückbank eines Polizeiwagens, und als wir losfuhren, warf ich einen Blick durch das erleuchtete Fenster und sah Wolfi am Küchentisch sitzen. Den Kopf in beide Hände gestützt, Zigarette zwischen den Fingern, umgeben von Rauchschwaden. Danach bin ich ihm nie wieder begegnet. Von heute auf morgen war er nicht mehr mein Stiefvater. Unsere Beziehung endete wie die zweier Sitznachbarn nach einem Langstreckenflug. Er tat mir leid. Mamans und seine Wege hätten sich niemals kreuzen dürfen.

Danach ging ich mit meiner Mutter zum Scherkat Naft, wovon ich weder Nahid noch sonst jemandem erzählen durfte, was mir nicht schwerfiel, denn Clara und die anderen Mädchen in meiner Klasse redeten ohnehin nur noch von Jungs.

Als wir zum ersten Mal im Scherkat Naft waren, saßen wir auf einem langen Gang. Licht fiel nur durch das Fenster an dem einen und durch die Glastür an dem anderen Ende. Meine Mutter fixierte eine Tür, die sich vor Ewigkeiten wie durch Geisterhand geöffnet und einen Mann mit dichtem Schnurrbart hineingelassen hatte. Seine Lederjacke hatte bei jedem Schritt gequietscht.

»Sind wir jetzt Schmarotzer?«, fragte ich.

»Nimm dieses Wort nie wieder in den Mund«, zischte sie.

Ich wartete eine Weile, dann legte sie den Arm um mich.

Ich sah den überfüllten Gang entlang. Manche der Wartenden saßen auf Plastikstühlen, manche hockten auf dem Boden an der Wand. Manche hatten Babys dabei, manche alte Eltern. Manche redeten laut, manche schwiegen. Aber alle waren schwarz. Schwarze Haare, schwarze Augen, dunkler Teint. Bis auf den Mann, der ständig den Gang auf und ab ging. Ihm fehlte ein Eckzahn, und er roch nach Zigarettenrauch. Meine Mutter drehte sich jedes Mal weg, wenn er vorbeikam und ihre Beine fixierte. Das strohblonde Haar des Mannes war der einzige helle Fleck.

So, wie ich der einzige dunkle Fleck auf den Fotos vom Kindergeburtstag war, die Frau Steffens bei Claras Hochzeit zwischen Hauptspeise und Dessert in einer Diashow präsentierte. Ich hatte Clara wenige Wochen zuvor zufällig auf dem Campus getroffen, überrumpelt und euphorisch hatte sie mich zur Hochzeitsfeier eingeladen. Überrumpelt und vor allem neugierig, wie ihre Mutter dazu stand, hatte ich angenommen.

Auf der Hochzeit hörte ich Frau Steffens mehrmals zu Gästen sagen, dass die jungen Leute heute eigene Wege gingen. Dass Offenheit und Toleranz das Wichtigste seien in einer Mutter-Tochter-Beziehung. Meistens leerte sie das Weinglas danach in einem Zug aus. Nach der Hauptspeise ergriff sie dann das Mikrofon.

Ich saß ganz weit hinten an der Hochzeitstafel, sah schlecht und fragte mich, woher die schwarzen Flecken auf den Fotos von Claras achtem Geburtstag stammten. Bis die Mutter ihren Vortrag unterbrach, auf den schwarzen Fleck deutete und in meine Richtung zeigte.

»Und hier«, gluckste sie, »sehen wir die Mona, unsere kleine liebe Muslima!«

Ein paar Köpfe drehten sich in meine Richtung. Die Gäste, die lachten, unterdrückten es schnell wieder.

»Komm doch mal zu mir, Monalein«, rief sie und winkte mich herbei.

Mir wurde erst heiß, dann kalt, dennoch stand ich mechanisch auf und ging nach vorne. Tatsächlich, da saß ich zwischen mehreren blonden Kindern am gedeckten Geburtstagstisch. Selbst die Mädchen, von denen ich immer gedacht hatte, dass sie braunhaarig seien, sahen neben mir blond aus. Mir war nie bewusst gewesen, wie dunkel ich war. Auf dem Foto lugte ich in die Richtung des Erdbeerkuchens, der auf dem Tisch stand.

Claras Mutter, froh, sich abstützen zu können, legte den Arm um mich.

»Sehen Sie«, sie zerrte ein wenig an meiner Schulter, so dass ich frontal zum Publikum stand, »diese junge Frau hier hat sich aus eigener Kraft von ihrem Elternhaus und den patriarchalischen Traditionen emanzipiert. Sie wurde im Iran geboren. Iran – wir wissen alle, was das heißt, wir haben ja schließlich alle ›Nicht ohne meine Tochter‹ gelesen.« Ich erinnerte mich, als ich Clara das letzte Mal zu Hause besucht hatte, sah ich das Buch im Regal stehen, direkt neben »Salz auf unserer Haut«. Claras Mutter hatte es sich sogar gebunden besorgt, gebunden ist es mir danach nie wieder begegnet.

Ihr Tonfall wurde eine Spur herrischer, sie verlagerte ihr Gewicht noch stärker auf mich und krallte ihre Finger in mein Fleisch. »Andere wiederum kriegen die Freiheit auf dem Silbertablett serviert und wissen überhaupt nichts mit ihr anzufangen, eine Schande ist das ...«

Ich wand mich aus ihrem Schultergriff, sie verlagerte ihr Gewicht direkt auf den Tisch, auf dem der Laptop stand, und stützte sich mit durchgestreckten Armen darauf auf. Herausfordernd wie ein Stier blickte sie in Richtung des Brautpaares.

»Clara!«, brüllte sie, und auch das hatte etwas Animalisches.

Clara und ihr Mann taten, als unterhielten sie sich und als hätten sie von all dem nichts mitbekommen. Frau Steffens Kampfbereitschaft schwand mit einem Male, sie ließ den Kopf fallen und fing an zu schluchzen. Jetzt nahm ich sie an den Schultern, wenig zärtlich, doch zu mehr reichte es nicht. Während ihre Schultern in meinen Händen bebten, sah ich mich unter den Gästen um, in der Hoffnung, jemanden zu erkennen. Rainer, Claras Vater, hatte ich in der Hochzeitsgesellschaft den ganz Tag schon vergeblich gesucht.

Endlich erhob sich eine Frau mit einem rot-orangefarben gestreiften Filzhut, die ganz vorne saß und sicherlich auch »Nicht ohne meine Tochter« gelesen hatte. Sie nahm Frau Steffens energisch das Mikrofon aus der Hand und sagte übertrieben laut:

»So, Margit, wir sind schon ganz gespannt auf die Fotos aus der Teenagerzeit!«

Frau Steffens wischte sich mit dem Handrücken die Nase ab und richtete sich auf.

»Ja, jetzt wird's richtig lustig«, sagte sie mit rauer Stimme und drückte eine Taste.

Ein Bild von Clara im Bikini erschien, sie strahlte wie verrückt, die Augen, umrahmt von viel zu stark getuschten Wimpern, weit aufgerissen, und hielt ein leeres Sektglas in die Höhe. Die vordere Haarpartie ihres kinnlangen Bobs hatte man ihr mit einer Menge Spray zu einer Tolle hochgesprüht, wie es zu der Zeit schon nicht mehr ganz en vogue gewesen war. Auf der silbernen Schärpe um ihre gerade erst entwickelten Kurven stand »Miss City Center Weiden«. Im Hintergrund, nicht vom Blitz erleuchtet, unzählige nackte Arme und Beine.

Ich ging zurück zum Tisch, froh, dass ich mir schon früh die Fähigkeit angeeignet hatte, unbeteiligt zu bleiben, selbst dann, wenn man mich gegen meinen Willen zur Hauptattraktion einer Showeinlage machte, die obendrein absolut misslungen war. Die Kellner begannen, die Hochzeitstorte zu servieren, einer rempelte mich an und entschuldigte sich mit einem falschen Lächeln. An meinem Platz landete ein Teller mit Erdbeertorte vor mir. Ich wartete darauf, dass meine Tischnachbarn auch ein Stück bekamen. Als ich die Gabel in die Hand nahm und aufblickte, drückte der Hochzeitsfotograf auf den Auslöser. Ich ließ die Gabel fallen und ging.

Mein Handy zeigt 0:30 Uhr an. Meine Mutter schläft. Ich erhebe mich langsam. Ramin hat seine Terrassentür wieder nicht verriegelt, mit leichtem Druck stoße ich sie auf. Er hat sein T-Shirt anbehalten, liegt auf dem Bauch, schräg übers Bett, den Mund leicht geöffnet. Ich knie mich auf den Boden und betrachte ihn. Mir ist nie aufgefallen, wie lang seine Wimpern sind, lang wie Reiherfedern. Ich stelle ihn mir in Amerika vor. Er mit drei Papiertaschen auf jeder Seite in einer gigantischen Shoppingmall, er mit Sonnenbrille am Steuer eines weißen SUV, er in einem eingezäunten Pool, mit Baseballcap auf dem Kopf, die Tochter im rosa Bikini und festgeschnallt in einem Schwimmreifen mit Rückenlehne und Sonnendach. Er beim Barbecue mit anderen Iranern, allesamt Ärzte oder IT-Spezialisten, sie grillen fettfreien Kebab und essen fettfreien Joghurt dazu, der so neonweiß ist wie die frisch gebleichten Zähne seiner Frau. Sie wirft beim Lachen ihre geglättete, blondierte Mähne in den Nacken, und Ramin wird wieder auf sie stehen. Wenn der Amerikaner und der Perser in ihm Brüderschaft trinken, dann besiegelt das unser Ende. Der Graben, der dann aufreißt, wird unüberwindbar sein. Von beiden Seiten.

Ich streichle ihm über den Kopf und gehe. Die Holzgitter vor unserer Terrassentür knarren, als ich sie schließe. Meine Mutter schreckt hoch.

»Wo warst du?«, fragt sie, aufrecht im Bett sitzend, schlaftrunken, bemüht, Klarheit zu erlangen.

»Draußen. Ich bin das Christkind.«

Sie sackt in sich zusammen und schläft weiter.

بابا آب داد

Baba ab dad

»Heiraten? Nur über meine Leiche. Ich habe mich fast übergeben, als ich den Khastegar unserer ältesten Tochter gestern mit seinen abgehalfterten Eltern vor unserer Tür stehen sah. Ich habe sie gleich verjagt. Alleine schon, dass so jemand auch nur daran denkt, meine Ladan ...«

Der Taxifahrer dreht sich zu meiner Mutter und mir auf der Rückbank um, gestikuliert wild mit der rechten Hand. Ramin sitzt vorne, sein linker Arm zuckt immer wieder Richtung Lenkrad. Ich fürchte ein wenig um unser Leben, aber meine Furcht ist purer Luxus, deshalb schweige ich, halte die Luft an. Er dreht sich wieder nach vorne, ich atme aus.

»... da dreht sich mir der Magen um. Du bist achtzehn Jahre alt, du bist eine gute Schülerin, habe ich zu ihr gesagt. Du wirst studieren, du wirst eine Arbeit finden, du wirst auf eigenen Beinen stehen. Sie hat mir mit großen Augen zugehört, ich dachte, sie kommt gerade zur Vernunft, da sagt sie mit ganz ruhiger Stimme: Das werde ich alles nicht, Papa, und das wissen Sie.« Er hebt den Zeigefinger, vergewissert sich durch einen Blick in den Rückspiegel, dass wir zuhören, und wiederholt: »Das werde ich nicht, Papa, und das wissen Sie.«

Ramin massiert seinen linken Oberarm. »Die Zeichen für Frauen stehen an den Universitäten gerade wirklich schlecht.«

»Aber ich dachte, es studieren so viele Frauen«, sage ich.

»Das ist das Problem. *Zu* viele.«

»Aber was soll ich tun? Ich kann ihr doch nicht erlauben, irgendeinen drogenabhängigen Mann zu heiraten, weil das die einzige Option ist, die sie im Leben hat!« Der Taxifahrer schweigt eine Weile. Dann fügt er hinzu, in einer anderen Tonlage, als beförderte er seine Stimme aus dunklen Untiefen hervor: »Sie schnüren meiner Tochter die Luft zum Atmen ab. Der Morde-Schur soll sie holen, alle miteinander. Der Morde-Schur soll alles holen, was Religion ist.«

Einige Minuten später lässt er uns vor mehreren beigefarbenen Zelten aussteigen. Ramin bespricht mit ihm, dass er uns in einer Stunde wieder abholen soll.

Die drei französischen Ingenieure, die mit Ramin zum Interview verabredet sind, lächeln und schütteln nach leichtem Zögern meine Hand, die ich ihnen hinhalte. Sie bieten Tee an, entschuldigen sich dafür, dass ihnen der Zucker ausgegangen ist. Sie setzen sich mit Ramin an einen Klapptisch, meine Mutter und ich nehmen auf einer Pritsche Platz.

Ich habe Ramin noch nie Französisch sprechen hören. Ich verstehe nur die Hälfte, meine Mutter gar nichts, dennoch hängt sie an seinen Lippen.

Ich schaue mich um. Das Vorzelt scheint die Funktion einer Wohnküche zu erfüllen. Auf einer roten Kommode stehen zwei Campingherdplatten, daneben eine blaue Plastikschüssel mit einem notdürftig befestigten Schlauch als Wasserhahn. Ein iranischer Junge schlurft in Plastiksandalen herein, sammelt die Teegläschen ein und legt sie in die blaue Schüssel. Er geht hinaus, im nächsten Moment fließt ein schwacher, aber stetiger Strom Wasser aus dem Schlauch. Der Junge kommt wieder herein, gibt Spülmittel hinzu, streift sich ein Paar Einweghandschuhe über und beginnt, die Teegläschen einzuschäumen. Er hat zu viel Spülmittel genommen, der Schaum türmt sich auf, während er geistesabwesend die Gläschen streichelt, die im Wasser gluckern und klingen, wenn sie aneinanderstoßen.

»Endlich wieder sauber. Die Deutschen denken, sie würden sauber, indem sie sich unter die Dusche stellen und verträumt mit dem Duschgel spielen«, hatte Maman-Bozorg jedes Mal gesagt, wenn sie aus der Dusche gestiegen war. Wie Deutsche duschten, wusste sie aus der Fernsehwerbung.

Nun, mit einigen Tagen Abstand, wage ich, es mir vorzustellen; wie die Morde-Schur mit einem

Schwamm über die Arme und Beine meiner Großmutter fährt, gleichgültig und viel zu lasch für Maman-Bozorgs Geschmack. An ihre eigene letzte Wäsche hatte sie vermutlich nie gedacht, wenn sie das Wort verwendete, wenn sie zum Beispiel Wolfi verdammte, »der Morde-Schur soll ihn holen!«. Mir war nie bewusst, was genau sie damit zum Ausdruck brachte, obwohl ich es einfach nur hätte übersetzen müssen. Ich glaubte, es sei irgendein Schimpfwort, eine leere Phrase. Erst, als mein Vater starb, verstand ich.

Er hatte es mit letzter Kraft nach Teheran geschafft, um sich dort von einem befreundeten Arzt operieren zu lassen. Wieder aufmachen, wieder den Tumor entfernen lassen, der bislang nach jeder OP nachgewachsen war. Es kam nicht mehr viel von ihm in Teheran an, ein bisschen Haut und Knochen, selbst der letzte Rest Sehnsucht muss erloschen sein, als das Bugrad des Flugzeugs die Landebahn am Imam Khomeini Airport berührte. Er überlebte die OP nicht. Swantje rief mich an, als ich gerade mit Einkaufstüten die Treppen zu meiner Wohnung hinaufging. Sie fliege nicht mit, sagte sie gleich dazu, sie vertrüge den Trubel nicht.

Am Flughafen Köln-Bonn gab ich am Schalter den fünfundzwanzig Kilo schweren Koffer einer älteren Dame auf und eine kleine Reisetasche, in die ich alle schwarzen Anziehsachen gepackt hatte, die ich auf die Schnelle hatte finden können.

Mein Onkel, wie mein Vater für iranische Verhältnisse großgewachsen, ragte am Gate in Teheran aus der Menschenmenge heraus, nur deshalb fand ich ihn gleich. Es war Mitte März, das persische Neujahrsfest stand bevor, und das ganze Land war in Bewegung. Mein Onkel hatte verzweifelt versucht, für uns und die Leiche meines Vaters einen Flug in den Süden zu organisieren. Er bekam nur einen Kühlwagen.

Der Fahrer, ein todesfürchtiger junger Mann, holte uns gegen zweiundzwanzig Uhr im Hotel ab, nachdem er im Krankenhaus den Sarg eingeladen hatte. Er begrüßte nur meinen Onkel, der neben ihm in der Mitte der Fahrerbank Platz nahm. Ich saß außen und hielt eine Tüte mit Sandwiches und salzigen Joghurtdrinks auf dem Schoß, als wir losfuhren. Am Rückspiegel schwang der apfelgroße Kopf einer Puppe hin und her.

Der Fahrer steuerte den Wagen stumm aus dem Gewirr der Millionenstadt, die uns erst nicht gehen lassen wollte und uns dann plötzlich ins Nichts entließ. Als ich mich an die Dunkelheit gewöhnt hatte, erkannte ich die Konturen einer Landschaft. Steinige Hügel oder vielleicht sogar Berge, die vom Mond beschienen wurden und Schatten warfen. Am Himmel hingen Sterne wie Weintrauben in Bündeln. Die Dunkelheit war nicht länger Dunkelheit, aus unzähligen Grau- und Blautönen entstand allmählich ein neues Bild. Wir fuhren hoch und runter, und wenn wir gerade oben waren, konnte ich so weit sehen, dass ich keine Vorstellung davon hatte, wie weit. Immer, wenn ich diese Landschaft vor mir hatte, wünschte ich, diese Weite spüren zu können. Sie in mir zulassen zu können. Doch stattdessen nahm die Enge von Mal zu Mal zu.

Der Fahrer fuhr, als wollte er seine Ladung so schnell wie möglich loswerden, mit dem Oberkörper stets ein wenig nach vorne gebeugt, das Kinn immer ein paar Zentimeter voraus.

Immerhin hatten wir Zeit gehabt, uns auf den Tod meines Vaters vorzubereiten. Der Tod hatte sich ihm in kleinen Schritten genähert. Schon drei Jahre zuvor, nach der Krebsdiagnose, war er ein bisschen gestorben. Er hatte dem Krebs gleich seine Unterlegenheit eingestanden. Eigentlich war er bereits vor der Diagnose ein bisschen tot, er war schon ein bisschen gestorben, als er seinen Laden verkauft und den ganzen Tag nur noch BBC geschaut hatte, bis Swantje nach der Arbeit in der Wohnzimmertür erschien. Er hatte sich nur noch aus dem Sessel erhoben, um die Pflanzen zu gießen. Er glich selbst immer mehr einer Pflanze, die zum Überleben nichts als einen kleinen Flecken Erde, Wasser und das flackernde Licht der BBC-Bilder benötigte. Dass er sich von der Propaganda der Briten, wie er es nannte, nährte, störe ihn nicht, hatte er einmal auf meinen Einwand hin entgegnet. Im Gegenteil, die Berichterstattung ermögliche es ihm, Rückschlüsse darauf zu ziehen, was die Briten im Schilde führten. Ich hatte ihn eigentlich nur vom Fernseher loseisen und zu einem Spaziergang überreden wollen.

»Er wartet darauf, dass die Sendung wegen der Breaking News unterbrochen wird, dass das iranische Volk die Mullahs aus dem Land gejagt hat und morgen Wahlen stattfinden«, sagte Swantje, die fünfzehn Jahre jünger war als er und ihr Glück nach einem harten Schichtdienst in weniger politisch bedeutenden Umbrüchen hätte finden können.

Als die Ärzte von einem Magenkarzinom sprachen, willigte er in alles ein, er machte alles mit, schluckte alle Tabletten, ließ sich jede Nadel setzen, in jedes Krankenhausbett legen. Keinem Arzt gegenüber erwähnte er jemals, dass er Medizin studiert hatte, einmal selbst so etwas wie ein Arzt gewesen war.

Obwohl er nie wirklich praktiziert hatte, musste er wissen, wozu sie ihm welches Mittel verabreichten, welches Ziel sie mit welcher Therapie verfolgten. Aber vom letzten Zweck der ganzen Unternehmung, der Lebenserhaltung, davon schien er nicht so richtig überzeugt zu sein.

Ich konnte ihm seine Zweifel nicht nehmen. »Weil ich dich noch brauche«, hätte ich sagen können, so, wie es Erwachsene in Filmen zu Eltern sagen, mit tränenerstickter Stimme, die Lippen tapfer zu einem Lächeln verzogen. Mir wäre einfach nicht eingefallen, wozu ich ihn hätte brauchen können, obwohl ich auch niemals behauptet hätte, ihn nicht mehr zu brauchen. Ich regelte meine Angelegenheiten von klein auf allein, wog Entscheidungen selbst ab, und wenn ich Sorgen hatte, wäre er der Letzte gewesen, der davon erfahren hätte. Ich hielt um jeden Preis den Eindruck aufrecht, ich hätte alles im Griff. Auch wenn es mich in argen Zeiten das letzte bisschen Kraft kostete, mich stets als hervorragend integrierte Migrantentochter zu präsentieren, die studierte, festen Schrittes ihren Weg ging, unbeeindruckt von den hadernden Juristentöchtern und strauchelnden Ärztesöhnen rechts und links des Weges, die in freistehenden Häusern am Grüngürtel aufgewachsen waren und darüber verzweifelten, dass sie in ihren Biografien keinen Grund für ihr Hadern und Straucheln fanden, weil ihre Eltern sogar die Sache mit dem Nazi-Opa schon abgefrühstückt hatten.

Die nachmittäglichen Besuche im Geschäft meines Vaters, die Gespräche mit Tee auf den Klapphockern hinter dem Bastvorhang stellten nach einer gescheiterten Beziehung, bei Geldsorgen oder Selbstbewusstseinseinbrüchen für mich eine zusätzliche Belastung dar. Ich mied sie, meldete mich wochenlang nicht und schob Stress an der Uni oder im Job vor, wenn er mich schließlich anrief.

Auch, wenn ich ihn nicht mehr zu brauchen schien: Mit ihm verlor ich das letzte bisschen Geschichte, das ich noch besaß, aber das verstand ich erst nach seinem

Tod. Andere hätten in meiner Situation sofort Kinder gezeugt, um wenigstens etwas Neues zu beginnen. Um mehr zu sein als ein *dead end.*

Gerade hatte ich eine Position gefunden, in der ich vielleicht schlafen konnte, da fing mein Onkel an zu reden. Monoton, den Blick weiter nach vorne auf die reflektierenden Fahrbahnmarkierungen gerichtet.

»Der Schah hat nach der Revolution aus seinem Exil einmal in einem Interview erklärt: Es gab zwei große Fehler in der jüngeren iranischen Geschichte. Erstens, dass ich Mossadegh nicht umbringen ließ. Und zweitens, dass Mossadegh mich nicht umbringen ließ.«

Ich schaute ihn fragend an.

»Es war ein Fehler, dass dein Vater deine Mutter geheiratet hat. Und es war ein Fehler, dass deine Mutter sich von ihm scheiden ließ. Er hätte dir ein guter Vater sein können.«

Er hätte ein Vater sein können. Jetzt lag er hinten im Laderaum, die Zersetzung schritt fort, und ich fing an zu weinen.

»Du weißt, dass dein Vater dachte, deine Mutter sei siebzehn?«, sagte mein Onkel nach einer Weile.

Ich schüttelte den Kopf.

»Deine Großmutter hatte ihm das gesagt. Erst kurz vor der Trauung erfuhr er, dass sie erst dreizehn war. Wir redeten auf ihn ein, das Ganze abzublasen. Eine

Dreizehnjährige! Er sagte immer nur, er habe in die Ehe eingewilligt und könne das Mädchen und dessen Eltern nicht vor den Kopf stoßen. Er hielt dabei ein Papier hoch, eine Art Sondergenehmigung, ein ärztliches Attest, das bescheinigte, dass deine Mutter heiratsfähig war. Körperlich heiratsfähig war. Von diesem Tag an war er mir immer ein bisschen fremd.«

Ich weinte leise vor mich hin. Mein Onkel sprach weiter.

»Das einzige Mal, dass ich etwas in ihm wiedererkannte, war bei einem Besuch in Deutschland vor fünf, sechs Jahren. Wir hatten im Wohnzimmer gesessen und Backgammon gespielt. Es sah schlecht aus für mich, und ich versuchte, aus einem kindischen Impuls heraus, zu schummeln, so wie damals, als wir mit kahlgeschorenen Köpfen und schmutzigen Knien auf dem Boden neben unserem schnarchenden Vater die Würfel geworfen hatten. Ich flog natürlich auf. Wir lachten, so wie damals, als das Leben noch vor uns gelegen hatte.

Als wir weiterspielen wollten, legte sich wieder dieser Schatten auf sein Gesicht. Ich sagte: ›Reza, schau, du hast eine nette Frau, deine Tochter studiert und geht ihren Weg. Du hast dir etwas Neues hier aufgebaut. Du kannst stolz sein.‹ Er wendete den Blick ab, schaute durch das Panoramafenster hinaus auf den Garten, wo sich die Sprinkleranlage im Kreis drehte. ›Das denke ich mir auch oft‹, sagte er. Nach einer kurzen Pause fügte er hinzu: ›Aber dann denke ich an die Zeit im Gefängnis. Wir hatten alle lebenslänglich, aber für keinen von uns hatte es sich angefühlt wie lebenslänglich. Wir hatten intuitiv gewusst, die Inhaftierung ist der Beginn von etwas Neuem. Und täglich, mit jedem neuen Insassen, war diese Überzeugung gewachsen. Wir hatten stunden-, tagelang zusammengesessen und diskutiert, wie unser Iran aussehen sollte.‹ Er fixierte die Sprinkleranlage. ›Du hast recht, ich sollte zufrieden sein. Dennoch werde ich das Gefühl nicht los, dass ich hier lebenslänglich bekommen habe.‹

Nach einer gefühlten Ewigkeit sah er mir ins Gesicht, bemühte sich zu lächeln und zitierte Konfuzius, wie immer, wenn er fürchtete, zu emotional zu werden. ›Konfuzius sprach‹, sagte er: ›In der Jugend nicht demütig, wie es einem Jüngeren zukäme, im Mannesalter nichts bewirken, was der Überlieferung wert wäre, dann dem Greisenalter entgegenlebend – ein solcher sollte ein Nichtsnutz sein.‹ Er knetete seine Hände. Dann stand er auf, ging zur Terrassentür hinaus und verschwand hinterm Haus. Ein paar Sekunden später ging die Sprinkleranlage aus.«

Die Sprinkleranlage drehte sich in meinem Kopf weiter, bis ich einschlief.

Die Sonne stand schon ziemlich hoch, als ich aufwachte. Aus dem Fenster sah ich die ersten Plantagen mit Anarbäumen. Ich war zweimal im Dorf meines Vaters gewesen, ohne ihn. Wie er sich in einer vertrauten Umgebung bewegte, wie er Bekannte auf der Straße grüßte, wie es wäre, wenn er einen Anar direkt vom Baum pflückte und ihn mir reichte, würde ich nie erfahren. Ich kannte ihn nur als einen Fremden. Als jemanden, der keinen Platz mehr auf dieser Welt gefunden hatte. Er hatte immer so getan, als suchte er gar keinen. Aus Stolz, schätze ich. Er bemühte sich, vor mir das Bild eines unabhängigen Geistes abzugeben, der jede Art von Verankerung, von Zugehörigkeit zu einer Nation zum Beispiel, als niederes menschliches Bedürfnis entlarvt hatte und als Illusion sowieso. Es entsprach zufällig auch seiner politischen Überzeugung, so zu fühlen. Dennoch; keine Ideologie dieser Welt konnte verhindern, dass er sich nach Vertrautheit sehnte. Nach den Gerüchen, die vor dem Essen aus der Küche drangen, nach den Melodien, mit denen man Babys in den Schlaf wog, nach den Klängen, die die Morgendämmerung begleiteten, nach den Worten und Gesten, mit denen Menschen einander ihren Respekt erwiesen. Wie sehr er sich danach sehnte, verriet er, wenn ihn Freunde oder Verwandte aus dem Iran besuchten. Lachte er dann – und er lachte viel mehr als sonst –, meinte ich jedes Mal, ein unterdrücktes Glucksen zu hören. Alles an ihm wirkte sanfter, seine Stimme, seine Gesichtszüge, selbst, wie er sich durch den Raum bewegte.

Ich spürte, wie viel Kraft es ihn im Alltag kostete, trotz allem zu funktionieren. Ich bekam mit, wie sehr er sich bemühte, keine Schwäche zu zeigen. Aber ich ging nicht darauf ein. Viel zu sehr war ich damit beschäftigt, meine eigene Rolle zu spielen. Und außerdem war da noch dieses Bild, das immer wieder auftauchte und so wie ein Abspann jeden Gedanken an ihn beendete. Dieses Bild von dem Mann mit dem behaarten Rücken.

Auch jetzt, als ich in der Fahrerkabine eines Kühltransporters saß und mit dem Leichnam hinten drin zum Friedhof fuhr.

Das war pietätlos, das passte in kein Wertesystem hinein, nicht einmal in mein löchriges. Konfuzius fiel mir ein: »Kindliche Pietät ist die Grundlage der Tugend und der Ursprung aller geistigen Kultur.« Als mein Vater krank geworden war, hatte ich angefangen, mich durch Konfuzius-Sprüchesammlungen zu ackern. Vielleicht hatte ich gehofft, dass wir, der Maoist und ich, über einen alten Chinesen doch noch miteinander kommunizieren konnten. Dieses eine Zitat hatte er mir vorenthalten. Weil er wohl ahnte: Ich besaß keine Kultur. Ich besaß nur CDs, ich bezahlte Tickets für Ausstellungen und Filmvorführungen. Aber was ich aufnahm, fiel auf keinen Boden, sondern schwebte schwerelos umher, und wenn etwas dennoch mal irgendwo andockte, fühlte ich mich für eine Weile glücklich, Teil des Universums zu sein.

Wir fuhren in den Ort hinein und bogen gleich links ab. An der Einfahrt zum Friedhof hatten sich schwarz verhüllte Frauen versammelt. Der Fahrer nahm den Gang raus, ließ den Wagen rollen. Wie ein Schwarm bewegten sich die Frauen auf uns zu.

Ich blickte zu meinem Onkel hinüber.

Er schloss die Augen, flüsterte: *»Er hatte zwar die Heimat noch erreicht, aber nachdem er dort angelangt war, schwand seine letzte Kraft und seine Seele entfaltete ihre Flügel.«*

Er öffnete die Augen, nickte mir zu und stieß die Wagentür auf. Die Hände meiner Tante griffen als Erstes nach mir. Ich stieg aus, die Sandwiches fielen auf den Boden und wurden zertreten. Mehrere Männer öffneten den Laderaum, zogen den Sarg heraus, brachten ihn zu einem weißen, kastenförmigen Gebäude. Und dort sah ich ihn zum ersten Mal, den Morde-Schur. Er wartete bereits am Eingang.

Die drei Franzosen und Ramin stehen auf, schütteln einander die Hände. Ramin kommt zu uns, entschuldigt sich dafür, dass es so lange gedauert hat. Er sieht meine Mutter an, erwartungsvoll. Sie sagt nichts.

»Kein Problem«, entgegne ich statt ihrer.

Wir schauen sie an. Geistesabwesend sagt sie:

»In so einem Zelt haben wir damals auch gelebt.«

»In so einem Zelt bin ich zur Welt gekommen?«, frage ich.

»Ja.«

Ich schaue mich noch einmal um. Als könnte ich Spuren entdecken, wichtige Hinweise. Alles steht genauso da wie zuvor. Ein Tisch, vier Stühle, eine rote Kommode, zwei Campingherdplatten, eine blaue Plastikschüssel.

Ramin fixiert meine Mutter.

»Im Juni in so einem Zelt in Bam ein Kind zur Welt bringen? Hut ab. Und dann einen Säugling hier versorgen, auch nicht einfach.«

Ramin kennt mein Geburtsdatum. Ich kenne seines nicht. Er wendet sich mir zu.

»Weißt du, was für eine Hitze im Sommer in so einem Zelt herrscht? Die Franzosen jedenfalls haben gerade erzählt, dass sie im Mai nach Hause fliegen und erst im September zurückkommen.«

Meine Mutter blickt durch mich hindurch. Etwas weiter weg klagt ein Esel.

»Es war heiß, ja. Ich habe dir dauernd Fläschchen mit Tee geben müssen, du wolltest kaum Milch trinken und hast sogar abgenommen. Maman wog dich stündlich. Dein Vater hatte extra eine Waage besorgt und hat dann jedes Mal dein Gewicht in eine Tabelle eingetragen. Und er hat jedes Mal geflucht. ›Der Morde-Schur soll mich holen‹, hat er gesagt, jedes Mal.«

»Maman-Bozorg war auch hier?«

»Ja. Aber wir waren dann nicht mehr lange hier, wir

sind bald nach deiner Geburt nach Mashhad zurückgegangen. Maman-Bozorg und ich.«

»Ohne meinen Vater?«

»Ja, ohne ihn.«

»Ist er hiergeblieben?«

Sie schweigt erst, sagt dann: »Ich weiß es nicht.«

Der Taxifahrer hupt. Er fahre uns zum besten Kababi der Stadt, sagt er, gar nicht weit weg von unserem Hotel.

Als wir das kleine Kabab-Restaurant betreten, springt der Kellner auf. Wir gehen über weißen Kachelboden, der matt das Licht der Neonleuchten reflektiert, und nehmen an einem Ecktisch am anderen Ende des Raumes Platz.

Mit flinken Bewegungen serviert der Kellner mehrere Platten mit gegrillten Lammspießen und Tomaten, Teller mit Reisbergen, Schalen mit Joghurt, Kräutern, Zwiebeln. Auf dem hellblauen Wachstischtuch steht in regelmäßigen Abständen *See You!*.

Meine Mutter hat nach zwei Bissen genug, obwohl die Spieße tatsächlich sehr gut sind. Sie geht auf die Toilette.

Ramin legt das Besteck zur Seite, sucht Augenkontakt.

»Warum hast du mich gestern Nacht nicht geweckt?«, fragt er leise. Der Kellner hinter der Theke gibt vor, beschäftigt zu sein.

»Du hast so zufrieden gewirkt.«

»Na und? Ich schlafe ja nicht mit dir, weil ich unzufrieden bin.«

»Es kam mir lächerlich vor, dich zu wecken, damit du mit mir schläfst.« Ich lege das Besteck ebenfalls weg. »Das alles hier ist lächerlich.«

»Ist es. Dennoch wirst du heute Abend wieder zu mir ins Zimmer schleichen«, er kommt näher heran, flüstert, »und ich werde mit Streichhölzern meine Augenlider stützen, bis du da bist.«

Meine Mutter steht plötzlich vor uns. Sie ist blass.

»Ich fühle mich nicht gut, ich fahre ins Hotel.«

Ich stehe auf, doch sie wehrt ab.

»Bleibt und esst in Ruhe auf. Bitte.«

Ich setze mich wieder.

Sie nimmt ihre Handtasche, dreht sich nicht mehr um, verlässt das Restaurant.

Ramin schaut ihr nach.

»Deine Mutter hatte es nicht leicht.«

»Nein.«

»Was hat sich deine Großmutter damals nur gedacht?«

»Nicht viel, vermute ich. Denken gehörte nicht zu ihren Stärken. Ich frage mich eher, was sich mein Vater dabei gedacht hat.«

Ramin sieht sich die Rechnung an, die der Kellner auf den Tisch legt. »Da stimmt etwas nicht«, sagt er und beginnt, mit dem Kellner zu diskutieren.

Das Bild überrumpelt mich, vielleicht, weil ich müde bin und einen vollen Magen habe. Das Bild des nackten Mannes von hinten, groß und breitschultrig. Ich sehe die Haare auf seinem Rücken, sehe, wie er sich nackt über ein Mädchen beugt, dessen Brüste, obwohl es auf dem Rücken liegt, wie zwei Orangen in den Himmel zeigen. Das Mädchen versucht, sich auf den Ellenbogen abzustützen, es öffnet die Beine nur so weit wie nötig, als hielte ein unsichtbares Gummiband die Knie zusammen. Der ganze Körper bebt vor Alarmbereitschaft, Katastrophenalarm, ohne einen blassen Schimmer, welche Art von Katastrophe droht. Das Gesicht des Mädchens bleibt verschwommen und wird auch nie scharf, weil ich dieses Bild, sobald ich wieder die Kontrolle über meine Gedanken erlangt habe, schnell wegwische. Wie ein Mathematiklehrer, der einen falschen Lösungsansatz von der Schultafel wischt.

»Schon gut, danke Ihnen«, sagt Ramin.

Der Kellner verschwindet, Entschuldigungen murmelnd, in der Küche.

Ramin schaut ihm hinterher und schüttelt den Kopf. »Erst will er mich nicht zahlen lassen, dann berechnet er eine Portion Kabab zu viel.«

»Ihr habt ihn mit euren ganzen Sonderwünschen durcheinandergebracht«, nehme ich den Kellner in Schutz.

»Egal. Was ich noch sagen wollte: Deine Mutter wirft deinem Vater vor, dass er sie geheiratet hat. Aber dann, was wirft sie ihm noch vor? Es ist, als verschwände er mit dieser Tat aus ihrem Leben.« Ramin schaut auf die Uhr. »Mist. Wir müssen zurück ins Hotel. Um halb fünf, also um sieben nach unserer Zeit, muss ich den Artikel abschicken, morgen jährt sich das Erdbeben.« Sein Ton wird sanfter. »Schade, ausgerechnet jetzt, wo wir mal ›frei‹ hätten.«

Ramin legt seine Hand unterm Tisch auf meinen Oberschenkel, lässt sie hochwandern. Als sie zwischen meinen Beinen ankommt, nehme ich sie und schiebe sie weg. Der Kellner rückt hinter der Theke Dinge hin und her.

Genau in dem Moment, in dem wir hinaustreten, schaltet sich die Straßenbeleuchtung ein. Die Sonne ist gerade erst untergegangen, der Himmel strahlt noch in Ultramarinblau. Auf der Straße drängeln sich die Autos vorwärts, Frauen schleppen mit zielgerichtetem Blick Tüten voll mit Obst und Gemüse, Männer bilden eine Schlange vor einer Bäckerei, rufen ihre Bestellungen hinein. Jeder muss noch schnell irgendetwas besorgen, irgendwohin, irgendjemanden abholen, um rechtzeitig am Abend zu Hause anzukommen, wo die Kinder warten, hungrig und mit großen Augen um ein ausgebreitetes Wachstuch auf dem Perserteppich sitzen, der Tee im Samowar schon bernsteinbraun.

Ich gehe, Ramin an meiner Seite; wir gehen zum

ersten Mal von A nach B, das erste Mal nehmen wir kein Taxi. Einen kurzen Moment bilde ich mir ein, wir wären Teil des Ganzen, machten mit bei diesem ortstypischen Wettlauf gegen die Zeit. Ramin blickt mich von der Seite an. Ich schaue nicht zurück. Er bleibt bei einem Straßenhändler stehen und kauft einen Strauß Tuberosen. Der Duft strömt mir schon entgegen, bevor ich die Blumen in den Händen halte.

»Willst du mich betäuben?«

»Schon passiert.«

Die Tüte der Frau, die gerade an uns vorbeigegangen ist, reißt. Anar und Orangen kullern über den Gehsteig auf die Straße. Ein Auto überfährt einen Anar im Schritttempo, der Saft spritzt nach allen Seiten. Wir bücken uns, sammeln so viele Früchte ein, wie wir können. Die Frau bedankt sich mehrfach, ohne uns ins Gesicht zu sehen, und eilt weiter.

Zu keiner anderen Stunde kann man umgeben von Menschen so allein sein.

Im Hotel angekommen, gehen wir auf Ramins Zimmer. Er zieht das Hemd aus, packt seinen Notizblock aus und setzt sich im Unterhemd an den Tisch. Ich stelle die Tuberosen in ein Wasserglas und lege mich aufs Bett. Ramin klappt den Laptop auf und fängt an zu tippen.

Mit dem Klackern der Tastatur im Ohr schlafe ich ein.

Ich schreite durch die Hallen eines Palastes, Sonnenstrahlen fallen durch dichtes Blattwerk herein auf den Marmorboden. Ich trete auf die Terrasse. Auf der Wiese davor spielen zwei Kinder Frisbee, ein Junge und ein Mädchen. Er trägt eine knielange hellblaue Hose mit Bügelfalte, das Mädchen hat eine rosa Schleife im Haar. In der Ferne grast eine Schafherde. Ich rufe die Kinder herbei und sage, sie müssten sich an die Hausaufgaben setzen. Das Mädchen soll einen Aufsatz verfassen. Es schreibt einen Satz auf und sieht mich fragend an. Ich kann ihn nicht lesen und schreibe den einzigen Satz daneben, den ich auf Persisch schreiben kann: Baba ab dad. Es fragt: Wem? Ich weiß es nicht. Der Schah tritt im Neopren-Anzug auf die Terrasse. Mir bricht der Schweiß aus. Er küsst mich, was ich widerlich finde, aber nicht abwehre, da ich ein unfähiges Kindermädchen bin.

Ich richte mich auf und fasse mir an den Mund. Die Lippen des Schahs sind weg, das Gefühl des Widerwillens hallt nach. Schlechte Träume künden gute Ereignisse an, sagte meine Großmutter. Außer, wenn Wasser darin vorkommt. Kam Wasser darin vor? Baba ab dad. Papa gab Wasser, der Satz, mit dem alle iranischen Erstklässler schreiben lernen. Eine Zeit lang versuchte ich, mir selbst das Schreiben beizubringen. Ich besorgte mir ein Schulbuch der ersten Klasse. Bis Baba ab dad schaffte ich es, dann verließ mich mein

Ehrgeiz. Aber seither frage ich mich: Wem hat Papa Wasser gegeben?

Ich entscheide: Nein, kein Wasser in meinem Traum.

Ramin tippt noch immer auf der Tastatur herum.

»Bist du noch nicht fertig?«

»Nein, aber fast.« Er knackt mit den Fingergelenken. »Ich habe noch fünfzehn Minuten.«

Ich ziehe mein Handy aus der Manteltasche und lege mich wieder aufs Bett. 18:45 Uhr und eine SMS von Jan.

BIST DU SILVESTER WIEDER ZURÜCK? ANNIKA+MANUEL LADEN ZUM KÄSEFONDUE. SCHAFFE DAS NICHT OHNE DICH!!!

Ich schalte das Handy aus und drehe mich auf die andere Seite.

Ramin klappt den Laptop zu, streckt sich. Ich sehe ihm zu, wie er aufsteht und die Terrassentür öffnet. Kalte Luft fließt herein. Er bleibt im Türrahmen stehen und schaut hinaus, obwohl draußen nur Nacht ist, nichts als Schwarz. Ich betrachte seine geraden Schultern, die aussehen wie mit dem Lineal gezogen und als könnte man alles Mögliche darauf abstellen und stapeln, ohne dass es hinunterfiele. Ich sehe die Haare auf den Schulterblättern, ein paar von ihnen grau. Vor unserem letzten Treffen hatte er sie sich noch mit Heißwachs entfernen lassen.

Ich stütze meinen Kopf auf.

»Wie lange möchtest du noch da stehen?«

»Ist es die Kälte?«, fragt er, ohne sich umzudrehen.

»Ja.«

»Dann deck dich zu.«

»Ich mag es nicht, in Anziehsachen zugedeckt zu sein.«

»Dann zieh dich aus.«

Ich bleibe regungslos liegen.

Er schließt die Gitter, schließt die Terrassentür. Legt sich aufs Bett, umarmt mich von hinten. Steckt seine Zunge in mein Ohr.

Jemand ruft zum letzten Gebet.

JA, antworte ich Jan eine halbe Stunde später und öffne die Tür zu unserem Zimmer. Meine Mutter liegt auf dem Bett, die Arme hinter dem Kopf verschränkt, und schaut an die Decke.

Ich bleibe vor der Badezimmertür stehen. »Geht es dir besser?«

»Fühlst du dich geliebt?«, fragt sie zurück.

»Ja. Schon.«

»Von wem?«

»Von dir? Von Maman-Bozorg? Von Papa?«

»Du hast immer gespürt, dass wir dich lieben?«

»Ich hatte immer das Gefühl, dazuzugehören.«

Sie hat noch nicht bekommen, was sie ersehnt. Doch ich will duschen. Ich lege die Hand auf die Türklinke der Badezimmertür und halte noch einmal inne.

»Was ist eigentlich gemeint mit: ›Baba ab dad‹?«

Sie denkt nach.

»Ich weiß es nicht.«

»Warum lernen iranische Kinder ausgerechnet mit diesem Satz schreiben? Und ›Papa gab Wasser‹ – wem gab er Wasser? Ich verstehe diesen Satz nicht.«

»Ich habe keine Ahnung.«

»Du hast diesen Satz als Erstklässlerin tausend Mal aufgeschrieben und nie gefragt, warum? Was er eigentlich bedeuten soll?«

»Nein.« Sie starrt vor sich ins Leere.

Wut steigt in mir auf. »Hast du eigentlich jemals irgendetwas hinterfragt in deinem Leben?« Ruckartig drücke ich die Türklinke nach unten, gehe hinein ins Badezimmer, ziehe mich aus und schleudere meine Anziehsachen auf den Hocker in der Ecke.

Unter der Dusche lasse ich eine Weile heißes Wasser über mich laufen, um mich zu beruhigen. Meine Mutter war nie anders. Ich hatte immer das Gefühl, auf sie aufpassen zu müssen, und das war in Ordnung. Aber jetzt, da Maman-Bozorg nicht mehr lebt und wir allein sind, macht es mir Angst. Gedankenverloren schäume ich mir das Haar ein und spüle das Shampoo aus. Als ich nach der Flasche Narmkonande greife, bemerke ich, dass sie fast leer ist. Ich steige nass aus der Dusche und nehme eine neue aus meinem Kulturbeutel. Die letzte. Ich hatte nur für eine Woche gepackt.

نرم کننده

Narmkonande

»Nicht einmal die Haare hat er dir gekämmt.«

Meine Mutter blickte dem grünen Kleinwagen meines Vaters nach, mit dem er losgefahren war, als er gesehen hatte, dass sich die Tür öffnet.

»Ich hatte keine Narmkonande.«

»Die Frau deines Vaters hat so etwas nicht?«

»Nein. Sie ist Genossin.« Ich schaute auf den Boden. Meine Mutter hatte Wattebäusche zwischen den Zehen, das Rot auf ihren Zehennägeln glänzte feucht.

»Pah, das sind die Allerschlimmsten.« Sie ging in die Knie, nahm mich in den Arm. Beim Aufstehen ergriff sie meine Tasche.

Ich hatte nicht ganz die Wahrheit gesagt. Swantje besaß Narmkonande. Narmkonande für feines, fettiges Haar. Das glatte, weizenblonde Haar reichte ihr bis auf die Schultern, aber es war so dünn, und sie hatte so wenig davon, dass ihre abstehenden Ohren hindurchguckten. Wenn Swantje morgens aufstand, hing es strähnig herunter. Sie verschwand immer gleich im Bad und lief dann den ganzen Vormittag mit einem Handtuchturban durch die Wohnung. Meine Ohren sah man nie. Und wenn ich mir eine Woche lang das Haar nicht wusch, fiel das niemandem auf.

So lange, eine Woche lang, zögerte ich das Haarewaschen immer hinaus, wenn ich die Sommerferien bei meinem Vater und Swantje verbrachte. Am Badewannenrand standen zwei Flaschen. Shampoo und Narmkonande. Die Narmkonande war anders als die, die ich kannte. Es machte mein nasses Haar nicht geschmeidig und kämmbar; wenn ich es benutzte, quietschte es wie ein störrischer Esel.

Ich saß in der Badewanne, hielt mit einer Hand die Brause und versuchte mit der anderen, ein paar Knoten zu entwirren. Wenn mein Arm schwer wurde, legte ich die Brause hin und stellte das Wasser ab. Mit zwei Händen fiel das Kämmen leichter. Doch dann fing ich an zu frieren, in der Altbauwohnung zog es selbst im Sommer. Ich drehte den Hahn wieder auf und übergoss mich mit Wasser, das so heiß war, dass es gerade noch erträglich war. Bis der Arm wieder schwer wurde.

Mein Vater klopfte an die Tür, vielleicht tat er das jedes Mal, vielleicht auch nur dieses eine Mal.

»Alles in Ordnung bei dir?«, fragte er.

Im Hintergrund hörte ich Swantje etwas sagen.

»Alles in Ordnung. Ich brauche nicht mehr lang!«, schrie ich.

Ich riss am Kamm und hielt ein Büschel Haare in der Hand. Tränen stiegen auf. Sollten die Haare doch alle ausfallen, je mehr, desto besser.

Ein paar Minuten später stand mein Vater wieder hinter der Tür.

»Wenn du Hilfe brauchst …«

Swantjes Stimme näherte sich.

»Was macht sie denn so lang, Reza?«

»Was machst du denn so lang, Mona?«

Die Hand meines Vaters lag auf der Türklinke.

»Ich bin gleich fertig, wirklich!«

Um jeden Preis wollte ich verhindern, dass er hereinkam.

In den Sommerferien zuvor hatte er mir die Fußnägel geschnitten. Die Nägel hatten schon leicht über die Zehen hinausgeragt. Mein Vater hatte auf einem Hocker vor mir gesessen, mir halb den Rücken zugedreht, sich über meine Füße gebeugt und die Nagelschere angesetzt. Er wirkte sehr konzentriert, wie bei allem, das er tat. Wenn ich mich bewegte, machte der Korbstuhl Geräusche, deshalb hielt ich still. Mir fiel eine Geschichte aus der Bibel ein, die wir vor den Ferien im Religionsunterricht besprochen hatten. Sie handelte davon, wie Jesus seinen Jüngern die Füße wusch. Petrus wollte erst nicht, aber der Religionslehrer hatte uns erklärt, dass es gut sei, sich von Jesus die Füße waschen zu lassen. Weshalb, hatte ich vergessen oder eigentlich gar nicht richtig verstanden. Mein Vater war nicht Jesus, aber viele sprachen von ihm, als sei er ziemlich nah an Jesus herangekommen. Maman-Bozorg und Maman ausgenommen.

»Mona, ich komme jetzt rein.«

»Oder möchtest du, dass ich …?«, fragte Swantje. Sie musste mittlerweile direkt neben ihm stehen.

»Ich bin schon fertig!«

Ich stand so hektisch auf, dass ich fast ausgerutscht wäre. Ich brauste die Haare vom Badewannenrand, nahm den triefenden Haarklumpen aus dem Sieb und schmiss ihn in den Mülleimer. Ich wrang mir die Haare aus und zog meinen Pyjama an. Als ich die Badezimmertür öffnete, kam Swantje gleich aus der Küche und ging an mir vorbei ins Bad.

Ich setzte mich mit feuchtem, verknotetem Haar auf meinen Platz am Küchentisch. Vor mir ein Teller mit Käsebrot und Gurkenstiften. Ich war nicht hungrig. Mein Vater stand mit dem Rücken zu mir und spülte Geschirr.

Swantje kam aus dem Bad zurück und setzte sich auf ihren Platz.

»Endlich, dein Tee wird schon kalt«, sagte mein Vater und stellte ihr eine Tasse hin.

»Ich habe das Sieb gereinigt. Der Abfluss verstopft sonst sofort.« Swantje nahm einen Schluck Tee.

Ich aß ein Stück Gurke. Swantje biss von ihrem Brot ab. Sie beäugte mich. Sie konnte sich nicht vorstellen, weshalb man so viel Zeit im Bad brauchte. Eine Neunjährige noch dazu. Ich meinte zu wissen, was sie dachte.

Sie dachte: Das fängt ja früh an.

Ich dachte: Ich hasse Swantjes Narmkonande.

Am Abend lag ich wach im Bett. An diesem Nachmittag waren Swantjes Freundinnen zu Besuch dagewesen. Swantje hatte Marmorkuchen gebacken und Kaffee gekocht. Die Freundinnen hatten alle feines, fettiges Haar, sie trugen Wollpullover und ausgewaschene T-Shirts. Ich hatte mir ein Kleid angezogen. Die Freundinnen fragten, wie alt ich sei und wofür ich mich interessiere. Das hatte mich noch nie jemand gefragt. Ich sagte: für Deutsch und Malen. Und für Qanaten, wollte ich hinzufügen, weil ich instinktiv wusste, dass das gut ankommen würde, und weil ich hoffte, Swantje erzählte das später meinem Vater, aber ich kannte das deutsche Wort dafür damals nicht.

Nachdem Swantje Kaffee eingeschenkt hatte, packten zwei der Freundinnen Bücher aus und stapelten sie auf dem Küchentisch. Sie fingen an zu diskutieren. Worüber, verstand ich nicht. Das Wort »Gesellschaft« benutzten sie oft, aber ich hatte nur eine vage Vorstellung davon. Die meisten Wörter hatte ich noch nie gehört. Manchmal las eine der Freundinnen etwas aus einem der Bücher vor. Einmal haute die Freundin mit der eckigen Brille mit der Faust auf den Tisch. Ich hörte auf zu kauen und schaute zu Swantje hinüber. Swantje blieb ganz ruhig.

Nachdem ich ein Stück Kuchen gegessen hatte, setzte ich mich im Wohnzimmer auf den Perserteppich und fing etwas lustlos an, Murmeln durch die Murmelbahn zu schicken.

»Manche Genossinnen«, hörte ich Swantje durch die offene Küchentür sagen, »tragen ganz schön kurze Röcke.«

Eine der Freundinnen schenkte mir zum Abschied eines ihrer Bücher, einen Kurzgeschichtenband von Heinrich Böll.

Weil ich an diesem Abend nicht einschlafen konnte, knipste ich die Lampe neben meinem Bett wieder an und schlug das Buch auf. Ich las die erste Geschichte, doch das Messer darin machte mir Angst, und ich blätterte nach dem ersten Absatz weiter zur nächsten. In dieser Geschichte tauchte im ersten Satz ein Maschinengewehr auf. Ich blätterte weiter zur nächsten, die mit einem rotzenden Mathematiklehrer begann. Darauf folgte »An der Brücke«. Der Erzähler klang sanft wie ein Kind, als spräche er direkt zu mir. Dass er Kriegsversehrter war, nicht mehr gehen konnte und deshalb an der neuen Brücke sitzen und die Menschen zählen musste, die sie täglich passierten, schien eher nebensächlich. Im Mittelpunkt stand die Liebe. Ich las die Geschichte mehrmals hintereinander:

Wenn meine kleine Geliebte über die Brücke kommt – und sie kommt zweimal am Tage –, dann bleibt mein Herz einfach stehen.

Dann:

Ich habe gezählt wie ein Verrückter, ein Kilometerzähler kann nicht besser zählen.

Und am Ende:

... meine kleine ungezählte Geliebte ...

Ich hatte nicht mehr als eine Ahnung von der Liebe, aber die Idee, ich könnte in ferner Zukunft auch einmal eine ungezählte Geliebte sein, die aus dem Nichts auftaucht, begehrt und bewundert wird, um dann wieder ins Nichts zu verschwinden, gefiel mir. Eine ungezählte Geliebte, die täglich ihren Weg geht, von der einen auf die andere Seite, und nie erfahren wird, welche Gefühle sie auslöst in einem unscheinbaren Teilnehmer, der da sitzt und sich nicht bewegen kann. Einzig die Hoffnung des Erzählers, er könnte seine ungezählte Geliebte vielleicht einmal ein Stück nach Hause bringen, störte mich ein wenig.

Viele Jahre später, als ich die Geschichte schon fast vergessen hatte, las ich ein Interview mit einem persischen Dichter, der seit den Sechzigerjahren in München im Exil lebte. Er erwähnte »An der Brücke« und sagte, dass ihn diese Geschichte fasziniert habe und sie ihm sehr iranisch vorgekommen sei. Da war sie wieder, die Art von Verbundenheit, die ich schätzte.

Mein Vater kam an diesem Abend spät nach Hause. Er öffnete die Tür einen Spalt, um nach mir zu schauen.

»Du schläfst noch nicht?« Wenn Swantje nicht dabei war, sprach er Persisch. Aber nur dann. Dabei hatte ich Swantje, anders als Wolfi, nie sagen hören: »In meinem Haus wird Deutsch gesprochen.« Mein

Vater setzte sich auf den Bettrand und nahm das Buch in die Hand.

»Böll«, sagte er, mehr zu sich selbst, »ist das überhaupt schon was für dich?«

»Was heißt Genossin?«, fragte ich ihn auf Deutsch.

Mein Vater dachte kurz nach. Er roch nach Petersilie.

»Das sind Frauen, die wollen, dass es allen Menschen auf der Welt gut geht. Dass alle Arbeit haben, etwas zu essen, eine Wohnung.«

»Und Swantje ist eine Genossin?«

»Ja«, antwortete mein Vater. Er schien sich sehr sicher zu sein.

»Bist du dann ein Genosse?«

Mein Vater dachte nach. Er wirkte erschöpft.

»Nein.« Er machte eine längere Pause. »Nicht mehr. Mir reicht es, wenn ich mit meinem Laden ein paar Menschen mit Obst und Gemüse versorgen kann. Und jetzt schlaf, Dschudschu!« Er zog mir die Bettdecke hoch bis über die Schultern.

Dschudschu. Genossin. Leise sprach ich die beiden Wörter abwechselnd im Dunkeln aus, wie zwischen zwei Polen pendelten meine Gedanken hin und her; mein Vater nennt mich nur ganz selten Dschudschu; Swantje kümmert sich in den Ferien viel um mich; wenn er Dschudschu sagt, breitet sich so ein Gefühl in meinem Bauch aus; nach einer Nachtschicht steht sie mittags auf und macht mir das Essen warm, das

Papa vorgekocht hat; Dschudschu klingt schön, das Wort selbst ist ein Küken; nachmittags unternimmt sie etwas mit mir, wir gehen in den Zoo, ins Museum, ins Kindertheater; ich nehme Dschudschu in meine beiden Hände, forme eine Schale, damit es sich bei mir wohlfühlt und vielleicht etwas länger bleibt; vorgestern hat sie mir ein Radiergummi gekauft, das nach Erdbeer riecht; ich hauche es an, der gelbe Flaum flimmert; und wenn es sehr heiß ist, gibt es auch mal ein Eis; ich habe noch nie etwas Zarteres als Dschudschuflaum gesehen; Swantje will, dass alle Arbeit, etwas zu essen und eine Wohnung haben …

Mit Dschudschu und Genossin im Kopf schlief ich in dieser Sommernacht ein. In dieser Sommernacht im Jahr 1983, vermute ich. Ich kann mich nicht erinnern, danach noch einmal das Wort aus dem Mund meines Vaters gehört zu haben.

جوجو

Dschudschu

Am nächsten Morgen stehen wir mit unseren Koffern vor den Lehmwürfeln und schauen zu, wie das Taxi mit quietschenden Reifen um die Ecke biegt. Während wir im Wagen Platz nehmen, lädt der Fahrer unser Gepäck in den Kofferraum. Er fährt los, ohne etwas zu sagen und ohne zu fragen, wohin es gehen soll. Sein Zorn hat sich zurückgezogen, brütet weiter in einer tiefen, dunklen Höhle.

Vor dem kleinen Flughafengebäude reihen sich die Taxis, Menschen stehen in Grüppchen herum und diskutieren.

»Merde«, sagt Ramin, kaum hörbar. Er sagt, wir sollen sitzen bleiben, und steigt aus. Der Fahrer lässt den Motor eine Weile laufen, dann dreht er den Zündschlüssel. Bis auf die Menschen, die sich unterhalten, ist nichts mehr zu hören. Der leiseste Flughafen der Welt, denke ich.

Meine Mutter beobachtet zwei Mädchen in rosafarbenen Plastikkleidern, die auf dem Gehsteig ein Hüpfspiel machen. Das größere der beiden ist schon etwas herausgewachsen aus dem Kleid, unter dem

Acrylstoff erheben sich bereits die Brustwarzen, aber die Zöpfe springen wie die eines Kindes.

Ramin kommt aus dem Flughafengebäude heraus und steuert eilig auf uns. Er setzt sich wieder auf den Beifahrersitz.

»Alle Flüge heute gestrichen, wir müssen nach Kerman.« Er ist ein wenig atemlos.

»Wie weit ist das?«, frage ich.

»Zwei Stunden ungefähr. Um siebzehn Uhr geht von dort aus eine Maschine nach Teheran, die noch nicht ausgebucht ist.«

»Also haben wir keinen Stress?«

»You never know.«

Der Taxifahrer startet den Motor und setzt zurück. Die Mädchen in den rosafarbenen Plastikkleidern unterbrechen ihr Hüpfspiel und winken meiner Mutter zu. Sie starrt die Mädchen an, ohne zurückzuwinken. Ich meine, ihre Gedanken lesen zu können.

Auf einer zweispurigen Asphaltstraße fahren wir durch die Wüste, immer geradeaus, schneebedeckte Gebirgsketten zu unserer Rechten, flimmernde Weite zu unserer Linken. Ramins Versuch, ein Gespräch mit dem Taxifahrer über Fußball zu beginnen, scheitert. Als hätte der Gesprächsstoff genau für drei Tage gereicht, genau bis zum Rückflug. Ramin trommelt mit den Fingern auf seinen Oberschenkeln herum. Meine Mutter schaut aus dem Fenster, das Kinn auf die Hand gestützt.

Ich denke an die Autobiografie, die mir der Ghostwriter schon seit Monaten in einem konspirativen Ton ankündigt und von der er kurz vor meiner Abreise sagte, dass es bald spruchreif sei. Um Werner Mauss könnte es sich handeln, tippe ich, oder um einen Finanzmarktaussteiger. Ich betrachte die Stiefeletten, in denen meine Füße stecken, die einmal silbermetallic waren, jetzt grau sind, und nehme mir vor, nach meiner Rückkehr möglichst schnell neue zu kaufen. Ich denke an die Milch, die in meinem Kühlschrank schlecht wird. Ich denke an Jan, wie wir uns zwei Wochen nach der Begegnung im Zoo auf einem Konzert wiedertrafen, zufällig, ohne verabredet zu sein, obwohl wir die Nummern ausgetauscht hatten. Wie wir zu der Musik der Gypsi-Punkband tanzten, bis wir schweißgebadet waren und warmes Bier in großen Schlucken tranken. Wie der Sänger über unsere Köpfe hinwegflog, *Only one day, only one time.* Wie uns die dreckige Violine anstachelte, sodass wir nach dem Konzert am Notausgang knutschten, als müsste das sein, als hätten wir durch unser zufälliges Wiedersehen eine Wette verloren und als beglichen wir nun durch Knutschen unsere Schulden. Wie wir, nachdem in der Halle irgendwann das Licht angegangen war, nebeneinander auf dem Fahrrad zu mir nach Hause fuhren, obwohl ich mir die Beine nicht rasiert hatte. Extra nicht rasiert hatte, damit ich niemanden mit nach Hause nehmen würde.

Wie er, kaum hatte ich meine Wohnungstür geöffnet, noch mit den Schuhen an den Füßen auf meine Couch fiel und einschlief. Wie ich am nächsten Morgen aufwachte, weil das Handy neben meinem Kopfkissen vibrierte.

MUSSTE ZUM HOT IRON. MELDE MICH.

Zwei Stunden später, ich saß mit der Tageszeitung an meinem Klapptisch in der Küche und biss gerade das erste Mal in mein Käsebrötchen, folgte:

PS COOLER ABEND

Kurz hörte ich auf zu kauen.

Ich schaue zu Ramin hinüber, er dreht den Kopf in meine Richtung, zwinkert mir zu. Ich kurbele das Fenster halb herunter, halte meinen Arm bis zum Ellenbogen hinaus, versuche, nach dem Fahrtwind zu greifen, spüre den Widerstand. Wenn ich das als Kind getan hatte, schimpfte meine Mutter und schrie, ich solle sofort den Arm hereinholen.

»Wenn Sie möchten, können wir einen Halt am Bagh-e Schazde einlegen«, sagt der Taxifahrer.

Ramin schaut auf die Uhr.

»Super Idee! Es ist zwölf Uhr, wir liegen gut in der Zeit.« Er blickt in den Rückspiegel. »Einverstanden?«

»Einverstanden«, antworte ich. Von meiner Mutter kommt nichts. »Maman?«

Sie richtet sich gerade auf.

»Natürlich.«

»Dschudschu«, sagt Ramin, »hol lieber deinen Arm herein, wenn du ihn behalten möchtest.«

Ich kurbele das Fenster wieder hoch und lege eine Hand auf meinen Bauch.

Wir gehen durch die Pforte des Prinzengartens, die selbst schon monumental ist, und es verschlägt mir endgültig die Sprache. Ramin ausnahmsweise auch. Meine Mutter hat ohnehin kaum etwas gesagt, seitdem wir heute Morgen das Hotel verlassen haben. Vor uns, links und rechts eingerahmt von hohen Bäumen, eine überdimensionale Treppe, an deren oberem Ende der Palast thront, Felsmassiv und weiße Gipfel als Kulisse. In der Mitte der Treppe ein Wasserlauf, der sich auf jeder Stufe in einem Bassin ausruht, bevor er auf die nächste Etage hinabfällt. Wir nehmen langsam Stufe für Stufe, als brächte uns jeder Schritt eine neue Erkenntnis und als vertrügen wir nicht zu viel davon auf einmal.

Auf halbem Weg bleiben wir stehen. Ich schaue hinauf zum Palast, der eine Fata Morgana sein könnte, die wir nie erreichen werden. Ich schaue hinunter zur Pforte, die sich schon sehr weit weg anfühlt. Ich schaue ins Wasser, erst ins fallende, dann ins stehende, betrachte den Oleander, der rechts und links wächst, die Felsen, den Himmel. Alles da.

Ramin berührt mich am Ellenbogen. Ich drehe mich um und sehe, dass sich meine Mutter auf eine

Stufe gesetzt hat. Über ihre Wangen fließen Tränen. Fallen Tränen. Schnell und still. Ramin geht weiter. Ich setze mich neben sie, lege meine Hand auf ihr Knie, ohne sie anzuschauen. So sitzen wir dort eine Weile, während das Wasser weiter plätschert, der Wind durch die Baumwipfel streicht, ein Sperling tschilpt. Jemand scheint die Lautstärke aufgedreht zu haben, nur das Schluchzen meiner Mutter ist noch immer nicht zu hören.

»Maman.«

Sie reagiert nicht. Ich lege meinen Arm um sie.

Drei Militärhubschrauber fliegen über den Garten hinweg. Ich sehe ihnen nach, bis sie nicht mehr zu hören sind.

Ich blicke über die Schulter, erkenne Ramin, der oben vor dem Palast Dehnübungen macht. Im Hotel stehen noch die Tuberosen im Wasserglas, die er mir geschenkt hat. Und die letzte Flasche Narmkonande in der Duschkabine. Ich erhebe mich langsam.

»Mona«, sagt meine Mutter mit fester Stimme. Sie schaut zu mir auf, als suche sie etwas in meinem Gesicht, und hält meine Hand fest. »Ich durfte«, sie schluckt, und ihre Stimme wird wieder dünn, »ich habe deinen Namen ausgesucht.« Ihre Hand, die meine Hand umklammert, erschlafft und lässt schließlich los.

»Ich mag meinen Namen.« Ich streichle ihr über den Rücken, mit den Fingern, nicht mit der Handfläche, und setze den Weg fort.

چهار راه

Tschahar-Rah

»Vampire«, sagt Siavasch. »An Eisbonbons habe ich mich überfressen.«

Er stellt die Schale mit den Süßigkeiten auf den Wohnzimmertisch aus weißem Marmor und lässt sich auf das Ledersofa fallen. Siavaschs Wohnung im Teheraner Norden liegt im elften Stock, Hanglage, Fensterfront Richtung Süden oder Westen. Von links, das ganze Wohnzimmer samt offener Küche entlang, schneiden Sonnenstrahlen den Raum, die durch heruntergelassene Jalousien dringen. Gestreift sitzen wir uns gegenüber. Siavaschs Tochter kommt angerannt, nimmt sich einen Vampir und zieht ihn in die Länge, bis er reißt. Sie stopft sich beide Hälften gleichzeitig in den Mund.

»Du hast genug davon gegessen«, ruft Fereschte, die einige Meter hinter Siavasch an der Kochinsel steht und Tomaten kleinschneidet. »Wenn du so weitermachst, dann passt du bald nicht mehr in deinen neuen Ballettanzug.«

Der rosafarbene Stoff spannt jetzt schon am Bauch, das Tutu steht im Neunzig-Grad-Winkel von ihrem kleinen runden Körper ab. Sie nimmt sich noch einen Vampir.

Ich lächle sie an.

»Wie heißt du?«

»Gabi.«

»Gabi?« Ich sehe zu Siavasch hinüber.

Er seufzt, reißt einen Arm hoch, als würfe er seiner Frau rücklings einen Ball zu.

»Ich hatte mal eine deutsche Praktikantin, die so hieß. Und Fereschte fand den Namen schön.«

Wir schweigen.

»Und«, sagt Siavasch auf einmal und beugt sich vor, stützt sich mit den Ellenbogen auf den Knien ab, »was machst du jetzt so?«

»Ich bin die Ghostwriterin eines Ghostwriters.«

»Hä? Verstehe ich nicht.«

»Ich arbeite für einen Ghostwriter, der gut im Geschäft ist und keinen Auftrag ablehnen kann.«

»Und die Verlage, wissen die von dir?«

»Nein.«

»Aber Mädchen, dann hast du ja gar nichts in der Hand!«, sagt er auf Deutsch.

Er hatte damals schon »Mädchen« zu mir gesagt. Aber damals hatte er noch volleres, schwarzes Haar. Er hatte noch keine Tränensäcke, noch keine grauen Haare auf den Unterschenkeln. Als hätte ihn mein Blick gejuckt, fährt er sich mit beiden Händen über die Schienbeine.

Fereschte stellt eine Schüssel mit Salat auf den Esstisch und streicht mit einer Hand kurz über das schwarz lackierte Holz.

»Der ist von Ikea«, sagt sie wie zu sich selbst.

»Brauchst gar nicht so anzugeben«, ruft Siavasch zu ihr hinüber, »in Deutschland geht jeder Esel zu Ikea.«

»Siavasch, ich hatte dich gebeten, dir eine anständige Hose anzuziehen.« Sie kommt näher, den Blick erst auf Siavaschs Waden, dann auf den Wohnzimmertisch geheftet. »Und hast du Mona gar nichts zu trinken angeboten?«

»Danke, schon gut«, schalte ich mich ein.

»Mona ist Deutsche, die sagt schon, wenn sie etwas braucht.« Siavasch wendet sich mir zu, fängt auf Deutsch an: »Übrigens habe ich letztes Jahr Bayer in Hamburg getroffen. Für diese Stern-Rubrik, ›Was macht eigentlich ...‹« Er wirft Fereschte einen Seitenblick zu, fährt auf Persisch fort. »Er hat einen kleinen Laden, irgendwo in Billstedt oder so, in dem er gebrauchte Bikerkleidung verkauft. Hinterm Tresen hängt eine Iran-Karte, und im Lager, in das ich durch einen Bambusvorhang hineinsehen konnte, saß eine Asiatin und starrte vor sich hin. Die Szenerie hat mich schon komplett irritiert.«

»... und das will etwas heißen.«

Siavasch grinst. »Jedenfalls sprach Bayer abwechselnd von einer Autopanne, dass es heutzutage ja billiger sei, ein neues Auto zu kaufen, von Ausflügen ans

Kaspische Meer mit Gefängniswärtern und Kalaschnikow im Fußraum, und von seiner Rente. Dass er hoffe, dass die Rentenkasse ihm die Zeit im Evin-Gefängnis anrechne. Zwischendurch hat er immer gefragt, ob ich da nichts für ihn tun könne. Und was ich eigentlich von ihm wolle.«

»Und wie hast du daraus eine Geschichte gemacht?«

»Gar nicht. Ich habe es versucht, aber das, was ich mir abringen konnte, hätte ich nur an ein Satiremagazin verkaufen können. Nicht einmal das, weil er andererseits ein so armes Schwein ist.«

»Wie jemand so Kleines in etwas so Großes hineingeraten konnte …«, sage ich.

»Das ist der Witz des Jahrzehnts.«

»… und wie andere so Große in etwas so Kleines hineingeraten können.« Das dachte ich immer, wenn ich meinen Vater hinter seinem Tresen stehen sah, eingerahmt von eingelegtem Gemüse in Gläsern und Konserven.

Gabi setzt sich neben mich auf die Armlehne und schaut mich an.

»Sprichst du besser Persisch oder besser Deutsch?«

Siavasch lacht mit offenem Mund, ich sehe einen feucht glänzenden Vampirflügel auf seiner Zunge. »Wenn sie Deutsch wie Persisch spräche, hätte sie ein Problem.«

»Besser Deutsch«, sage ich zu Gabi. »Kannst du auch ein bisschen Deutsch?«

»Sie geht nächstes Jahr auf die deutsche Schule«, ruft Fereschte von der Kochinsel herüber.

»Ein paar Wörter«, sagt Gabi und zählt auf: »Vampir, Journalist, Deutschland, Fußball, Eintracht Frankfurt, Bayern München, Tor, Flughafen, Prinzessin, Ich heiße Gabi, Wie heißt du, Ich will Primaballerina werden, Ich habe Hunger, Bitte, Danke. Fünfzehn. Fünfzehn Wörter kann ich schon!«

»Fünfzehn ist schon ziemlich viel!«, lobe ich.

»Kreuzung kann ich auch!«, schreit sie.

»Kreuzung?«

»Baba sagt immer Kreuzung zu Tschahar-Rah.« Sie schaut zu ihrem Vater hinüber.

»Eine Kreuzung ist eine Kreuzung. Zwei Straßen kreuzen sich, basta. Tschahar-Rah, Vierweg, so ein Blödsinn.« Siavasch macht eine Pause, betrachtet seine Tochter. Er spricht auf Deutsch weiter. »Die ersten Monate habe ich versucht, Deutsch mit ihr zu reden. Es ging nicht. Alles, was ich sagte, hörte sich an, als synchronisierte ich einen Softporno. Oder als läse ich die Bedienungsanleitung für Ceran-Kochplatten vor. Fereschte zuliebe habe ich ein halbes Jahr durchgehalten, dann habe ich das Handtuch geschmissen.«

»Hey, wir wollen auch etwas verstehen!« Fereschte verteilt Besteck auf dem Esstisch.

Es klingelt an der Tür.

»Das Essen!«, ruft Gabi und rennt los.

Die Pizza schmeckt nicht nach Pizza, nicht einmal die dicke Schicht Käse kann diese Illusion erzeugen. Sie schmeckt nach einem persischen Eintopf. Nachdem ich mich daran gewöhnt habe, nehme ich mir ein zweites Stück.

Gabi wirft ihrer Mutter einen Blick zu.

Siavasch grinst. »Siehst du, Fereschte, sie ist Deutsche. Sie nimmt sich, was sie braucht.«

Fereschte legt ihre Hand auf meinen Oberarm.

»Hör nicht auf ihn. Fühl dich wie zu Hause.«

Fereschte hat sich zum Essen ihre langen schwarzen Haare im Nacken zusammengebunden. Ihre hohen Wangenknochen machten sie früher sexy, schätze ich, inzwischen lassen sie sie streng wirken. Bevor sie in das Pizzastück, das sie sich genommen hat, hineinbeißt, nimmt sie den Käse mit ihren langen, silber lackierten Fingernägeln herunter und legt ihn auf den Tellerrand. Während sie kaut, beobachtet sie ihre Tochter beim Essen, die Augenbrauen sorgenvoll zusammengezogen.

»Jetzt ist Schluss«, sagt sie, als Gabi nach einem dritten Stück Pizza greift.

»Aber Mona hat auch drei Stücke gegessen!«

»Mona ist erwachsen, du bist noch ein Kind. Iss lieber ein wenig Salat.«

Ich lege das Stück Pizza, das ich in der Hand halte, auf dem Teller ab. Gerade hatte ich noch überlegt, etwas von dem Salat zu nehmen.

»Mona muss auch aufpassen«, sagt Siavasch auf

Persisch. Er nimmt einen Löffel voller Gurken- und Tomatenstücke in den Mund und spricht dann auf Deutsch weiter. »Damals bist du in dem einen Jahr ganz schön fett geworden.«

»Wenigstens habe ich mich nicht nur von Eisbonbons ernährt«, flüstere ich, ohne ihn anzusehen, und will aufstehen.

Fereschte versucht mehrmals, mich wieder auf den Stuhl hinunterzudrücken, doch ich halte dagegen, stehe auf, helfe beim Abräumen. Ein guter Zeitpunkt, um mich zu verabschieden, denke ich, doch da fragt sie: »Kaffee oder Tee?«

»Tee!«, ruft Siavasch, der es sich wieder auf dem Sofa gemütlich gemacht hat.

»Für mich auch, bitte«, obwohl ich weiß, dass ich gehen sollte. Und nicht weiß, worauf ich warte.

Fereschte stellt Tee vor uns ab, setzt sich neben Siavasch, schaut mich erwartungsvoll an. »Jetzt erzähl mal: Hast du einen Freund?«

»Oder vögelst du immer noch Ramin?« Siavasch ist bei Persisch geblieben.

Ich starre ihn an, bis er den Blick senkt. Fereschte springt auf, öffnet ihr Haar. Sie fragt, ob ich noch Tee wolle. Ich stelle die halbvolle Tasse ab, stehe ebenfalls auf. Ein Sonnenstrahl blendet mich. Fereschte macht Anstalten, mich zur Tür zu begleiten, ich wehre mit der Hand ab. Die Wohnungstür fällt lauter ins Schloss, als ich es beabsichtigt habe.

Der Fahrstuhl ist komplett verspiegelt, und aus jeder Richtung sehe ich aus wie jemand, der gerade verlassen wurde. Meine Mimik, meine Haltung. Ich ziehe die Schultern hinunter, wie Jan es mir geraten hat, drücke das Brustbein hervor, spanne die Muskeln um meine Ohren herum an, um mein Gesicht aufzurichten, und sehe jetzt aus wie jemand, der selbst gerade jemanden verlassen hat. Und dann wird der Spiegel zu einem Becken, das sich mit Wasser füllt, bis ich alles nur noch verschwommen sehe. Der Aufzug hält im vierten Stock. Ich schlucke und wische mir schnell die Tränen von der Wange. Eine ältere Dame steigt dazu, sie trägt eine Sonnenbrille, deren braungetönte Gläser ihr kleines, faltiges Gesicht zur Hälfte verdecken. Die Brille rutscht ein wenig hoch, als sie mich anlächelt. Während wir die restlichen vier Stockwerke zusammen hinabfahren, verlagert sie gemächlich ihr Gewicht von einem Fuß auf den anderen und wieder zurück. Ich senke den Blick. Sie trägt hellblaue Nike-Turnschuhe.

Damals dachte ich, wir wären auf demselben Weg unterwegs, Siavasch und ich, aber es war anders, unsere Wege haben sich nur zufällig gekreuzt. Und Siavasch kennt nur eine Richtung: immer geradeaus, kein Blick zurück. Dabei wirkt er nicht, als hätte er die Richtung, dieses Leben selbst gewählt.

»Ich habe keine Tschahar-Rah«, sagte Maman-Bozorg, wenn sie sich in einer ausweglosen Situation wähnte. Sie hatte vermutlich auch nie das Gefühl, frei zu entscheiden, welcher Weg ihrer ist.

Beim Aussteigen im Erdgeschoss lasse ich der alten Dame den Vortritt, dennoch bin ich schneller an der Haustür. Ich will die Türe gerade öffnen, da ruft sie:

»Vergiss dein Kopftuch nicht, mein Mädchen!«

Es klingt so fürsorglich. Und als hätte ich eine Alternative.

دروغ

Dorugh

Ramin wartet wieder vor Simas Haus auf uns, dieses Mal in seinem eigenen Auto. Ich habe nicht widersprochen, als er anbot, uns zum Flughafen zu fahren. Meine Mutter, die sich bemüht, so persisch wie möglich zu wirken, hat mehrfach abgelehnt und dann angenommen. Etwas zu mechanisch, fand ich.

Sie setzt sich gleich auf die Rückbank. Ramin schnallt sich an. Das ist neu.

»Wie kommt's?«, frage ich, deute mit dem Kinn auf seinen Gurt.

»Ich werde wohl alt.« Er legt den Gang ein und fährt rückwärts den Hang hinauf.

»Darfst du überhaupt noch Auto fahren?«

»Eigentlich nicht. Willst du fahren?«

»Danke, ein andermal.«

»Wieso nicht? Autofahren im Iran ist eine Lektion fürs Leben.«

»Danke, aber leben ist genau das, was ich möchte. Also definitiv nein.«

Wir fahren auf die Stadtautobahn, gesäumt von Rasen und Blumenrabatten. Männer in Overalls stehen um die Rabatten herum, jeder scheint exklusiv für eine verantwortlich zu sein. Egal, was sonst so passiert in diesem Land, an Blumenschmuck wird es nie mangeln. Ich gucke Ramin an. Ich mag es, neben ihm im Auto zu sitzen, selbst mit meiner Mutter auf der Rückbank. Bestünde Leben nur aus gemeinsam Auto fahren durch ein imaginäres Land, vielleicht wäre etwas aus uns geworden.

Das letzte Mal Ramin am Steuer und ich auf dem Beifahrersitz.

Das erste Mal. Wir waren von dem Hotel, in dessen Lobby wir uns getroffen hatten, auf eine Party gefahren. Am Tag zuvor hatte ich ihn bei einer Pressekonferenz kennengelernt. Es war meine erste Woche in Teheran gewesen. Der Herausgeber einer Zeitung, die den Reformern um Khatami nahestand, schilderte bei der Pressekonferenz, wie die Milizen die Redaktion gestürmt hatten. Er las gerade die Namen der Redakteure vor, die sie mitgenommen hatten, als ich spürte, dass mich jemand fixierte. Ich blickte nach links, sah Ramin. Nach der Pressekonferenz kam er auf uns zu, begrüßte Siavasch. Siavasch stellte ihn mir als Korrespondenten der französischen Nachrichtenagentur vor.

Ramin war eher klein, hatte jedoch breite Schultern und konnte mit den Augen lächeln. Bevor er sich verabschiedete, notierte er etwas auf seinem Block, riss den Zettel ab und steckte ihn mir zu.

»Nimm dich in acht«, sagte Siavasch, als er mich später vor dem Mädchenpensionat absetzte.

»Wovor?«

»Er tickt anders.«

»Als wer?«

»Als wir. Reite dich nicht in irgendeine Scheiße hinein.«

»Ich bin fünfundzwanzig Jahre alt.«

Er schüttelte den Kopf. »Hier fängst du bei null an.«

»Das bin ich gewöhnt.«

Am nächsten Tag rief ich Ramin nach der Arbeit an. Er schlug vor, dass wir uns um zwanzig Uhr im Hotel Homa treffen sollten. Er spürte, dass ich irritiert war, fügte »in der Lobby« hinzu. Ein Teil von mir sträubte sich, doch der Teil, der siegte, war der, der keine Lust auf Abende im Stockbett hatte. Ich nahm ein Taxi zum Hotel Homa. Der Hotelpage schob mich durch die Drehtür hinein, ich entdeckte Ramin in einem schwarzen Sessel und blieb am Eingang stehen. Er telefonierte, schaute in die andere Richtung. Ich verspürte den Impuls umzukehren, doch das Klaviergeklimper vom Band machte mich handlungsunfähig.

Auf einmal entdeckte mich Ramin, beendete binnen Sekunden das Gespräch, lächelte mich herausfordernd an. Ich ging zu ihm, setzte mich auf den Drehsessel ihm gegenüber. Er sagte etwas, ich verstand ihn nicht und beugte mich vor. Er hatte einen Knopf seines bordeauxroten Hemdes zu viel offen gelassen und roch nach After Shave, wie ein erwachsener Mann.

»Für dich auch Kaffee?«

»Gerne.«

Ramin winkte dem Kellner und zeigte erst auf mich, dann auf seinen Kaffee. Ich betrachtete uns in der Säule, die neben uns zur Decke ragte und mit Spiegelmosaik beklebt war. Ramin betrachtete mich.

»Was verschlägt dich nach Teheran?«

»Der Job.«

»Das ist alles?«

Der Kellner servierte mir den Kaffee.

»Was denkst du denn, was noch?«

»Von einem neuen Ort angezogen werden allein reicht nicht. Der alte Ort muss einen auch wegschieben.« Er nahm einen Schluck Kaffee, behielt mich dabei im Blick. »Ich glaube«, sagte er, nachdem er die Tasse wieder abgestellt hatte, »dass man immer eher weggeschoben wird, auch, wenn man glaubt, angezogen zu werden.«

»Du irrst dich«, sagte ich, »Deutschland liebt mich.« Es war nicht die reine Wahrheit, aber es war auch nicht ganz falsch.

»Und der Iran wird es auch. Lust auf eine Party?«

Ich sah den Ring an seinem Finger, dachte aber, auf eine Party zu gehen sei unverfänglicher als in einer Hotellobby zu sitzen.

Auf der Party tanzten bereits alle im Wohnzimmer, Männer in engen Shirts und Frauen in Schwarz. Ich hatte noch nie so laut persische Popmusik gehört und verspürte das Bedürfnis, das Licht anzuschalten. Mir war heiß, ich zog meinen Pullover aus. Ramin reichte mir ein Glas mit einer klaren Flüssigkeit, die ein wenig nach Gin schmeckte. Ich trank, spürte erst gar nichts, dann alles auf einen Schlag. Und plötzlich erschien mir alles zu schnell, die Musik, die Tanzenden, wie sie die Gläser leerten, kurz miteinander sprachen, sich wieder trennten. Ich verstand nichts, sah nur, wie sie gestikulierten. Ramin gestikulierte vor mir und schaute mir dabei in die Augen, ich vermutete, er sprach mit mir. Ich versuchte zu tanzen, aber ich war zu langsam. Hätten Sittenwächter die Party gestürmt, alle wären blitzschnell abgehauen, über den Balkon, durch die Fenster, über die Feuertreppe. Nur ich wäre zu langsam gewesen. Ich wäre die Einzige gewesen, die sie im Wohnzimmer gefunden hätten. Im Spaghettiträgerhemd, mit einem fast leeren Glas Hochprozentigem in der Hand und glasigen Augen, noch die Hüften wiegend, obwohl sie die Musikanlage längst zertrümmert hätten.

Ramin nahm meine Hand und zog mich in den Vorraum. Er holte meinen Mantel und band mir das Kopftuch um. Ich sagte »Danke«, und mir fiel auf, dass ich zum ersten Mal in meinem Leben betrunken Persisch sprach. Um das Gefühl weiter zu testen, fragte ich: »Wo gehen wir jetzt hin?« Obwohl mir egal war, wo wir hingingen. Ich fragte: »Darfst du überhaupt noch Auto fahren?«, bis mir auffiel, wie absurd die Frage im Iran war. Ich fing an zu lachen und hörte erst damit auf, als Ramin mich im Aufzug an die Wand drückte und küsste. Widerwille loderte auf, erlosch aber sofort wieder.

»Du bist verheiratet«, sagte ich, bemüht, möglichst nüchtern zu klingen, als wir wieder im Auto saßen.

»Wir lieben einander nicht mehr. Ganz einfach.«

»Du lügst. ›Ganz einfach‹, das gibt es in Liebesbeziehungen nicht.« So überzeugt von mir und meinen Ansichten war ich nur im Rausch.

»Hey, das ist unser erstes Date. Findest du nicht, wir sollten uns noch ein paarmal treffen, bevor du mir mit Unterstellungen kommst?«

Ich kicherte albern.

Unterstellt habe ich ihm nie wieder etwas, schon gar nicht, zu lügen. Wie auch: Mit jedem Tag, den ich länger im Iran verbrachte, verschwamm die Grenze zwischen Wahrheit und Dorugh immer mehr.

Gegen Mitternacht landeten wir in der Kanzlei seines Vaters, wo wir auf einem weißen Ledersofa miteinander schliefen. Als ich am nächsten Morgen mit Kopfschmerzen im Stockbett des Mädchenpensionats aufwachte, dachte ich an Bayer, bevor mir Ramin einfiel.

Ramin hatte sich in dieser Nacht an mir festgesaugt. Gerade so fest, dass es sich noch gut anfühlte.

Wir fahren von der Autobahn ab.

»Halt an!«, rufe ich.

Ramin schaut in den Rückspiegel und fährt rechts ran.

»Was ist?«

»Lass mich fahren.«

Meine Mutter setzt sich aufrecht hin. »Mona, lass das, bitte. Das ist kein Spaß.«

»Ich will fahren.«

»Muss das jetzt sein?«

»Ja, jetzt.«

Sie seufzt, schnallt sich an. Ramin grinst, schnallt sich ab, steigt aus.

Als wäre es meine allererste Fahrstunde. Blinken, Rückspiegel, Außenspiegel, Schulterblick. Und wieder von vorne.

»Wenn du auf eine Lücke wartest, verpasst ihr den Flug«, sagt Ramin nach einer Weile.

Ich gebe Gas. Ein weißer Peugeot weicht aus, kurz bevor er mir hinten reinfährt, und überholt mich. Als der Fahrer auf meiner Höhe angelangt, ist er mir unwirklich nah. Rechts fährt ein Mann mit einem kleinen Kind auf dem Motorrad. Mir bricht der Schweiß aus, ich übersehe fast, dass die Autos vor mir alle bremsen. Ich bremse ebenfalls, abrupt, und ziehe nach links, die Fahrzeuge hinter mir tun es mir nach. Mein Kopftuch rutscht hinunter.

»Mein Kopftuch!«, schreie ich.

»Kümmere dich nicht darum.« Ramin lacht.

»Vorsicht«, mahnt meine Mutter ohne konkreten Grund.

Wir nähern uns dem Flughafen, und der Verkehr nimmt zu. Es geht nur noch im Schritttempo vorwärts. Ich gewöhne mich allmählich an die neue Nähe des Blechs und spüre erst jetzt, dass ich jeden Muskel meines Körpers anspanne. Ich lasse los.

»Jetzt musst du dich langsam links halten«, sagt Ramin und zeigt mit dem Finger auf die Abbiegespur Richtung »Abflug«.

Ich blinke, blicke in den Rückspiegel.

»Trau dich«, sagt Ramin, »es wird schon gutgehen.«

Ich traue mich. Es geht gut. Ich traue mich noch einmal und noch einmal. Gerade als es anfängt, Spaß zu machen, sind wir am Ziel.

Ich parke ein, drehe den Zündschlüssel. Meine Mutter reicht mir von hinten eine Flasche Wasser. Während ich trinke, legt sie ihre Hand auf meine Schulter. Die Hand, wie sie ruht und ich ihr Gewicht spüre; sie fühlt sich anders an.

»Was haben wir gelernt?«, fragt Ramin, als ich ihm den Schlüssel übergebe.

»Wie sich das Leben in einem Schwarm anfühlt.«

Wir sind früh dran. Nachdem wir eingecheckt haben, schlendern wir zur Sicherheitskontrolle. Dort bleiben wir stehen, bilden ein Dreieck. Ich gebe vor, die Abflugzeiten über unseren Köpfen zu studieren.

»Ich gehe schon einmal vor«, sagt meine Mutter. Sie wendet sich Ramin zu. »Ich danke Ihnen für alles. Und besuchen Sie uns in Deutschland.«

Ramin deutet eine Verbeugung an. Als sei selbst Verbeugen verboten. »Danke, sehr gerne.«

Sie zögert. »Ihre Frau ist natürlich auch herzlich willkommen.«

»Maman«, sage ich auf Deutsch, »lass gut sein.« Auf Persisch füge ich hinzu: »Er wird uns nicht besuchen, schon gar nicht mit seiner Frau.«

Meine Mutter öffnet ihre Handtasche und kramt darin herum.

»Dein Pass ist in deiner Manteltasche«, sage ich.

Wir sehen ihr nach, sehen, wie sie ihren Pass auf den Tresen legt, nach der Kontrolle wieder in der Handtasche verstaut und über eine Rolltreppe nach oben aus unserem Blickfeld verschwindet.

Jetzt stehen Ramin und ich einander alleine gegenüber.

»Am Ende habe ich es immerhin bis zum Flughafen-Gate mit dir geschafft.«

»Du bist ganz schön weit gekommen.«

»Ja, dank deiner Mutter. Und ausgerechnet jetzt läuft meine Zeit ab.« Ramin inspiziert kurz die Menschen, die in unserer Nähe stehen. »Aber um dich zu erreichen, genügt ein Leben nicht.«

»Hast du nicht mehrere?«

Er schaut zu Boden. »Selbst Rostam hatte nur eines.«

Zwei bärtige Männer mittleren Alters stellen sich neben uns, betrachten die Tafel mit den Abflugzeiten.

»Wann gehst du nach Amerika?« Ich blicke ebenfalls zu Boden. Als könnten sich unsere Blicke dort begegnen, geschützt und folgenlos.

»Wir müssen noch den Papierkram erledigen. In ein paar Monaten, hoffentlich.«

»Viel Erfolg.«

»Sollen wir uns befreunden? Auf Facebook, meine ich.«

»Ich will mich abmelden.«

Wir schweigen uns an, finden keinen Weg hinaus. Die beiden bärtigen Männer diskutieren darüber, welcher Flug nach Dubai ihrer ist. Ich schaue hoch. Die Tafel zeigt an, dass das Boarding für den Flug nach Köln-Bonn in dreißig Minuten beginnt.

Es gibt keinen Weg. Nicht für uns, nicht an diesem Ort.

Auf den paar Metern zur Sicherheitskontrolle versuche ich, mich daran zu erinnern, wann ich ihn das letzte Mal geküsst habe. In seinem Hotelzimmer, eingehüllt vom Duft der Tuberosen, begleitet vom Muezzin. Der Muezzin holte nach jeder Sure auffällig tief Luft, ich hörte es durch die Lautsprecher und dachte, dass mir das am besten gefiel, das Luftholen. Jedes Mal, wenn ich es hörte, hinterlegt mit ganz leichten

Knackgeräuschen, spürte ich das ganze Gewicht: das Gewicht seines Bangens, seines Hoffens, die in den Momenten, in denen ich hörte, wie er Luft holte, auch mein Bangen und Hoffen waren. Meines, Ramins, das meiner Mutter im Zimmer nebenan, des Taxifahrers, der französischen Ingenieure, des Kellners im Kababrestaurant, der Frau, der die Obsttüte gerissen ist, des Autobesitzers, der mit seinem Vorderreifen den Anar überfahren hat.

Bevor ich auf der Rolltreppe aus Ramins Blickfeld verschwinde, drehe ich mich um, will noch einmal winken. Sein Platz ist leer.

Meine Mutter steht an der Glasfront, den Blick Richtung Startbahn, wo gerade ein Flugzeug abhebt. Die Sonne ist untergegangen, es dämmert, und ihre Umrisse zeichnen sich in der Fensterscheibe ab.

»Vor dreißig Jahren haben wir schon einmal zusammen am Gate gewartet«, sagt sie.

Ich überschlage die Jahreszahlen in meinem Kopf.

»Stimmt. Vor genau dreißig Jahren. Ich trug rote Lackschuhe.«

»Maman hatte sie dir zum Abschied geschenkt. Im Flugzeug hast du sie ausgezogen, und als wir landeten, waren die Schuhe weg.«

»Daran kann ich mich gar nicht erinnern. Hattest du andere Schuhe für mich dabei?«

»Nein. Du bist auf Strümpfen ausgestiegen.«

»Ich habe auf Strümpfen deutschen Boden betreten?«

»Ja.«

»Wie ein Flüchtlingskind.«

»Wir waren keine Flüchtlinge.«

»Irgendwie schon.«

Weiter weg sehe ich, wie eine Maschine landet. Wir verfolgen sie mit unseren Blicken, bis sie einparkt und an eine Gangway andockt. Thai Airways. Zwischen Thailand und Iran fliegen offenbar Menschen hin und her. Für mich hat es immer nur Deutschland-Iran gegeben.

»Warum eigentlich Deutschland?«

»Ich hatte gar nicht vor, wegzugehen. 1978 gab es für mich noch keinen Grund dazu.« Sie atmet tief aus. »Als dein Vater nach der Amnestie aus dem Gefängnis freikam, verbrachte er einige Tage bei uns. Doch dann war er wieder weg, tauchte wochenlang nicht auf. Über den Sommer sah ich ihn gar nicht. Als er plötzlich wieder vor der Tür stand, sagte ich ihm, dass ich die Scheidung wolle. In meiner amerikanischen Lieblingsserie hatte gerade eine der Frauen diesen Satz ausgesprochen, mit festem Blick und erhobenem Kinn: Ich will die Scheidung. Das hatte mir imponiert. Im Geiste hatte ich diesen Satz hundertfach wiederholt. Und dann, als dein Vater plötzlich vor mir stand, hörte ich mich ihn sagen. Es war, als wäre er aus mir hinausgepurzelt. Über die Konsequenzen dieses Satzes hatte ich keine Sekunde nachgedacht. Maman war gerade einkaufen. Mit ihr im Rücken hätte ich ihn niemals ausgesprochen.

Er antwortete, dass das wohl das Beste sei, und ich hielt die Luft an. Maman hatte noch nicht einmal die Einkäufe eingeräumt, da zog er sie ins Schlafzimmer und schloss die Tür von innen ab. Sie diskutierten stundenlang. Ich hörte ihn sagen: ›Das geht nicht? Du irrst, die Zeiten haben sich geändert. Wir stürzen gerade den Schah, also sag nicht, dass ich mich nicht von deiner Tochter trennen kann.‹

Du hast währenddessen gemalt, das weiß ich noch, ein Haus mit haushohen Blumen daneben, vor der Tür stand Maman, sie hielt dich an der einen, mich an der anderen Hand.

Am Ende willigte Maman ein. Unter der Bedingung, dass wir ins Ausland gehen.«

»Wieso das?«, frage ich.

»Maman wollte nicht die Mutter einer geschiedenen Tochter sein. Sie erzählte jedem, dein Vater habe mich zum Studium nach Frankreich geschickt.« Sie greift sich mit beiden Händen in den Nacken und versucht zu lächeln. »Maman redete sich das so sehr ein, am Ende glaubte sie es sogar selbst. Darin war sie sehr gut. Darin sind wir alle sehr gut.« Sie verengt ihre Augen, als stellte sie auf etwas in der Ferne scharf.

Ich will etwas fragen, aber dann spricht sie weiter. »Beim Abschied am Flughafen weinte sie unentwegt, sie nahm abwechselnd dich und mich in den Arm und sagte immer wieder zu mir: ›Du wirst studieren gehen, du bist jung, du hast dein Leben vor dir, es ist noch nicht zu spät.‹ Zwei Semester lang habe ich tatsächlich studiert. Dann begann der Krieg, und die iranische Regierung kürzte fast alle Fördermittel für Studenten im Ausland. Aber zurückgehen kam nicht mehr infrage, inzwischen verließen sie scharenweise das Land, auch dein Vater.«

»Und wieso sind wir nicht nach Frankreich gegangen?« Ich versuche mir vorzustellen, dass wir hier an dieser Stelle stehen und Französisch statt Deutsch sprechen. Es funktioniert nicht.

»Wir kannten niemanden in Frankreich. Dein Vater bestand darauf, dass wir nach Deutschland fliegen, nach Köln. Dort sollte uns einer seiner ehemaligen Studienkollegen abholen und uns mit dem Auto nach Paris bringen, uns eine Bleibe suchen und die wichtigsten Dinge regeln. Ich war ja gerade einmal achtzehn Jahre alt! Aber der Studienkollege kam nicht. Gemeinsam mit einem älteren iranischen Ehepaar, das ich im Flugzeug kennengelernt hatte, warteten wir drei Stunden lang.«

»Ich in Strümpfen.«

»Du in Strümpfen. Das Ehepaar überredete mich, mit nach Köln zu fahren. Sie sprachen von einer riesigen Kirche, die wir uns unbedingt ansehen sollten. Ich nahm ein Hotelzimmer direkt neben dem Dom, während dein Vater von Teheran aus versuchte, den Studienkollegen zu kontaktieren. Abends, wenn du schliefst, rief Maman an, klagte und schrie ›Allein in einem fremden Land, ihr seid doch noch Kinder!‹ und verdammte deinen Vater dafür, was er ihr alles angetan habe.«

»Er ihr? Eher dir, oder nicht?« Als hätte ich sie nicht ausgesprochen, sondern getrunken, hinterlassen meine Worte einen Nachgeschmack wie ein komplexer Wein.

»Während ich telefonierte, stand ich meist am Fenster und betrachtete die gewaltigen Kirchtürme. Sie ängstigten mich, diese ganzen Spitzen und Zacken und düsteren Gesichter. Wenn wir tagsüber daran vorbeigingen und uns der Wind fast wegblies, starrten mich die Wasserspeier an, sodass ich dich am liebsten auf den Arm genommen hätte und weggerannt wäre. Jede Nacht träumte ich, der Wind hätte mich in die Luft geschleudert und ich hinge aufgespießt auf einem dieser Zacken, meine Mutter stünde unten und wischte unablässig das Blut weg, das aus meiner Wunde hinuntertropfte, und sagte immerzu: ›Scheidung? Hier hast du deine Scheidung.‹ Hinein habe ich mich gar nicht erst getraut. Wusstest du, dass ich vor fünf oder sechs Jahren das erste Mal im Dom war?«

Hinter der Glasfront ist es finster geworden, so finster, wie es auf einem Flughafen werden kann. Lichtpunkte leuchten in Gelb, Weiß, Rot, die meisten stehen still, nur wenige bewegen sich. In der Glasfront hat unser Abbild Kontur angenommen. Ich betrachte es. Wir sind gleich groß. Wir tragen beide schwarze Kopftücher und schwarze Mäntel. Mein Gesicht ist schmäler, meine Nase fällt etwas mehr auf als ihre, und meine Brauen sind dichter.

Mir fällt dieses Bild wieder ein, dass ich nicht ein Mal, sondern unzählige Male gezeichnet habe. Ein Haus, haushohe Blumen daneben, Maman-Bozorg davor, mich an der einen, Maman an der anderen Hand. Am ersten Tag im neuen Kindergarten in Köln zeigte ich es der Kindergärtnerin. Sie sagte: »Schön, das sind deine Schwester, deine Mutter und du?« Ich sprach kaum Deutsch und blickte sie einfach nur stumm an.

»Etwas fehlt zwischen uns«, sage ich.

Sie nickt. Wir nicken beide.

Mein Vater, wie er nach Hause kommt, zur Wohnungstür herein, im dunkelblauen Trenchcoat, das krause Haar zu einem kleinen Afro abstehend, Vollbart, mit einem Aktenkoffer, den er unterm Arm trägt wie Maman-Bozorg ihre Handtasche. Er nimmt mich auf den Arm. »Dschudschu«, sagt er. Sein Atem riecht. Er setzt mich ab, lässt mich allein im Flur stehen. Ich folge ihm in die Küche. Er dreht den Hahn auf, lässt ein Glas mit Wasser volllaufen, trinkt es in einem Zug aus. Füllt es nach, trinkt es wieder in einem Zug aus. Er spült das Glas und stellt es kopfüber neben das Spülbecken. Ich rieche Haarspray und drehe mich um. Maman-Bozorg. Keine Großmutter. Eine Frau, nicht wesentlich älter als ich heute. Sie hat das Haar zu einem Dutt hochgesteckt und trägt ein sonnengelbes Schürzenkleid. Ihr Blick versteinert.

Ich schließe die Augen. »Dorugh kommt von Trug, oder?«

»Andersherum. Dorugh war zuerst da, schätze ich.«

Ich höre, dass sich die Menschen am Gate erheben.

24+1 Beispiele kindlicher Pietät

Shun 舜 Seine Pietät rührte den Himmel.

Han Wendi 漢文帝 Er testete persönlich Suppe und Medizin.

Zeng Shen 曾参 Sie biss sich in den Finger, und sein Herz schmerzte.

Min Shun 閔損 Er gehorchte der Mutter mit einfachen Kleidern.

Zhong You 仲由 Er schleppte Reis, um seine Mutter zu ernähren.

Lao Laizi 老萊子 Er spielte und kleidete sich bunt, um seine Eltern zu erfreuen.

Tan Zi 郯子 Er bot seinen Eltern Hirschmilch an.

Dong Yong 董永 Er verkaufte sich selbst, um seinen Vater zu bestatten.

Jiang Ge 江革 Er verdingte sich als Tagelöhner, um für seine Mutter zu sorgen.

Huang Xiang 黃香 Er fächelte das Kissen und wärmte die Bettdecke an.

Jiang Shi 姜詩 Die Quelle floss, und Karpfen sprangen heraus.

Ding Lan 丁蘭 Er schnitzte Holz, um seine Eltern zu ehren.

Guo Ju 郭巨 Er wollte seine Söhne für seine Mutter begraben.

Yang Xiang 楊香 Er kämpfte mit dem Tiger, um seinen Vater zu retten.

Cai Shun 蔡順 Er sammelte Maulbeeren, um sie mit seiner Mutter zu teilen.

Lu Ji 陸績 Er versteckte die Orange, um sie seiner Mutter zu geben.

Wang Po 王裒 Er hörte Donner und weinte am Grab.

Meng Zong 孟宗 Er weinte, bis der Bambus spross.

Wang Xiang 王祥 Er legte sich aufs Eis, um Karpfen zu bekommen.

Wu Meng 吳猛 Er fütterte Moskitos mit seinem Blut.

Yu Qianlou 庾黔婁 Er probierte Kot mit besorgtem Herzen.

Tang Furen 唐夫人 Sie nährte ihre Schwiegermutter unermüdlich mit ihrer Milch.

Zhu Shouchang 朱壽昌 Er gab seinen Beamtenposten auf, um seine Mutter zu suchen.

Huang Tingjian 黃庭堅 Er reinigte den Nachttopf seiner Mutter.

Minu Tabrizi مينو تبريزي: Gab das Kind ihrer Mutter als ihr eigenes aus, um den Ehebruch der Mutter zu decken.

آزادی

Azadi

Der Kühlschrank ist leer, bis auf die Tüte Milch, die ich vor meiner Abreise gekauft habe. Ich gieße etwas Milch in ein Glas, schmecke, schütte den Rest in den Abfluss. Offenbar hat niemand die Zeit angehalten. Die Tage sind verstrichen wie alle anderen Tage auch, und die Milch ist schlecht geworden, wie vom Lebensmitteltechniker berechnet. Ich gehe zurück ins Schlafzimmer, wühle im Koffer nach meinem Handy und schalte es ein. 15:22 Uhr. Mehrere Anrufe in Abwesenheit und eine Kurzmitteilung.

WO STECKST DU? KÄSEFONDUE LIEGT MIR IMMER SO SCHWER IM MAGEN, HAB ABGESAGT. JAN-BOY

Ich setze mich auf den Hocker im Flur. Die Zeiger des Weckers im Schlafzimmer ticken lauter als sonst. Ich ziehe mir die grauen Stiefeletten an, greife nach meinem Portemonnaie und stecke es zusammen mit dem Schlüsselbund in die Hosentasche. Den Mantel lasse ich auf dem Haken, dafür wickle ich mir den schwarzen Schal einmal mehr um den Hals als sonst und ziehe die Wohnungstür hinter mir zu. Im Hinterhof geht ein Böller in die Luft. Ich stolpere die letzten Stufen hinunter, halte mich am Geländer fest, warte, bis der Knall verhallt ist und mein Puls sich beruhigt hat.

Ich trete aus der Haustür, schaue in den wattigen, grauen Himmel. Das ist der Himmel über den Geschichten von Heinrich Böll, meine Lieblingsgeschichte ausgenommen, darin strahlt immer die Sonne.

Zu lange habe ich bei zugezogenen Vorhängen im Bett gelegen, um sagen zu können, ob es schon dämmert oder gar nicht erst hell geworden ist an diesem Tag. Schräg gegenüber, auf der anderen Straßenseite, lehnt Erkan mit dem Oberkörper im Schaufenster seines Kiosks und reiht Sektflaschen aneinander. Den Sektflaschen hat er rote Schleifen um den Hals gebunden. Als er mich kommen sieht, klopft er an die Scheibe und winkt.

Ich öffne die Tür zum Kiosk, ein Hahn kräht mechanisch. Erkan steht hinter der Theke und breitet die Arme aus.

»Mona, wo warst du, ich habe mir Sorgen gemacht!«

»Erkan, danke, aber ich bin schon ziemlich erwachsen.«

»Das ist egal, du bist wie eine Tochter für mich.«

»Komm, das sagst du doch zu jeder Frau im Block.«

»Nein, ehrlich, ich habe mich gefragt, wo du steckst.«

»Du bist wie viel Jahre älter als ich? Sieben, acht?«

»Hey, sehe ich so alt aus, oder was?«

»Du hast mit der Tochter-Nummer angefangen.«

»Wer drei Töchter hat, kann nicht aus seiner Haut.«

Ich drehe mich um, stehe vor einem neuen Kühlregal, das doppelt so groß ist wie das alte.

»Hier hat sich ja einiges getan in der kurzen Zeit.«

Erkan kommt hinter der Ladentheke hervor und positioniert sich neben dem Kühlregal, als präsentierte er ein neues Turnierpferd.

»Als Geschäftsmann muss man eben wissen, wann es Zeit ist zu investieren.«

»Nicht nur als Geschäftsmann.« Ich lege eine Tüte Milch auf die Theke und ein paar Münzen daneben.

»Hast du Urlaub gemacht?« Erkan behält das Wechselgeld in der Hand.

»Nein. Ja. So ähnlich.«

»Ah, du warst in der Heimat.« Er wirkt zufrieden und reicht mir die Münzen.

»Kann man so sagen.«

»Immer anstrengend, oder? Schön und anstrengend.«

»Stimmt.« Ich denke an Jan. »Aber hier ist es anders schön und anders anstrengend.«

»Das ist wie im Fitnessstudio«, sagt Erkan, spannt seinen Bizeps und zeigt mit dem Finger drauf. »Wenn man mal einen anderen Muskel belasten kann, ist das gleich viel angenehmer.«

Während ich über Erkans Vergleich nachdenke, ist er schon bei einem anderen Thema.

»Und, wie feierst du morgen?«

»Mal sehen. Und du? Wie lange wirst du arbeiten?«

»Ich lasse die ganze Nacht auf. Silvester mache ich ein super Geschäft. Die Sektflaschen aus dem Schaufenster sind übermorgen alle weg.«

»Inschallah.«

Erkan lacht, wie man über dreckige Witze lacht.

»Genau, inschallah! Wir verstehen uns.«

Wieder in der Wohnung, stelle ich die Tüte Milch in den Kühlschrank. Statt in den Flur zurückzugehen und meinen Schal auszuziehen, bleibe ich in der Küche stehen. Durch das Fenster dringt kaum mehr Licht herein, alles ist in Grau getaucht. Ich schaue mich um. Auf dem Herd steht die Espressokanne, die kleinste Größe, die im Handel erhältlich ist. Ich hatte sie vor meiner Abreise nicht mehr ausgespült, bestimmt hat der Kaffeesatz zu schimmeln begonnen. Über dem Klapptisch, den ich nie einklappe, habe ich mit rotem Klebeband zwei Postkarten befestigt. Ein Foto des jungen Arnold Schwarzenegger am Strand mit gelber Badehose und in Bodybuilder-Pose, in der rechten Hand ein Glas Cognac in die Luft hebend, zu seinen Füßen eine blonde Frau in Bikini, die zu ihm hinaufschaut. Daneben das Foto des Regisseurs Tod Browning von 1932, umgeben von den Darstellern aus »Freaks«, allerlei missgebildeten Kreaturen mit zärtlichem oder ernstem Blick. Die Andersartigkeit der Gesichter schaurig, die Verwandtschaft berührend, jedes auf andere Art neben der Spur, aber alles Geschöpfe Gottes. Was hat mich so sehr an diesem Gruppenfoto fasziniert, dass ich es an die Wand klebte und jeden Morgen beim Frühstücken betrachte?

In Stiefeletten und mit dem Schal um den Hals gehe ich durch den Flur, bleibe im Türrahmen zum Schlafzimmer stehen, werfe einen Blick auf die kahlen Wände, die zerwühlte Bettdecke. Auf dem alten Holzstuhl der halbvolle Koffer, Deckel geöffnet. Die Papierlampe hängt ungewöhnlich tief und ist viel zu groß für den Raum. Im Wohnzimmer; der Drachenbaum auf der Fensterbank hat den Kampf endgültig verloren. Jan hätte gießen sollen, aber er scheint noch schlechter im Kümmern zu sein als ich. Ich widerstehe dem Impuls, einen Smiley in die Staubschicht auf dem Glastisch zu malen.

Mein Blick fällt auf das Schwarz-Weiß-Foto, das im Bücherregal steht. Ich nehme es in die Hand. Es zeigt meine Großmutter als Schwesternschülerin gemeinsam mit Kolleginnen, ein Dutzend junger Mädchen mit so unterschiedlichem Aussehen, dass man in den Gesichtern von der Völkerwanderung lesen kann. Sie tragen schwarze, knielange Kleider mit weißen Schürzen und Hauben. In der Mitte sitzt der Arzt, Arme verschränkt, selbstgefälliger Blick.

Maman-Bozorg ist die Hübscheste. Ich habe das Foto vor ein paar Jahren bei meiner Mutter gefunden und nahm es mit. Mehr aus ästhetischen Gründen denn aus kindlicher Pietät. Mir gefiel der in Sepia getauchte Kontrast zwischen weißen Kitteln und schwarzen Kleidern, die in Wellen gelegten Fünfzigerjahre-Frisuren, die klare, symmetrische Ordnung auf dem Bild. Ich kaufte auf dem Flohmarkt einen alten vergoldeten Rahmen dafür. Jeder, der meine Wohnung betritt, bleibt eine Weile vor dem Bild stehen.

Ich betrachte das Gesicht meiner Großmutter aus der Nähe, versuche, Hinweise dafür zu finden, was diese Schwesternschülerin noch alles anstellen wird in ihrem Leben. In ihrem und in dem anderer. Sie lächelt sanft, schaut mit großen Augen selbstsicher, aber nicht arrogant in die Kamera, mädchenhafte Verunsicherung verrät einzig die rechte Hand in der linken Armbeuge. Damals hatte diese Hand meinem Großvater Tee serviert, und er hatte sich verliebt, weil die Hand weiß und rundlich war und in die Kuhlen oberhalb der Fingergelenke Erbsen hineingepasst hätten. Nachdem er aus dem Krankenhaus entlassen wurde, ließ er sich einen neuen Anzug schneidern, kaufte Blumen und bat seine Eltern, ihn als Khastegar zum Haus ihrer Eltern zu begleiten. Sie heirateten, richteten die Wohnung ein, bekamen eine Tochter.

Was passiert dann? Er geht abends immer häufiger aus, und wenn er nachts nach Hause kommt, umweht von leichtem Schnaps- und starkem Tabakgeruch, dann empfängt ihn manchmal seine Frau mit weinendem Baby auf dem Arm und vorwurfsvollem Blick. Meist verlässt er das Haus morgens, ohne sie gesehen zu haben, aber manchmal verschläft er, dann weckt ihn ihre Stimme, ein Kanonenhagel, und jedes Wort ein Treffer.

Nachmittags hört er schon die Schwägerinnen in der Küche sitzen und reden, wenn er sein Jackett an der Garderobe aufhängt und die Schuhe abstreift. Sie reden immer, Reden ist ihre Religion, sie erzählen sich immer wieder dieselben Geschichten, wie sich gläubige Muslime immer wieder dieselben Bekehrungsgeschichten erzählen. Und immer kommen neue Geschichten hinzu, der Gesprächsstoff geht ihnen niemals aus, irgendjemand hat sich immer irgendetwas zu Schulden kommen lassen, und immer häufiger ist er unter ihnen. Er geht in die Küche, holt sich einen Tee und verschwindet dann im Schlafzimmer, das er an seinen freien Tagen kaum noch verlässt. Er liegt viel im Bett, manchmal sitzt er am Tisch und liest. Und ganz selten schreibt er Gedichte für seine Tochter, an die er nicht herankommt, zerreißt sie aber gleich wieder. Seine Frau weiß nichts von den Gedichten. Sie ist zu sehr damit beschäftigt, die Haushaltskasse zu verwalten, die sich schlagartig leert, bevor ihr Mann abends seine Runden dreht. Und immer mehr ist sie damit beschäftigt, das Bild der aufopferungsvollen Mutter und duldsamen, vom Schicksal geschlagenen Ehefrau auszufüllen. Die einzige Rolle, die ihr bleibt. Sie setzt ihm Essen vor, bügelt seine Hemden und bekämpft ihn wegen all dem, das er ihr nicht gibt, das er sich nicht von ihr nimmt.

Dann begegnet sie ihm, meinem Vater. Keine Schönheit, aber groß, breitschultrig, studiert. Er sitzt neben der Kaiserin. Meine Großmutter hat abgenommen, und das Kleid, das sie trägt, extra schneidern lassen für diesen großen Tag.

Wann passiert es? Noch an diesem Tag? Später? Treffen sie sich einmal oder mehrmals? Meine Großmutter bemerkt früh, dass ihr Körper sich verändert, sie hat früh den Verdacht; vielleicht wünscht sie sich auch insgeheim ein zweites Kind. Sie ist Mitte dreißig, vielleicht drängt ihr Körper sie danach, sieht nun seine letzte Chance gekommen. Die Schwangerschaft dann dennoch eine Katastrophe. Was tun? Treffen mit meinem Vater. Anschuldigungen, Schreie, Tränen. Er will sie nicht, er will keine Familie und keine Verantwortung, sagt er ihr. Was er will, ist eine neue Gesellschaft erschaffen, aber das sagt er ihr nicht. Noch mehr Anschuldigungen, Schreie, Tränen.

Plötzlich Stille.

»Gut, dann musst du meine Tochter heiraten.«

»Bist du verrückt? Sie ist doch noch ein Kind.«

»Sie wird bald vierzehn. Du darfst sie ohnehin nicht anrühren.«

»Du bist verrückt. Du opferst deine Tochter?«

»Wieso opfern? Du sorgst dafür, dass sie und unser gemeinsames Kind ein schönes Leben haben und dass es ihnen an nichts mangelt.«

»Sie ist erst dreizehn! Du nimmst ihr die Chance, sich zu verlieben, eine normale Ehe zu führen, Kinder zu kriegen. Ist dir klar, was du ihr antust?«

»Ich hatte all das, und was bringt es mir? Besser, sie sehnt sich ein Leben lang danach, als es tatsächlich zu erleben.«

»Das wird nicht funktionieren. Sie wird das Spiel nicht mitmachen. Was willst du ihr sagen? Ihr einfach ein Baby in die Hand drücken und erklären: So, das ist jetzt deins?«

»So in etwa. Und es wird funktionieren. Ich kenne meine Tochter.«

Schweigen.

»Du könntest es abtreiben lassen.«

»Verschwende keinen einzigen Gedanken daran.«

Schweigen. Er denkt nach, und allmählich schwant ihm, dass eine solche Ehe gewisse Vorteile hätte. Dass er einen Nutzen aus der Situation ziehen könnte, weil Verwandte, Bekannte und Nachbarn aufhören würden zu fragen, wann er endlich eine Frau nehmen wolle. Ob sie ihm jemanden vorstellen dürften. Weshalb er denn so wählerisch sei, was er an der Tochter von Agha Gholi Khan auszusetzen habe. Wieso er sich so dagegen wehre, die Nichte der Großcousine der Naderis kennenzulernen. Seitdem er die dreißig überschritten hat, lassen ihm die Kupplerinnen keine Ruhe mehr. Es fällt ihm immer schwerer, die Angebote in einem höflichen Ton abzulehnen. Erst kürzlich war er bei seinen Eltern genervt aufgesprungen und hatte unter einem Vorwand und dem strafenden Blick seiner Mutter das Wohnzimmer verlassen, weil die Direktorin der örtlichen Volksschule nicht müde wurde zu betonen, wie hübsch und schicklich die neue, ledige Kollegin sei. Er wusste ganz genau: Sollte ihm einmal der Kragen platzen, dann würde allen klar werden, dass es nicht an den Unzulänglichkeiten der Frauen lag. Wer bis dahin noch keine Gerüchte in Umlauf gebracht hatte, würde spätestens dann damit beginnen, und aus vornehmen Mutmaßungen, die sich die Damen in ihren Runden mit spitzen Fingern zuwarfen, erwüchsen wahre Schlammschlachten. Mit zwölf, dreizehn Jahren, vor der Pubertät, als Frauen noch keine Notiz von ihm genommen hatten und alles ungeniert in seiner Anwesenheit besprachen, hatte er oft genug mitbekommen, wie es lief. Wie eine anfing, in der Scheiße zu rühren, so dass leichter Gestank aufstieg, und es ihr alle sogleich nachtaten, alle anfingen zu rühren, eine nach der anderen, und der Gestank immer unerträglicher wurde, bis er schließlich den letzten Winkel erfüllte, so dass alle über die verpestete Luft schimpfen konnten, ohne dass jemand auf die Idee kam, den Raum zu verlassen. Er gäbe einiges dafür, seiner Mutter das zu ersparen.

Meine Großmutter spürt, dass es in ihm arbeitet, an seinem Gesichtsausdruck erkennt sie, dass sich Positionen verschoben haben. Dass ihre Worte nun auf neuen Boden fallen.

»Du heiratest Minu, und ihr kriegt das Kind. Am besten weit weg von hier, in einer anderen Stadt. Und ich komme und kümmere mich um meine schwangere Tochter. Ich bin eine gute Mutter, du wirst sehen.«

»Unter einer Bedingung: Ich zahle, und du, also ihr, lasst mich in Ruhe. Ich kann keinerlei Verpflichtungen übernehmen.«

»Du wirst Vater! Wie kannst du nur so kalt sein?«

»Das verstehst du nicht.«

Tränen.

Das Leben ist vielleicht ein Kind, das aus der Schule heimkehrt.

Forugh Farrochzad, schießt es mir durch den Kopf, es ist aus einem Gedicht von Forugh Farrochzad. Ich befreie mich von dem Schal und lasse meinen Blick über die Buchrücken gleiten. Ganz oben im Regal finde ich den schmalen Band, ich lege mich auf das Sofa und blättere darin herum, bis ich die Stelle finde. Das Gedicht heißt »Wiedergeburt«.

Das Leben ist vielleicht
Eine lange Straße, die eine Frau mit einem Korb
täglich entlanggeht
Das Leben ist vielleicht
Ein Strick, mit dem ein Mann sich
an einem Ast erhängt
Das Leben ist vielleicht ein Kind,
das aus der Schule heimkehrt

Ich lese es bis zum Ende.

Ich
kenne eine kleine, traurige Nixe
Die wohnt in einem Ozean
Und ihr Herz spielt leise, leise
Auf einer Zauberflöte
Eine kleine, traurige Nixe
Die abends stirbt an einem Kuss
Und im Morgengrauen aus einem Kuss
geboren werden wird

Es klingelt an der Tür. Ich schrecke aus dem Schlaf auf, das Buch fällt zu Boden. Draußen ist es dunkel geworden, die Straßenlaternen sind angegangen und werfen etwas Licht ins Wohnzimmer. Ich schalte das Licht im Flur an, blinzele.

»Hallo?« Durch die Sprechanlage höre ich ein Auto vorbeifahren.

»Unten war auf.« Wie zum Beweis klopft Jan an die Wohnungstür.

Er ist größer, als ich ihn in Erinnerung habe. Die Sechserpackung Kölsch behält er unterm Arm, als er mich küsst. Seine Lippen sind kalt und feucht wie die Luft an einem Kölner Dezemberabend.

»Bist du gerade nach Hause gekommen?« Er zieht seinen Parka aus und schaut an mir hinab. »Oder wolltest du gerade raus?«

Ich schaue ebenfalls an mir hinab. »Weder noch«, sage ich und ziehe die Stiefeletten aus.

Er geht in die Küche, räumt das Bier, bis auf eine Flasche, in den Kühlschrank.

»Und, wie war's? Ich dachte schon, du bist noch im Iran.«

»Ich bin seit gestern Abend zurück.«

»Echt jetzt? Hast gar nicht auf meine SMS geantwortet.«

»Nach Iran brauche ich immer eine Weile, um mich zu akklimatisieren.«

Ich lehne mich an den Türrahmen zwischen Flur und Wohnzimmer. Jan lässt sich mit einer Flasche Bier auf die Couch fallen.

»Verstehe. Ich meine: Verstehe natürlich nicht. Ich war ja noch nie im Iran.«

Ich hole mir auch ein Bier, knipse die Stehlampe im Wohnzimmer an und setze mich neben Jan auf die Couch. Halb acht, tippe ich.

»Erzähl mal!« Jan tätschelt kurz meinen Oberschenkel, merkt dann aber selbst, wie seltsam diese Geste wirkt, und zieht die Hand zurück.

»Du, was soll ich erzählen…« Ich nehme einen großen Schluck Bier.

»War's sehr traurig?«

»Traurig?« Noch einen Schluck. Ich winkele die Beine an, lege den Kopf zurück und schaue an die Zimmerdecke. Ich verspüre keinen echten Drang, es Jan zu erzählen. Noch weniger Lust verspüre ich allerdings, über seine Projekte zu reden. In mir herrscht Stille, wie nach einer langen Schlacht. Die großen widerstreitenden Kräfte haben die Waffen niedergelegt, mit einem Schlag wurde ihnen bewusst, dass sie längst vergessen haben, worum sie streiten. Es ist so viel Zeit vergangen, seit sie einander den Krieg erklärten.

Ein weiterer Schluck, und ich bilde mir ein, der Alkohol verbreitet sich in meinem ganzen Körper, sagt jeder Zelle einzeln: »Hey, da bin ich wieder!«

»Traurig ist nicht das richtige Wort.« Ich suche nach einem passenderen, finde aber keines. Dafür fällt mir ein anderes ein. »Habe ich dir schon erzählt, dass das persische Wort für ›Kreuzung‹ übersetzt ›Vierweg‹ heißt?«

Jan behält den Schluck Bier, den er gerade genommen hat, übertrieben lange im Mund. Offenbar, um zu überlegen, wie eine angemessene Reaktion auf diese Information aussehen könnte.

»Nein, hast du nicht.«

»Ist das nicht krass?«

»Ja, krass.« Wir setzen gleichzeitig die Bierflasche an.

Jan richtet ruckartig den Oberkörper auf, wendet sich mir zu.

»Das ist *wirklich* total krass! Ab jetzt werde ich jede Kreuzung, über die ich fahre, mit ganz anderen Augen sehen.«

Ich schaue ihn an; ernsthaftes Staunen in seinem Gesicht, so ungewohnt und so komisch, dass ich lachen muss. Jan drückt mir einen Kuss auf den Mund, seine Lippen sind kalt und feucht, dieses Mal vom Bier. Er lässt sich wieder zurückfallen und prustet ebenfalls los. Wir sitzen nebeneinander auf der Couch, beide die Köpfe zurückgelehnt, und lachen schallend laut, er noch lauter als ich. Ich weiß nicht, was ihm in den vergangenen Wochen passiert ist, aber irgendetwas ist auch ihm passiert. Sein Lachen verrät es, es enthält anfangs eine hysterische Note, doch dann wirkt es immer freier, als lache er sich etwas von der Seele, ich höre es ganz genau. Vielleicht, denke ich, werde ich dazu in der Lage sein, für dieses Etwas Interesse aufzubringen. Bald oder in naher Zukunft.

Mir fällt Maman-Bozorgs Fernbedienung ein, die noch in meinem Koffer liegt, und die erste Träne rollt mir über die Wange. Ich denke an ihren Lieblingswitz, den mit dem Meterpreis für Jungfernhäutchen.

Ich sehe sie vor mir, wie sie tanzt, weil sie mich zum Lachen bringen will. Wie sie die Hände dabei bewegt, als drehte sie Glühbirnen rein und raus, wie sie mit den Händen ihre Brüste im Takt abwechselnd hebt, bis sie sich selbst vor Lachen krümmt, die Beine zusammendrückt und in den Schritt fasst, damit sie sich nicht in die Hose pinkelt. Ich sehe einen Handrücken mit Erbsen darauf. Ich sehe sie, wie sie den Reißverschluss zuzieht und Wolfi die Handtasche um die Ohren haut. Wie sie morgens mit nacktem Oberkörper in meinem Kinderzimmer steht; hier ist doch Azadi! Azadi! Sag, hast du schon einmal so schöne Brüste gesehen? Was Faribas Mann alles für sie tut, die hat wohl eine goldene Kos, weil so hübsch ist sie nicht! Versteckt zwischen den Beinen, verstehst du? Damit sie niemand sehen kann. Sonst wäre sie auf der Stirn, hier, mitten auf der Stirn! Ich sehe ihre rot geschminkten Wangen, ihre milchig weiße Haut, die ich mit einem Waschlappen abreiben soll, fester und noch fester, sehe die roten Striemen auf ihrem Rücken, höre ihr zufriedenes Seufzen, wenn sie aus dem Bad kommt. Ich sehe ihre Unterhosen, die sie immer mit der Hand unter der Dusche wäscht und anschließend auf der Wäscheleine trocknet, Unterhosen mit Vorhängeschlössern, die nichts und irgendwie doch etwas gebracht haben. Miss your lips. Miss so vieles.

Jan hat aufgehört zu lachen. Er ist aufgestanden

und hat mir Taschentücher geholt, ohne, dass ich es bemerkt habe.

In der Nähe geht ein Feuerwerkskörper in die Luft. Während ich mir die Nase putze, schauen Jan und ich ihm durch das Wohnzimmerfenster dabei zu, wie er sich immer langsamer durch den Abendhimmel schiebt, aufgeht wie eine Knospe im Zeitraffer, silbernen Funkenregen versprüht, nach und nach erlischt, spurlos verschwindet.

Ich wische mir die letzten Tränen aus dem Gesicht und strecke Jan meine Bierflasche entgegen.

»Frohes Neues.«

»Hey, noch nicht, das bringt Unglück.«

»Quatsch, nur an Geburtstagen. Bist du mit dem Fahrrad hier?«

Jan nickt.

»Gut. Fahren wir an den Rhein.«

»Jetzt?«

»Ja, jetzt.«

Draußen geht der Wind. Jan fährt auf seinem Rennrad vor. Meine Pedale quietschen, aber ich trete mit aller Kraft und bleibe an ihm dran. Wir fahren die Venloer Straße entlang. Am Grüngürtel ziehen kahle schwarze Bäume an mir vorbei, und dann, bis wir das Rheinufer erreichen und absteigen, Wörter.

Das Zitat auf S. 248 f. stammt aus: Das Heinrich Böll Lesebuch, dtv 1982, S. 34–35.

Das Zitat auf S. 308 stammt aus: Forugh Farrochsad, Jene Tage, »Wiedergeburt«, Übersetzt von Kurt Scharf, Suhrkamp 1993, S. 60.

Inhalt